KB081219

모단 에쎄이

일러두기

1. 일제 강점기부터 1940년대 후반까지 발표된 산문에서 가려 수록하였다.
2. 띄어쓰기와 맞춤법은 현대 표기법에 따랐으나 작품의 개성을 드러내는 데 있어 필요한 경우에는 방언과 옛말을 그대로 옮겼다. 외래어 지명, 인명, 낱말 등은 현대 외래어 맞춤법에 따랐다.
3. 원작의 한자는 한글로 교체했으며, 의미 전달이 필요한 경우에는 한글 뒤에 한자를 병기했다.
4. 설명이 필요한 경우에는 주석을 병기했으며, 본래의 의미를 파악하기 어려운 경우에는 최소한의 첨삭을 가하며 그 근거를 밝혔다.

모단 에쎄이

이상 · 현진건 외 43명 지음 | 방민호 엮음

책읽는섬

나는 어쩔 수 없이 글을 쓰는 사람이 되었고 글과 함께 살아갈 수밖에 없도록 되었다. 시대가 문자를 떠났다고 이야기되는 시대에 글을 쓰면서 글과 함께 살아간다는 것은 무슨 의미일까.

이것은 몇 토막짜리 생각으로 해답을 얻을 수 있는 질문이 아니다. 다만 내가 염두에 두고 있는 태도 하나는 있다. 그것은, 나는 나대로 나의 삶을 살아가야 한다는 것이다. 나의 길은 글에 있다.

이 길은 나만 걷는 길이 아니고 이미 오랜 세월에 걸쳐 우리의 선배들이 닦아놓은 길이다. 무슨 이유인가로 그들의 산문을 자주 접하게 되었을 때 나는 그것들에서 오늘의 삶을 살아가는 데 필요한 마음가짐을 얻을 수 있었다.

내 삶이 고통스럽고 내 마음이 공허에 빠졌을 때 그 '낡은' 지면들은 내게 한 가닥 위안이었다. 누구에게나 아픔과 방황이 있고 그때 글은 살아갈 수 있는 힘이 된다. 사랑과 돈과 술을 주는 대신에 태도를 준다.

한 편의 글이 생명력이 있다는 것은 그것이 언제 읽어도 가치 있는 문장으로 다가섬을 의미한다. 단지 과거에 씌어졌다는 것만으로 역사적 의미를 고정하면 그만인 글이 있는가 하면 그처럼 단순히 과거를 기억하는 데 그치지 않고 바로 오늘을 살기 위해 절실하게 요구되는 글이 있다. 그러한 글이야말로 좋은 글이고 영원히 젊은 글이다.

이 산문 선집을 펴내고 글을 고른 기준을 들라면 바로 이 영원한 현재성을 꼽고자 한다. 오늘의 우리가 읽을 때 그 글이 우리 선배들의 글이라는 점 말고도, 오늘을 살아가는 우리의 막막한 심정을 위로해주고 스스로 자기의 삶을 구성할 여유와 지혜를 준다면 훌륭한 글이 아니겠는지.

그러한 체험을 귀하게 여겨 이제 내가 읽고 힘을 얻었던 글에 새로 찾아낸 글을 더하여 식민지 시대 문학인들이 남긴 산문을 가려 뽑은 선집을 내게 되었다. 이 산문 선집이 오늘을 사는 우리에게 의미 있는 존재가 될 수 있음을 나는 믿는다.

마지막으로, 이 책은 내가 오래전에 펴낸 《모던 수필》에 실린 산문들 가운데 버릴 것은 버리고 여기에 새로 눈에 들어온 산문을 더해 새로 편집한 것이다. 선별해놓고 보니, 강경애, 계용묵, 김기림, 임화, 이태준, 김동인, 이육사, 이태준, 김억, 노자영, 이효석, 길진섭 등의 글이다. 다 내가 오랫동안 보고 좋아하던 사람들이다.

오래된 책은 오래된 책대로 가치가 있지만 이제 그 책이 새로운 독자들을 만날 때가 되었다고 생각한다.

2016년 5월

방민호 남김

제1부

봄이 이다지도 아픈 건 어인 까닭입니까

제 2 부

나라는 인간의 존재를 내다보며 웃는다

제 3 부

수상한 시간, 알 수 없는 시대

제 4 부

겨울이 오면 봄은 머지않았어라

봄이 이다지도 아픈 건

어인 까닭입니까

꽃송이 같은 첫눈

강경애

오늘은 아침부터 해가 안 나는지 마치 촛불을 켜 대는 것처럼 발갛게 피어오르던 우리 방 앞문이 종일 컴컴했다. 그리고 이따금씩 문풍지가 우룽룽 우룽룽했다.

잔기침 소리가 나며 마을 갔던 어머니가 들어오신다.

"어머니, 어디 갔댔어?"

바느질하던 손을 멈추고 어머니를 쳐다보았다. 치마폭에 풍겨 들어온 산뜻한 찬 공기며 발개진 코끝.

"에이, 춥다."

어머니는 화로를 마주 앉으며 부저로 손끝이 발개지도록 불을 헤치신다.

"잔칫집에 갔댔다."

"응, 잔치 잘해?"

"잘하더구나."

"색시 고와?"

"쓸 만하더라."

무심히 나는 어머님의 머리

를 쳐다보니 물방울이 방울방울 서렸다.

"비 와요?"

"비는 왜? 눈이 오는데."

"눈? 벌써 눈이 와? 어디."

어린애처럼 뛰어 일어나자 손끝이 따끔해서 굽어보니 바늘이 반짝 빛났다.

"에그, 아파라, 고놈의 바늘."

나는 이렇게 중얼거리며 옥양목 오라기로 손끝을 동이고 밖으로 뛰어나갔다.

하늘은 보이지 않고 눈송이로 뿌하다. 그리고 새로 한 수숫대 바자[대나무, 갈대, 수수깡 따위로 발처럼 엮은 울타리] 갈피에는 눈이 한 줌이나 두 줌이나 되어 보이도록 쌓인다.

보슬보슬 눈이 내린다. 마치 내 가슴속까지도 눈이 내리는 듯했다. 그리고 나는 듯 마는 듯한 냄새가 나의 코끝을 깨끗하게 한다.

무심히 나는 손끝을 굽어보았다. 하얀 옥양목 위에 발갛게 피가 배었다.

'너는 언제까지나 바늘과만 싸우려느냐?'

이런 질문이 나도 모르게 내 입속에서 굴러 떨어졌다.

나는 싸늘한 대문에 몸을 기대고 어디를 특별히 바라보는 것도 없이 언제까지나 움직이지 않았다. 꽃송이 같은 눈은 떨어진다, 떨어진다.

《신동아》, 1932년 12월

봄! 봄! 봄!

최
서
해

봄, 봄은 또 찾아듭니다.

해마다 찾아드는 봄은 늘 그 봄이나, 그를 맞는 사람의 가슴은 늘 같지 않습니다. 가슴만 달라질 뿐이 아닙니다. 새봄을 맞는 때마다 달라지는 형모形貌는 차마 볼 수 없이 괴롭습니다.

이것이 세월이 주고 가는 선물인지, 생활이 주고 가는 선물인지, 내게 있어서는 분간하기 어려운 자취지만 어쩐지 봄을 맞을 때마다 애틋한 괴롬이 가슴의 문을 소리 없이 두드려서 견딜 수 없습니다.

생활이란 그처럼 사람을 볶으며, 세월이란 그처럼 사람을 틀어 놓는지는 이제 새삼스럽게 느끼는 것도 아니건만, 어렸을 때에 기쁘던 봄이 어른 된 오늘에 이처럼 괴로울 줄은 나뿐이 아니라 누구나 생각지 못했을 것입니다.

북악北岳 머리를 싸고 흐르는 엷은 아지랑이나 마당 한 귀퉁이에서 뾰족뾰족 터 오르는 새싹은 모두 새봄의 새 빛과 새 힘을 보여 주는 것이로되 내게 있어서는 어느 것이나 괴롬 아닌 것이 없고 슬픔 아닌 것이 없고 추억 아닌 것이 없습니다.

남은 다시 피어나는 희열에 방긋거리는데 나는 그것을 괴롬으로 보고, 슬픔으로 보고, 추억으로 보니, 나는 벌써 새싹과 같은 생명을 잃어버렸는가. 차라리 그러한 생명을 잃어버렸다면 그 괴롬, 그 슬픔, 그 추억도 없이 지냈을는지도 모릅니다. 그러나 나는 삼십을 내일에 바라보는 청춘이외다. 가슴에 푸른 마음이 넘쳐흐르고 혈관에 붉은 피가 소용돌이를 치는 젊은이외다.

나는 이렇게 젊었으므로 이 봄이 괴롭고 이 봄이 슬프고, 그 괴롬 그 슬픔을 모르던 옛날의 봄이 그립습니다. 철모르던 옛날의 봄이야말로 참말 봄이었습니다. 세상이 어찌 돌아가는지 집안이 어찌 되는지 그것은 생각지 않는 것이 아니라, 그런 것은 전연 모르고, 따스한 볕발이 기어드는 봉당에서 하품하는 개를 말이라고 못 견디게 타고 놀다가 어머니의 꾸지람에 어쩔 줄 몰라 하고, 책보는 버드나무 가지에 처매어 놓고 새잡이 그물을 들고 이 들로 저 들로 돌아다니던 그 옛날의 철모르던 봄이 참으로 그립습니다.

그렇던 그 봄은 어디로 갔는가. 이제는 생각하면 옛날의 일이외다. 엷은 비단 장막 같은 아지랑이에 아련히 가린 북악의 윤곽보다도 더 희미하게도 눈앞에 떠오르는 옛날의 일입니다. 그때는 이제 내 일생에 있어서 다시 찾을 수 없는 때외다.

찾을 수 없는 그때를 이렇게 추억하면 무슨 소용이 있으랴만 추

억은 이해理解에 있는 것이 아닌가 봅니다. 목전에 닥치는 괴
롬과 슬픔이 내 몸을 누르는 때마다 그 괴롬 그 슬픔을
모르고, 양지 쪽에 피어오르는 고사리 싹
같은 어릴 적으로 나도 알 수 없는 이상한
사다리를 더듬어 옮아가게 됩니다.

나는 그렇게 추억의 사다리를 더듬는 때
마다 봄밤, 우수憂愁 달빛이 흐르는 봄밤, 푸른 안개 속에 싸인 듯
이 푸근한 유쾌와 애틋한 느낌을 받습니다.

그것이 그처럼 추억되고 그 추억을 추억하는 것을 향락하는 것
만큼 나의 이 봄 생활은 거칠기 그지없습니다. 봄을 봄으로서 느
끼지 못하리만큼 나의 생활은 거칠었습니다. 나는 내 생활을 생
각하는 때마다 눈 날리고 바람 치는 거친 들을 외로이 걸어가는
듯한 느낌을 받습니다. 한강에 층얼음이 풀리고 북한北漢의 흰 눈
이 녹아 세상은 이제 바야흐로 봄 세례를 받게 되건만 내 길의 빙
설은 나날이 더해 갈 뿐이외다. 나는 그것이 괴롭고 그것이 슬픕
니다.

나는 이 괴롬을 누구더러 덜어 달라는 것도 아니요, 이 슬픔을
누구에게 하소연하려는 것도 아니외다. 이 괴롬, 이 슬픔은 나 아
니면 느끼지 못할 것입니다. 나는 다만 이 괴롬을 괴롬으로서 맛
보고, 이 슬픔을 슬픔으로서 맛보려 할 뿐이외다. 나는 그것을 물
리치려고 하지 않고 받으려고 하며, 그저 보려고 하지 않고 밟으
려고 할 따름이외다. 나는 거기서 내 생명의 약동을 보고 내 생명
의 법열을 얻으려고 합니다.

봄, 괴로운 봄, 슬픈 봄, 추억의 이 봄은 나에게 얼마 만의 괴롭
과 슬픔과 추억을 주려 하며 그 모든 것은 내 생명의 약동을 얼마
나 더 늘려, 내 생명의 법열을 얼마나 더 돋우려는가.

《신생》, 1929년 3월

살구꽃

현덕

마당 한가운데 늙은 살구나무 한 주가 섰다. 대여섯 평 남짓한 착박한 터전에 한 채를 잡고 있어 거추장스럽지 않은 바 아니나, 운치로 여겨 그대로 둔다. 우리가 이 집에 들기 이전에도 여러 차례 주인이 바뀌었을 터인데, 이제껏 남아 있을 때엔 아마 운치를 사랑하는 마음은 너나 다름이 없나 보다.

일전에도 모처럼 한 벗이 나를 찾아왔다가, 이 늙은 살구나무를 아래에서 위로 거듭 훑어보며 감탄해 주었다. 먼저 벗은 마당 한가운데 살구나무가 선 것을 매우 신기해하고 그리고 이 나무에도 꽃이 피느냐고 물었다. 제때가 되면 여느 살구나무나 다름없이 꽃이 핀다고 하니까, 벗은 그럼 열매도 여느냐고 한다. 물론 꽃이 피었으면 열매가 여는 것이 당연한 질서로 우리 살구나무도 그 질서에 어그러지지 않는다는 뜻을 말하자, 벗은 허허 하고 적잖이 감탄하는 것이다. 마치 꽃은 피되 열매는 열지 않는다는 이쩌에 어그러진 대답을 기대하기나 한 듯싶은 얼굴이었다.

하긴 내 집 꼬락서니란 벗이 마당 가운데 이 보잘것없는 살구나무를 크게 감탄해 주는 외엔 다른 것이 없는 초라한 것으로, 나도 벗의 그 속을 알아차리고 얼른 그의 호장한 얼굴에 같이하여 꽃이 피고 열매가 여는 일종 당연한 그 일에 당연 이상의 일인 듯 자랑했다. 그리고 어느 때고 이 나무에 꽃 피거든 꼭 한번 와서 봐 달라고 담배 한 개 대접한 것 없이 돌려보내는 섭섭한 정을 이렇게 말했다.

그러나 나는 그 벗을 기다리는 마음으로 이 살구나무의 꽃이 필 날을 고대하던 것은 아니다. 어느 날 어머니가 마당에서 고개를 들어 살구나무를 쳐다보시며, 벌써 봉오리가 영글어졌다는 것으로 방 안의 나를 불러내셨다. 딴엔 거의 파 알맹이만큼이나 영글었다. 아직 바람이 쌀쌀해 목 뒤가 서늘한 한데서 모르는 동안에 이만큼 영근 사실에 놀랍기도 하려니와, 보다는 꽃봉오리가 이만큼이나 자라도록 한 마당 안에 두고 무시로 대하면서 전연 몰랐다는 것이 무릇 자연 그것에 그만큼 소홀했던 것만 같아 다시 보아졌다. 그리고 그 뉘우침으로 나는 매일 살구나무 아래 서서 가지가지 봉오리를 쳐다보게 되었고 또 하나의 새로운 희망을 얻은 감으로 그 봉오리가 완전히 열릴 날을 기다렸다.

나의 이 다심한 소망이 통해진 바 있어 우리 늙은 살구나무는 근처 여느 살구나무보다 오륙일이나 그만큼은 일찍이 봉오리를 열어 주는 치경稚景 ['어린 경치'라고 이해할 수 있으나 '아름다운 경치'를 뜻하는 致景(치경)의 오기(誤記)일 가능성도 있다]을 보여 주었다. 오늘 아침 아직 내가 버릇인 늦잠에 잠겨 있을 때 영창 덧문을 요란한 소리로 열어젖히며 호통스러운 누이동생의 음성이 나를 단잠에서 깨워 놓았다.

"오빠, 살구꽃 피었수. 살구꽃 피었어."

나는 그 누이동생의 반색을 하는 음성에 따라,

"뭐?"

하고 기급한 형세로 상체를 일으켜 앉았으나, 그러나 그것이 다만 살구꽃이 피었다는 사실 이상이 아닌 것을 깨닫자 이번엔 반대로 먼 데 것이 가까이 온 기쁨으로 천천히 얼굴에 미소를 지었다. 그리고 천천히 몸을 움직여 옷을 주워 입고 마루로 나가,

"어디 말이냐?"

하고 또 좀 새로운 미소로 누이동생의 얼굴에서 그가 가리키는 처마 끝 살구나무 가지로 눈을 옮겼다. 딴엔 바람이 가리고 양지가 바른 쪽으로 여남은 송이 봉오리가 활짝 열렸다. 그러나 누이동생과 어깨를 나란히 그 꽃을 쳐다보는 나는 누이동생이 그처럼 생생한 기쁨으로 얼굴을 빛내는 그 반분의 감흥도 일지 않는다.

그 반분의 것도 말하면 누이동생의 얼굴에서 받는 그것으로, 살구꽃 그것에서는 단지 하나의 기대를 잃은 실망을 느낄 따름이다. 젊은 여인의 미美는 앞으로 보는 때보다 뒤로 좀 떨어져 보는 때에 한층 빛나는 것으로, 뒤로 보고 감탄하던 사람을 앞으로 보고는 실망하는 수가 많은데, 아마 살구꽃도 봉오리를 보는 때만 같지 못한 것이 그가 가진 특색인지도 모르겠다. 그러나,

"너 보기 좋냐?"

"그럼 좋지 않고."

누이동생은 여전히 같은 얼굴로 도리어 내 씁쓸한 표정을 의아해하는 것이다. 그럼 누이가 감정을 과장하는 것인가, 내가 살구꽃을 살구꽃대로 받아들이지 못하도록 감성이 소박하지 못함인가. 혹은 많이 얻으려거든 많이 기대치 말라는 말이 옳아 나는 너무 기대함이 컸던 까닭으로 이렇고 누이는 그것이 적었던 까닭으로 저런가 싶기도 하고, 나는 분명히 그 흑백을 가리기 위하여 어머니를 불러내어 그 꽃을 보시게 했다. 그러나 꽃을 쳐다보는 여인의 마음이나 얼굴은 같은 것인가 싶어 누이동생과 똑같은 표정으로.

"그 꽃 좋다."

하지만 나 홀로 그 꽃이 좋은 줄을 모르겠으니 병은 내게 있음이 분명하고, 동시에 꽃에서 느낀 그것으로 말미암아 봉오리에게 가졌던 기대조차 잃고 말아 봄 전체에 대한 흥미를 잃은 듯 씁쓸하기 이를 데 없다.

이런 때 전일前日 이 늙은 살구나무에 꽃이 피는 날 나를 찾아 주기를 기약하고 간 벗이 방문해 주었으면, 그러면 이 살구꽃을 보는 마음이 동감同感이라면 적이 위안이 되련만. 그러나 내 집 꼴이 마당 가운데 늙은 살구나무만이 돋보이지 않을 만큼 윤택되지 못할진대 벗은 덮어놓고 좋다고 감탄해 줄 것이니, 그것도 믿을 수 없다.

《문장》, 1939년 5월

오동

이광수

나는 오동梧桐에 대하여 퍽 애착심이 강하다. 내가 수목 중에 가장 사랑하는 것이 소나무와 오동이다. 솔, 오동 두 가지 중에서 다시 더 사랑할 것을 고른다면 솔이라 하겠으나 나는 사랑하는 이 양兩 중에서 차별을 세우고 싶지 아니하다. 대체 양자에게는 양자 특유의 미점美點이 있어 서로 이것으로 저것을 대신할 수 없는 까닭이다.

내가 오동을 사랑하게 된 원인이 무엇인가 하면 물론 나 개인의 성벽性癖도 되려니와 어렸을 때에 들은 아버지의 오동 찬미가 매우 유력한 듯하다. 내가 팔 세에서 십일 세까지 살던 집에는 뒤꼍에 오동나무 한 그루가 있었다.

아버지는 그것을 보고 "봉황은 비오동非梧桐이면 불서不棲"['봉황은 오동나무가 아니면 머물러 앉지 않는다'는 뜻으로, 오동나무의 품격이 높음을 비유한 말)라는 말과 "거문고는 오동과 석상송^{石上松}으로 만들어야 한다."는 말과 백낙천이가 집을 살 때에 집값을 다 치르고 나서도 계전^{階前}에 선 오동에 월상^{月上}한 것을 보고 오동값을 따로 냈다는 말을 했다. 봉황, 거문고, 백낙천, 이 모든 것이 어느 것이나 나의 어린 동경을 일으키지 않은 것이 없었다.

그래서 어찌해서 이 오동에는 봉황이 깃을 아니 들이는가 하고 가끔 손바닥 같은 잎사귀 속을 바라보기도 하고 이것을 베어서 거문고를 하나 만들까 하기도 하였다. 그로부터 나는 오동에 대하여서는 일종의 존경에 가까운 애착심을 가져 어디를 가든지 오동이라면 반드시 이를 애무하여 그 가지 뻗음과 잎사귀 모양과 연령을 살폈다. 오동이란 조선에서는 그리 흔한 나무가 아니기 때문에 내가 지금까지에 목격한 것은 손꼽아 셀 수가 있을 것 같을 뿐더러 그 생김생김조차 기억에 남아 있다.

그중에도 경남 태천군[지금은 창원에 합군이 되었다] 마천이라고 기억한다. 그 학교 마당에 섰는 늙은 오동은 가장 나에게 깊은 인상을 주었다. 내가 십구 세 적인가 보다. 나는 태천 갔을 적에 마산에서 그 늙은 오동과 마당을 같이하여 일야^{一夜}를 지냈다. 나는 밤에도 몇 번이나 일어나 나가서 그 오동을 우러러보았던가. 길에 뻗은 가지에는 오동 특유의 씩씩한 잎사귀가 소리 없이 성긋성긋 모여 있고 그 틈으로 사이사이 동실동실한 열매와 별이 보였다. 팔월 말이라 어스름한 하현 달밤이던가 싶다.

동경에 있을 때에 오동으로 의장^{衣欌}이며 나막신 만드는 것을 보고는 모독에 가까운 불쾌감을 가진 것도 지금 생각하면 우스운 일

27

이다. 오동이란 혹은 달밤에 혹은 여름 소낙비에 혹은 맑고 맑은 여름 별 밑에 바라보기나 하고, 만일 그것으로 무엇을 만든다면 자고(自枯)하기를 기다려 거문고나 만들 것이지 그 이외에 이용한다면 모독인 것같이 생각된다. 내 간윤(奸狁)함인가.

그런데 내가 한양에 우거(寓居)한 지 우금 칠 년에 내 집에 오동 석 주가 났다. 하나는 요전 살던 집에 난 것인데 벌써 정정한 대목이 되었으나 내가 그 집을 떠났으니 서로 만날 연분이 부족한 것이 한이거니와, 내가 현재에 들어 사는 집에는 재작년에 오동 한 나무가 안방 서창 밖에 나서 금년에는 기운찬 가지와 걸걸한 잎사귀가 높이 지붕 위에 솟았고, 또 금년에 천만 뜻밖에 사랑 마당에 오동 한 나무가 나서 일 척이나 자랐다. 내년 후년에는 내 사랑 마당이 이 오동 그늘로 가려질 줄 믿는다.

이것으로 보면 나만 오동을 따르는 것이 아니라 오동도 나를 따르는가 싶다.

《인생의 향기》, 홍지출판사, 1936년

나팔꽃

김 동 석

한 달이나 두고 날마다 바라
보며 얼른 자라서 꽃 피기를 기
다리던 나팔꽃이 오늘 아침에
처음으로 세 송이 피었다. 분에
심어서 사랑 담에다 올린 것이
다. 가장자리로 삥 돌려 가면서
흰, 진보랏빛 꽃이다.

안마당에다 심은 나팔꽃은
땅에다 심어서 그런지 햇볕을
더 많이 쪼여서 그런지 사랑 것
보다 훨씬 장하게 자랐다. 그런
데 꽃은 한 송이도 피지 않았
다. 바야흐로 꽃망울이 자라고
있다.

나는 시방 세 송이 나팔꽃을
바라보고 있다. 참 아름답다…….
하지만 나의 마음은 이에 만족하
지 않고 안마당 꽃 피기를 바란
다. 왜 그럴까. 세 송이 꽃이 부족
해설까.

씨 뿌리고는 떡잎 나오기를
기다렸다. 떡잎이 나오니까 어
서 원잎과 넝쿨이 나와서 자라

기를 기다렸다. 이리하여 나의 마음은 나팔꽃 넝쿨의 앞장을 서서 뻗어 나갔다. 그러면 나의 마음은 꽃에 이르러 머물렀을까?

시방 내 눈앞에 세 송이 나팔꽃은 아침 이슬을 머금고 싱싱하다. 그러나 이 아침이 다 가서 시들고 말 거다. 그리하여 씨가 앉고 나면 나팔꽃이 보여 주는 극(劇)에 막이 내려지는 것이다. 그러나 그때에도 나의 마음은 나팔꽃 아닌 또 무엇을 추구하고 있겠지……

마음은 영원히 뻗어 가는 나팔꽃이다.

《해변의 시》, 박문서관, 1949년

애저찜

채만식

며칠 전 광주까지 갔다가…….

아침에 여관집 마당으로 도야지 새끼가 조막만씩 한 놈이 두 마리 꼴꼴 돌아다니는 것을, 조^鵬가,

"흥! 남의 회만 건드리는구나!"

하는 소리를 듣고 그럴 성해서 웃었더니 밤에 마침 조가 설두^{設頭}〔앞장서서 일을 주선함〕한 애저^猪찜〔꿩고기, 닭고기, 두부 등에 파, 마늘, 후추와 같은 양념을 하여 반쯤 볶은 것을 내장을 뺀 어린 돼지의 뱃속에 넣고 실로 꿰맨 후 푹 찐 보양 음식〕의 대접을 받았다.

겨우 젖이 떨어졌을까 말까 한 도야지 새끼를 속만 긁어내고 통으로 푹신 고아 육개장 하듯이 펴서 국물에 먹는데, 이 야기는 많이 들었어도 입을 대기는 비로소 처음이고, 처음이라 그런지 좀 애색했다〔마음이 애

처롭고 안타까웠다〕.

하기야 연계(軟鷄)찜을 먹는 일을 생각하면 도야지 새끼를 통으로
삶아 먹는다고 별반 애색할 것은 없는 노릇이다.

또, 우리가 일상 흔연히 감식을 하는 계란이며 우유며 어란(魚卵)
이며 하는 것도 다 따지고 보면 천하 잔인스러운 짓이요, 하필 애
저찜만이 아닐 것이다.

더욱이, 원숭이를 꽁꽁 묶어 불 달군 가마솥 위에 달아 매 놓고
는 줄을 느꿔〔'늦추다'의 경기 사투리〕 발바닥을 지지고 지지고 한다 치
면 요놈이 약이 있는 대로 죄다 머리로 오른다든지 할 때에 청룡
도로 목을 뎅겅 잘라 가지고는 골을 뽑아 지져 먹는다는 원뇌탕(猿
腦湯)이란 것에 비하면 애저찜쯤은 오히려 부처님의 요리라고 할 것
이다.

그렇건만 역시 처음이라 그랬던지 비위에 잘 받지를 않는데, 아
그러자 아침에 여관집 마당으로, 산 채 꿀꿀거리면서 돌아다니던
도야지 새끼가 눈에 밟혀, 하면서 일변 또 간밤에 애기 기생이 한
놈 불러 와서는 노래를 한답시고 애를 써 쌓는다 시달림을 받는다
하는 게, 문득 애저찜이라는 것을 연상케 하던 일이 생각이 나 하
는 통에 고만 비위가 역하여 웬만큼 젓가락을 놓았었다.

맛은 그러나 일종 별미에 속한다고 할 수가 있고, 그중에도 술
안주로는 썩 되었고, 다만 너무 기름진 게 나 같은 체질에는 맞지
않을 성불렀다.

동행 중 최 박사 역시 지방질은 많이 받지 않은 모양, 조금 하다
가 말았지만 신 변호사는 근일에야 맛을 들였다면서 고기는 물론

32

뼈까지 쪼옥쪽 빨아 먹고 그 뱉은 뼈가 앞에 수북한 데에 한바탕 놀림거리가 되었다.

　아무튼 다시 보장하거니와 술안주로는 천하일품이니, 일찍이 맛보아 보지 못한 문단 주호^{酒豪}는 모름지기 전남^{全南}으로 한바탕 애저찜 원정을 가 볼 것이다.

《박문》, 1940년 4월

명태

채
만
식

근일 품귀로, 이하 한갓 전설에 불과한 허물은 필자가 질 바 아니다.

명천明川 태가太哥가 비로소 잡았대서 왈 명태明太요, 본명은 북어北魚요, 혹 입이 험한 사람은 원산元山 말뚝이라고도 칭한다.

수구장신瘦軀長身, 피골이 상접, 한 삼 년 벽곡辟穀〔곡식 대신 솔잎, 대추, 밤 따위의 날것. 혹은 이것을 조금씩 먹고 사는 생활〕이라도 하고 온 친구의 형용이다.

배를 타고 내장을 싹싹 긁어내어 싸리로 목줄띠를 꿰어 쇳소리가 나도록 바싹 말랐다. 눈을 모조리 뺐다. 천하에 이에서 더한 악형惡刑도 있을까. 모름지기 명태 신세는 되지 말 일이다.

조선 십삼 도道 방방곡곡 명

태 없는 곳이 없다. 아무리 궁벽한 산골이라도 구멍가게를 들여다보면 팔다 남은 한두 쾌는 하다못해 몇 마리라도 퀴퀴한 먼지와 더불어 한구석에 놓여 있다. 써 조선 땅 백성이 얼마나 명태를 흔케 먹는지 미루어 알리라. 참으로 조선 사람의 식탁에 오르는 것으로 명색이 어육魚肉이라 이름하는 것 가운데 명태만큼 만만한 것도 별반 없을 것이다. 굉장히 차리는 잔칫상에도 오르고,

"쯧, 고기는 해 무얼 허나! 그 명태나 한 마리 사다가……."

하는 쯤의 허술한 손님 대접의 밥상에도 오른다.

산 사람이 먹고 산 사람 대접만 하는 것이 아니라 경經 읽는 경상經床에도 명태 세 마리는 반드시 오르고, 초상집에서 문간에다 차려 놓는 사잣밥상에도 짚신 세 켤레와 더불어 세 마리의 명태가 반드시 오른다(그런 걸 보면 귀신도 조선 귀신은 명태를 좋아하는 모양이야!).

어린 아들놈 처가 세배 보내면서 떡이야, 고기야, 장만하기 번폐煩弊스러우면 명태나 한 쾌 사다 괴나리봇짐 해 지워 보내기도 하고, 바깥양반이 출입했다 불시로 돌아온 저녁 밥상에, 시아버님 제사 때 쓰려고 벽장 속에 매달아 두었던 명태 두 마리를 아낌없이 꺼내다가 국 끓이는 아낙도 종종 있다.

상갓집에 경촉經燭에다 명태 한 쾌 얼러 부조하기도 하고, 섣달 세밑에 듬씬 세찬을 가지고 들어온 소작인에게다 명태 한 쾌씩 들려 주어 보내는 후덕한 지주도 더러 있다. 명태란 그러고 보니 요샛날 케이크 한 상자, 과실 한 꾸러미 이상으로 이용이 편리한 물건이었던가 보다.

망치로 두드려 죽죽 찢어서 고추장이나 간장에 찍어, 막걸리 안주로는 덮을 게 없는 것이 명태다. 쪼개서 물에 불렸다 달걀을 씌워 제사상에 괴어 놓는 건 전라도 풍속, 서울서는 선술집에서 흔히 보는 바 찜이 상上가는 명태 요리일 것이다.

잘게 펴서 기름장에 무쳐 놓으면 명태 자반이요, 굵게 찢어서 달걀 풀고 국 끓이면 술국으로 일미다.

끝으로 군소리한다.

사십 년 전인지 오십 년 전인지 북미로 이민 간 조선 사람 두 사람이 하루는 어디선지 어떻게 하다가 명태 세 마리가 생겼더란다. 오래 그리던 고토故土의 미각인지라 항용 생각기에는 세 마리의 명태를 천하 없는 귀한 음식인 듯이 보는 그 당장 먹어 치웠으려니 하겠지만, 부否! 두 사람은 그를 놓고 앉아 보기만 하더라고.

《신시대》, 1943년 1월 / 《채만식 전집》(창작과비평사, 1989)에서 재수록

냉면

김
남
천

'냉면'이라는 말에 '평양'이 붙어서 '평양냉면'이라야 비로소 어울리는 격에 맞는 말이 되듯이 냉면은 평양에 있어 대표적인 음식이다. 언제부터 이 냉면이 평양에 들어왔으며 언제부터 냉면이 평안도 사람의 입에 가장 많이 기호에 맞는 음식물이 되었는지는 나 같은 무식쟁이에게는 알 수도 없고 또 알려고도 아니한다.

어렸을 때 우리가 냉면을 국수라 하여 비로소 입에 대게 된 시일을 기억하는 평안도 사람은 극히 드물 것이다. 나도 그 중의 한 사람이다. 밥보다도 아니 쌀로 만든 음식물보다도 이르게 나는 이 국수 맛을 알았을는지도 모른다. 어머니의 등에 업혀서 어른들의 냉면 그릇에서 여남은 오리를 끊어서 이가 서너 개 나나 마나 한 입으로 메밀로 만든 이 음식물을 받

아 삼킨 것이 아마도 내가 냉면을 입에 대어 본 처음일 것이다. 젖
먹다 뽑은 작은 입으로 이 매끈거리는 국수 오리를 감물로 쭐쭐
빨아올리던 기억이 있는지 없는지 가물가물하다.

누가 마을을 오든가 한 때에 점심이나 밤참에 반드시 이 국수를
먹던 것을 나는 겨우 기억할 따름이다. 잔칫날, 그러므로 약혼하
고 편지 부치는 날에서부터 예물 보내는 날, 장가가는 날 며느리
데려오는 날, 시집가는 날 보내는 날, 장가 와서 묵는 날 가는 날
에 이르기까지 언제나 이 국수가 출동한다. 이 밖에 환갑날, 생일
날, 제삿날, 장례날, 길사吉事, 경사慶事, 흉사凶事를 물론하고 이 국
수를 때로는 냉면으로 때로는 온면으로 먹어 왔다.

심지어는 정월 열나흘 작은 보름날 이튿기엿, 귀밝이술과 함께
수명이 국수 오리처럼 길어야 한다고 '명길이국수'라 이름 지어서
까지 이 냉면 먹을 기회를 만들어 놓았다. 지금 생각해 보면 평안
도 사람의 단순하고 담백한 식도락을 추상할 수 있어 흥미가 새롭
다.

속이 클클한 때라든가 화가 치밀어 오를 때 화풀이로 담배를
피운다든가 술을 마신다든가 하는 일은 흔히 있는 일이지만 이런
때에 국수를 먹는 사람의 심리는 평안도 태생이 아니고는 좀처럼
이해하기 힘들 것이다. 도박에 져서 실패한 김에 국수 한 양푼을
먹었다는 말이 우리 시골에 있다. 이렇게 될 때에 이 국수는 확실
히 술의 대신이다. 나같이 술잔이나 다소 할 줄 아는 사람도 속이
클클한 채 멍하니 방 안에 처박혀 있다간 불현듯 냉면 생각이 나
서 관철동이나 모교毛橋 다리 옆을 찾아갈 때가 드물지 않다. 그런

때 거리에서 친구를 만나,

"차나 마시러 갈까?"

하면

"여보, 차는 무슨 차? 우리 냉면 먹으러 갑시다."

하고 앞서서 냉면집을 찾았다.

모든 자유를 잃고 그러므로 음식물의 선택의 자유까지를 잃었을 경우에 항상 애끓는 향수같이 엄습하여 마음을 괴롭히는 식욕의 대상은 우선 냉면이다. 이렇게 되고 보니 냉면이 우리에게 가지는 은연隱然한 세력은 상당히 큰 것이라고 보지 않을 수 없다.

한방의는 냉면은 몸에 백해百害는 있을지언정 일리一利도 없는 식물食物이라 한다. 그런지 안 그런지 알 길이 없다. 혹종惑種의 보약 같은 것을 복용할 때 금기물의 하나로 메밀로 만든 냉면이 드는 수가 많은 것은 우리들의 주지의 사실이다.

국수를 먹고 더운 구들에서 잠을 자고 나면 얼굴이 부석부석 붓고 목이 케케하여 기침이 나는 것도 사실이다. 냉면은 몸에 해로운 것인지도 모른다. 국수물, 다시 말하면 메밀 숭늉은 이뇨제로 된다.

트리펠Tripper〔임질을 뜻하는 독일어〕 같은 걸 앓는 이가 냉면에 돈육이나 고추나 파나 마늘이 많이 드는 것은 꺼리지만 냉면 먹은 뒤에 더운 국수물을 청해다 한 사발씩 서서히 마시고 앉았는 것은 이 탓이다. 은근히 물어보면 이것을 먹은 이튿날의 효과는 어떤 고명한 이뇨약보다 으뜸간다고 한다.

냉면은 물론 메밀로 만든다. 메밀로 만든 국수는 사려 놓고 십

여 분만 지나면 자리를 잡는다. 물에 풀면 산산이 끊어진다. 시골 외에는 순수한 메밀로 만드는 국수는 극히 희소하다. 국수발이 질기고 끊어지지 않는 것은 소다나 가타쿠리*かたくり* 〔'얼레지'라는 식물의 뿌리로 만든 흰빛의 녹말가루〕 가루를 섞는 탓이라 한다. 서울의 골목마다 있는 마른 사리 국수 또는 결혼식장에서 주는 국수 오리 속에 몇 퍼센트의 메밀가루가 들었는지는 우리들이 단언할 수 없는 바다. 나는 서울서 횡행하는 국수의 대부분은 옥수수 농매〔'녹말'의 평안도 사투리〕나 그와 유사한 것이 아닌가 한다. 이틀 사흘을 두었다가도 제법 먹을 수 있고 얼렸다가도 더운 국물에 풀면 국수 행세를 할 수 있다. 이것은 국수가 아니고 국수 유사품이다. 평양냉면이나 메밀국수와는 친척간이나 되나 마나 하다.

〈조선일보〉, 1938년 5월 29일

유경柳京 식보食譜

※ 柳京·평양의 다른 이름

이효석

평양에 온 지 사 년이 되나 자별스럽게 기억에 남는 음식을 아직 발견하지 못했습니다. 생활의 전반 규모에 그 무슨 전통의 아름다움이 있으려니 해서 몹시 눈은 살피나 종시 그런 것이 찾아지지 않습니다.

거처하는 집의 격식이나 옷맵시나 음식 범절에 도시 그윽한 맛이 적은 듯합니다. 이것은 평양 사람 자신도 인정하는 바로, 언제인가 평양의 자랑을 말하는 좌담회에 출석했을 때 들어 보아도 그들 자신으로도 이렇다 하는 음식을 못 들었습니다.

가령 서울과 비교하면, 감히 비교할 바 못 되겠지만, 진진하고 아기자기한 맛이 적고 대체로 거칠고 단하고 뻣뻣스럽습니다. 잔칫집 음식도 먹어 보고 요정에도 올라 보았으나 어디나 다 일반입니다. 요정에 올라

서 평양의 진미를 구하려 함은 당초에 그른 일이어서 평양의 진미
는커녕 식탁에 오르는 것은 조선 음식이 아니고 정체 모를 내외
범벅의 당치 않은 것들뿐입니다. 그리고 음식상이라기보다는 대
개가 술상의 격식입니다. 술을 먹으러 갈 데지 음식을 가지가지
맛보러 갈 데는 아닙니다. 차라리 요정보다는 거리의 국수집이 그
래도 평양의 음식을 자랑하고 있는 성싶습니다.

평양냉면은 유명한 것으로 치는 듯하나 서울냉면만큼 색깔이
희지 못합니다. 하기는 냉면의 맛은 반드시 색깔로 가는 것은 아
니어서 관북 지방에서 먹은 것은 빛은 가장 검고 칙칙했으나 서울
이나 평양 그 어느 곳보다도 나았습니다. 그러나 평양 온 후로는
까딱 냉면을 끊어 버린 까닭에 평양냉면의 진미를 아직 모르고 있
습니다. 그렇다고 다시 시작해 볼 욕심도 욱기[참지 못하고 앞뒤 헤아림
없이 격한 마음이 불끈 일어나는 성질. 또는 사납고 괄괄한 성질]도 나지는 않습니
다. 냉면보다는 되려 온면을 즐겨 해서 이것은 꽤 맛을 들여 놓았
습니다. 그러나 이것도 장국보다는 맛이 윗길이면서도 어북장국
보다는 한결 떨어집니다. 잔잔하고 고소한 맛이 없고 그저 담담합
니다.

이것이 평양 음식 전반의 특징입니다만, 육수 그릇을 대하면 그
멀겋고 멋없는 꼴에 처음에는 구역이 납니다. 익숙해지면 차차 나
아는 가나 설렁탕이 이보다 윗길일 것은 사실입니다.

친한 벗이 있어 추석이 되면 노티를 가져다줍니다. 일종의 전병
으로 수수나 쌀로 달게 지진 것입니다. 너무 단 까닭에 과식을 할
수 없는 것이 노티의 덕이라면 덕일 듯합니다. 나는 이 노티보다

도 차라리 같은 벗의 집에서 먹는 만두를 훨씬 훌륭한 것으로 생각합니다. 호만두보다도 그 어떤 만두보다도 나았습니다. 평양의 자랑은 국수가 아니고 만두여야 할 것 같습니다.

동무라면 또 한 동무는 이른 봄에 여러 차례나 간장병과 떡 주발과 김치 그릇을 날라다 주었는데 이 김치의 맛이 일미여서 어느 때나 구미가 돌지 않을 때에는 번번이 생각납니다. 봄이건만 까딱 변하지 않는 김치의 맛, 시원한 그 맛은 재찬삼미再讚三昧해도 오히려 부족합니다.

대체로 평양의 김치는 두 가지 격식이 있는 듯해서 고추 양념을 진하게 하는 것과 얇게 하는 것이 있습니다. 거의 소금만으로 절여서 동치미같이 희고 깨끗하고 시원한 것, 이것이 그 일미의 김치인데 한 해 겨울 그 동무와 몇 사람의 친구와 함께 휩쓸려 늦도록 타령을 하다가 곤드레만드레 취한 김에 밤늦게 그 동무의 집으로 습격을 가서 처음 맛본 것이 바로 그 김치였던 것입니다. 단 두 칸밖에 안 되는 방에 각각 부인과 일가 아이들이 누워 있었던 까닭에 동무는 방으로는 인도하지 못하고 대문 옆 노대露臺에 벌벌 떠는 우리들을 앉히고 부인을 깨워 일으키더니 대접한다는 것이 찬 김치에 만 밥, 소위 짠지밥(김치와 짠지는 다른 것임을 평양에서는 일률로 짠지라고 일컫습니다)이었습니다. 겨울에 되려 아이스크림을 먹는다더니 찬 하늘 아래에서 벌벌 떨면서 먹은 김치의 맛은 취중의 행사였다고는 해도 잊을 수 없는 것입니다.

북쪽일수록 음식에 고추를 덜 쓰는 모양인데 이곳에서 김치를 이렇게 싱겁게 담는 격식은 관북 지방의 풍습과도 일맥 통하는 것이 있습니다. 요새 의학박사 양반이 고춧가루의 해독을 자꾸만 일러 주는 판인데 앞으로의 김치는 그 방법에 일대 개혁을 베풀어 이 평양의 식을 따면 어떨까 합니다. 나는 가정의 주부들에게 이것을 적극적으로 권하고 싶습니다. 단지 의학박사가 아닌 까닭에 잠자코 있을 뿐입니다.

잔칫집에서 가져오는 약과와 과줄은 요릿집 식탁에 오르는 메추리알이나 갈매기알과 함께 멋없고 속없는 것입니다. 약과는 굳고 과줄은 검습니다. 다식이니 정과니 하는 유^類는 찾으려야 찾을 수 없습니다. 없는 모양입니다.

중요한 음식의 하나가 야키니쿠^{やきにく}〔불고기〕인데 고기를 즐기는 평양 사람의 기질을 그대로 반영시킨 음식인 듯합니다. 요리법으로 가장 단순하고 따라서 맛도 담백합니다. 스키야키^{すきやき}〔쇠고기와 파 등 여러 가지 재료를 간장으로 맛을 내어 먹는 냄비 전골〕같이 연하지도 않거니와 갈비같이 고소하지도 않습니다. 소담한 까닭에 몇 근이고 간에 양을 사양하지 않는답니다. 평양 사람은 대개 골격이 굵고 체질이 강장하고 부한 편이 많은데 행여나 야키니쿠의 덕이 아닌가 혼자 생각에 추측하고 있습니다.

다만 야키니쿠라는 이름이 초라하고 속되어서 늘 마음에 걸립니다. 적당한 명사로 고쳐서 보편화시키는 것이 이 고장 사람의 의무가 아닐까 합니다. 말이란 순수할수록 좋은 것이지 뒤섞고 범벅하고 옮겨온 것은 상스럽고 혼란한 느낌을 줄 뿐입니다.

마지막으로 어죽을 듭니다. '물고기죽'이란 말이나 실상은 물고기보다도 닭고기가 주장이 되는 듯합니다. 닭과 물고기로 쑨 흰

죽을 고추장에 버무려 먹습니다. 여름 한철의 진미로서 아마도 천렵의 풍습의 유물로 끼쳐진 것인 모양입니다. 제철에 들어가 강놀이가 시작되면 반월도^{半月島}를 중심으로 섬과 배 위에 어죽놀이의 패가 군데군데에 벌어집니다. 물속에서 첨벙거리다가 나와 피곤한 판에 먹는 죽의 맛이란 결코 소홀히 볼 것이 아닙니다.

동해안 바닷가에서 홍합죽이라는 것을 먹은 적이 있는데 그 조개로 쑨 죽과는 맛이 흡사한 데다가 양편 다 피곤한 기회를 가린 것이라 구미 적은 여름의 음식으로 이 죽들은 확실히 공이 큰 듯합니다.

《여성》, 1939년 6월

별

김동인

무슨 글자를 보느라고 옥편을 뒤지다가 별 성星 자를 보았다. 성 자를 보고 생각하는 동안 문득 별에 대한 정다움이 마음속에 일어났다. 별을 못 본 지 얼마나 오래인지 별의 빛깔조차 기억에 희미하다. 보려면 오늘 저녁이라도 뜰에 나가서 하늘을 우러러보면 있을 것이건만.

밤길을 다니는 일이 적은 나요, 그 위에 밤길을 다닌다 해도 위를 우러러보는 일이 적은 데다가 고층 거루가 즐비하고 전등불이 휘황한 도회지에 사는 탓으로 참 별을 우러러본 기억이 요연窈然하다[아득하다]. 물론 그 사이에도 무의식적으로 별을 본 일이 있기는 있을 것이다. 그러나 '별을 본다'는 의식을 가지지 않고 보았겠는지라 별을 의식한 기억은 까맣다.

"별 하나, 나 하나, 별 둘, 나

둘, 별 셋, 나 셋."

　여름날 뜰에 모여서 목청을 돋우며 세어 나가던 그 시절의 별이나 지금의 별이나 변함은 없을 것이며, 그 뒤 중학 시대에 음울한 소년이 탄식으로 우러러보던 그 시절의 별이나 지금의 별이나 역시 변함이 없을 것이며, 또는 그 뒤 장성하여 시(詩)적 흥취에 넘친 청년이 마상이(거룻배 따위의 작은 배)를 대동강에 띄워 놓고 거기 누워서 물결 소리를 들으면서 탄미하던 그 별과 지금의 별이 변함이 없으련만. 그리고 그 시절에는 날이 흐려서 하루 이틀만 별이 안 보이더라도 마음이 조조(躁躁)하여 마치 사랑을 따르는 처녀와 같이 안타까워했거늘 지금 이렇듯 별의 빛깔조차 잊어버리도록 오래 별을 보지 않고도 그다지 부족함을 느끼지 않고 살아 나가는 이 심경은 어찌 된 셈일까.

　세상만사에 대하여 이젠 흥분과 감동을 잊었나. 혹은 별을 보고 싶은 감정이 생기지 못하도록 현대인의 감정이란 빡빡하고 기계적인 것인가. 지금도 별을 우러러보면 옛날의 그 시절과 같이 괴롭고도 즐거운 감동에 잠길 수가 있을까. 그렇지 않으면 전등만큼 밝지 못한 것이라고 경멸해 버릴 만큼 마음이 변했을까.

　지금 생각으로는 오늘 저녁에는 꼭 다시 별을 우러러보려 한다. 그러나 저녁이 되어도 그냥 이 마음이 그대로 있을지부터가 의문이다. 날이 춥다는 핑계가 있고 그 위에 오늘이 음력 팔일이니 그믐별이 아니고야 무슨 흥취가 있겠느냐는 핑계도 있고 하니 어찌 될는지 의문이다.

　보면 새고 안 보면 문득 솟아오르던 별. 저 별은 장가를 가지 않는가 하고 긴 밤을 지키고 있던 별. 내 별 네 별 하여 동생과 그 광휘를 경쟁하던 별. 생각하면 생각할수록 언제 다시 잠 못 자는 한 밤을 별을 우러러보며 새우고 싶다. 그러나 현 시대의 생활과 감정이 너무 복잡다단함을 어찌하랴. 별을 쌀알로 보고 싶을 터이며 달을 금덩이로 보고 싶을 테니까 이런 감정으로는 본다 한들 아무 감흥도 없을 것이다.

《조선문단》, 1935년 2월

청란몽 靑蘭夢

이육사

거리의 마로니에가 활짝 피기는 아직도 한참 있어야 할 것 같다. 젖구름 사이로 길다란 한 줄 빛깔이 흘러 내려온 것은 마치 바이올린의 한 줄같이 부드럽고도 날카롭게 내 심금의 어느 한 줄에라도 닿기만 하면 그만 곧 신묘한 멜로디가 흘러나올 것만 같다.

정녕 봄이 온 것이다. 이 가벼운 게으름을 어째서 꼭 이겨야만 될 턱이 있느냐.

대웅大熊 성좌가 보이는 내 침대는 바닷속보다도 고요할 수 있는 것이 남모르는 자랑이었다. 나는 여기서부터 표류기를 쓸 수도 있는 것이다. 날쌘한 놈, 몽땅한 놈, 뛰는 놈, 나는 놈, 기는 놈, 달리는 놈, 수없이 많은 어족들의 세상을 찾았는가 하면, 어느 때는 불에 타는 열사의 나라 철수화鐵樹花나 선인장들이 가시성같이 무성한

49

위에 황금 사복같이 재겨 붙인 작은 꽃들, 그것은 죽음에의 유혹 같이 사람의 영혼을 할퀴곤 하였다.

소낙비가 지나가고 무지개가 서는 곳은 맑은 시냇물이 흘렀다. 계류溪流를 따라 올라가면 자운영꽃이 들로 하나 다복이 핀 두렁길로 하늘에 닿을 듯한 전나무 숲 사이로 들어가면 살짐맥이들은 닛풀을 뜯어먹다간 벗말을 불러 소리치곤 뛰어가는 곳 하얀 목책이 죽 두른 너머로 수정궁같이 깨끗한 집들이 즐비한 곳에 화강암으로 깎아 박은 돌계단이 기다랗게 하양夏陽의 열은 햇살을 받아 진주 가루라도 흩뿌리는 듯 눈이 부시다.

마치 어느 나라의 왕궁인 듯 호화스럽다. 그렇다면 왕은 수렵이라도 가고 궁전만은 비어 있는 것일까 하고 돌축을 하나하나 밟아가면 또다시 기다란 줄 행랑이 있는 것이고 그것을 바른편으로 돌아들어 왼편으로 보이는 별실은 서재인 듯 조용한 목에 뜰 앞에는 조롱들 속에서 빛깔 다른 새들이 시스마금 낯선 손님을 마저 안체하고 재재거리고 그 아래로 화단에는 저마다 다른 제 고향의 향기를 뽑아 멀리서 온 에트랑제는 취하면 혼혼하게 잠이 들 수도 있는 것이다.

가벼운 바람과 함께 앞창이 슬쩍 열리고는 공주보다 교만해 보이는 젊은 여자 손에는 새파란 줄기에 양호필羊毫筆같이 하얀 봉오리가 달린 난꽃을 한 다발 안고 와서는 뒤를 돌아보며 시비侍婢를 물리치곤 내 책상 위에 은으로 만든 화병에다 한 대를 골라 꽂아 두곤 무슨 말을 할 듯 할 듯하다가는 그만 부끄러운 듯이 아무런 말도 하지 못하고 조심조심 물러가고 만 것이었다.

달빛이 창백하게 흐르면 유리창을 넘어서 내 방 안은 치워졌다. 병든 마음이었고 피곤한 몸이었다. 십 년이나 되는 긴 세월을 나는 모든 것을 내 혼자 병들어 본다. 병도 나에게는 한 개의 향락일 수 있는 때문이었다. 아무도 없는 무덤 같은 방 안에서 혼자서 꿈을 꿀 수가 있지 않은가. 잠이 깨면 또 달이 밝지 않은가. 그 꿈만은 아니었다. 그 여자가 화병에 꽂아 주고 간 난꽃이 그냥 남아 있는 것이 아닌가. 그 복욱^{馥郁}하고 청렬^{清洌}한 향기가 몇천만 개의 단어보다도 더 힘차게 더 따사롭게 내 영혼에 속삭이는, 말 아닌 말이 보다 더 큰 더 행복된 위안이 어디 있으므로, 이것을 꿈이라 헛되다고 누가 말하리요. 진정 헛된 꿈이라고 말하면 꿈 그대로 살아 보는 것도 또한 쾌하지 않은가.

나는 때로 거리를 걸어 보기도 하나 그 꿈속에 걸어 본 거리와 그 여자의 모습은 영영 볼 수는 없는 것이었다. 때로 화창^{花廠}을 들러도 보고 난꽃을 찾아도 보았으나 내 머릿속에 태워 붙인 그것처럼 사라질 줄 모르는 향기는 찾아볼 수 없었다. 꿈은 유쾌한 것 영원한 것이기도 하다.

《문장》, 1940년

그믐달

나
도
향

나는 그믐달을 몹시 사랑한
다. 그믐달은 너무 요염하여 감
히 손을 댈 수도 없고 말을 붙
일 수도 없이 깜찍하게 어여쁜
계집 같은 달인 동시에 가슴이
저리고 쓰리도록 가련한 달이
다.

서산 위에 잠깐 나타났다 숨
어 버리는 초승달은 세상을 후
려 삼키려는 독부毒婦가 아니면
철모르는 처녀 같은 달이지만
그믐달은 세상의 같은 풍상을
다 겪고 나중에는 그 무슨 원
한을 품고서 애처롭게 쓰러지
는 원부怨婦와 같이 비절하고 애
절한 맛이 있다. 보름에 둥근달
은 모든 영화와 끝없는 숭배를
받는 여왕 같은 달이지만 그믐
달은 애인을 잃고 쫓겨남을 당
한 공주와 같은 달이다.

초승달이나 보름달은 보는
이가 많지만 그믐달은 보는 이
가 적어 그만큼 외로운 달이다.

객창한등客窓寒燈 [나그네가 묵는 객지 방에 비치는 쓸쓸한 불빛]에 정든 님 그리워 잠 못 들어 하는 이나 못 견디게 쓰린 가슴을 움켜잡은 무슨 한 있는 사람이 아니면 그 달을 보아 주는 이가 별로 없을 것이다. 그는 고요한 꿈나라에서 평화롭게 잠든 세상을 저주하며 홀로 머리를 풀어뜨리고 우는 청상靑孀과 같은 달이다.

내 눈에는 초승달빛은 따뜻한 황금빛에 날카로운 쇳소리가 나는 듯하고 보름달을 쳐다보면 하얀 얼굴이 언제든지 웃는 듯하지만 그믐달은 공중에서 번듯하게 날카로운 비수와 같이 푸른빛이 있어 보인다.

내가 한恨 있는 사람이 되어서 그러한지는 모르지만 내가 그 달을 많이 보고 또 보기를 원하지만 그 달을 한 있는 사람만 보아 주는 것이 아니라 늦게 돌아가는 술주정꾼과 노름하다 오줌 누러 나온 사람도 보고 어떤 때는 도적놈도 보는 것이다.

어떻든지 그믐달은 가장 정 있는 사람이 보는 중에 또한 가장 한 있는 사람이 보아 주고 또 가장 무정한 사람이 보는 동시에 가장 무서운 사람들이 많이 보아 준다. 내가 만일 여자로 태어날 수 있다 하면 그믐달 같은 여자로 태어나고 싶다.

《조선문단》, 1935년 4월

늪의 신비

이효석

　노루먹 고개를 바로 넘는 곳에 산비탈을 끼고 기다란 늪이 있었다. 이끼 낀 푸른 물이 언제든지 고요하게 고였고 골과 잔버들이 군데군데 모였고 넓은 진펄이 주위를 둘러쌌다.

　부근에는 인가가 없어서 가랑비나 오는 진날이면 근처 일대가 더한층 께끔하고[꺼림칙하여 마음이 내키지 않고] 무서웠다.

　봉평까지 이십 리요, 대화까지는 삼십 리요, 진부까지는 오십 리의 지점에 있는 늪이었다.

　늪 속에는 이심이[뱀도 용도 아닌 이상한 동물 인형]가 있다는 것이었다. 뿔이 돋고 여의주를 얻으면 비 오는 날 검은 구름을 타고 하늘에 오른다는 이심이를 본 사람도 없고 잡은 사람도 없으나 이 이야기는 기괴한 상상으로 가슴을 눌렀다.

　제일 큰 뱀장어보다도 제일 큰 구렁이보다도 더 큰 괴물이 늪 속에 꿈틀거리고 잠겼을 것이니 그믐밤에는 물속에서 고개를 들고 길 가는 사람을 후려 가지 않으리라고 누가 장담하랴.

깊고 우중충한 늪 속에는 비록 이심이가 아니라도 확실히 두려운 그 무엇이 있을 것은 사실이다. 보이지 않는 곳에 반드시 그 무엇이 없을 법은 없다. 늪은 신비의 못이요 전설의 도가니다. 확실히 어둠 속의 여인의 눈 속 이상의 신비를 간직한 것이 곧 늪이다.

《성화》, 삼문사, 1939년

춘원의 편지

김동인

처녀의 공상과 같이 아질아질하고 재미스러운 로맨스를 가진 편지는 기억에 없다. 고소치 않을 수 없는 난센스가 하나 생각날 뿐이다.

이 년 전 여름 평양에 살 때 일이다.

무슨 긴한 일이 있어서 춘원에게 편지를 한 일이 있다. 곧 회답을 받아야 할 편지를 이틀 만에 회답이 왔다. 곧 펴 보았다. 재독, 삼독하였다. 의미를 알 수 없는 편지였다.

'—××(지금은 잊었지만 사람의 이름인 듯)는 입원을 하고 집안이 경황한데 너조차 왜 성화를 시키느냐. 얼마간 기다려라' 이런 뜻의 편지였다.

재독, 삼독한 결과 이 편지는 내가 받을 편지가 아닌 것이다. 어떤 다른 사람에게 보낼 편지를 봉투를 잘못 넣어 보낸 것이라고 추측이 갔다. 그래서 춘원에게 다시, 편지가 바뀐 듯하기에 도로 보내니 다시 회답하여 주시옵, 하는 뜻의 편지를 써서 보냈다.

그 후 또 이틀 뒤에야 내가 기다리던 회답이 왔다. 그런데 그 회답 중에 '동봉하였노라는 낡은 편지는 없으니 웬일이오?' 하는 말이 있었다. 그래서 책상을 뒤저 보니까 보낸 줄 믿었던 편지는 내 책상 서랍에 그냥 있었다.

그 뒤 춘원을 만났더니 "편지를 바꾼 내 정신도 정신이려니와 동봉하노라고 동봉치 않은 동인 씨 정신도 뉘게 지지 않겠습디다." 하고 웃었다.

《신동아》, 1933년 10월

나와 귀뚜라미

김유정

폐결핵에는 삼복더위가 끝없이 얄궂다. 산의 녹음도 좋고 시원한 해변이 그립지 않은 것도 아니다. 착박著迫한 방구석에서 빈대에 뜯기고 땀을 쏟고 이렇게 하는 피서는 그리 은혜로운 생활이 못 된다.

야심하여 홀로 일어나 한참 쿨룩거릴 때면 안집은 물론 벽 하나 격隔한 옆집에서 끙 하고 돌아눕는 인기척을 나는 가끔 들을 수 있다. 이 몸이기에 이 지경이라면 차라리 하고 때로는 딱한 생각도 해 본다. 그러나 살고도 싶지 않지만 또한 죽고도 싶지 않은 그것이 즉 나의 오늘이다.

무조건하고 철이 바뀌기만, 가을이 되기만 기다린다. 가을이 오면 밝은 낮보다 캄캄한 명상의 밤이 커엽다〔원본에는 '구업다'로 되어 있으나 문맥상 '커엽다'의 뜻으로 보아 수정 표기함〕. 귀뚜라미 노래를 읊을 때 창밖의 낙엽은 온온히 지고 그 밤은 나에게 극히 엄숙한 그리고 극히 고적한 순간을 가져온다. 신묘한 이 음률을 나는 잘 안다. 낯익은 처녀와 같이 들을 수 있다면 이것이 분명히 행복임을 나는 잘 알고 있다.

그러나 분수에 넘는 허영이러니, 이번 가을에는 귀뚜라미의 부르는 노래나 홀로 근청謹聽하며 나는 건강한 밤을 맞아 보리라.

《조광》, 1935년 11월

나비

노천명

나비는 어딘지 모르게 무척 귀족적인 데를 지니고 있다. 송충이를 거의 병신성스럽게 무서워하는 내깐에 나비는 또 몹시 고와한다. 인시류鱗翅類 가운데서 확실히 나비는 어느 귀족일 게다. 그 몸뚱이의 됨됨이며 또 맵시를 보라. 얼마나 귀골로 생겼나?

연상 장미의 화원으로만 배돌고 한사코 꽃을 따라 마지않는 짓이 얄밉다기보다도 오히려 그 심미파적인 데를 나는 사랑하고 싶다. 나비는 지극히 점잖다. 어디까지나 신사풍을 갖추고 있다. 그리고 무척 사치스럽다. 흰나비를 비롯해 노랑나비를 보라. 또 범나비, 호랑나비를 보라. 그 날개의 호화스러운 차림새란 과연 휘황찬란한 데가 있지 않은가?

나는 어려서 화초밭에 가 들었다가 호랑나비를 보면 괜히 무서운 생각이 드는 것이었다. 얼숭덜숭 반점이 박힌 그 날개를 퍼덕이면 어린 마음에 어떤 공포를 느끼는 것이었다.

머지않아 이제 울타리에 개나리꽃이 피고 잔디밭에 민들레꽃이 피면 하늘하늘 나비가 날며 나타날 것이다.

올해는 무슨 빛 나비를 먼저 볼 것인가? 호랑나비를 먼저 보면 그해 운이 좋다는 말이 있다. 어려서 나는 제일 먼저 흰나비를 보는 해엔 그해가 다 가도록 은근히 걱정으로 지내는 것이었다. 누구에게서 들었는지 흰나비를 먼저 보면 그해엔 상주가 된다는 말이 무서웠기 때문이다.

길을 걷다가 흰나비가 퍼뜩 보이는 것 같으면 얼른 다른 데로 당황히 시선을 돌리며 안 보려고 애를 쓰는 것이었다.

이런 얘기를 꺼내다 보니 문득 그때 시절이 미칠 것처럼 그리워진다.

《산딸기》, 정음사, 1948년

고양이

김동석

개를 끔찍이 사랑하는 나도 고양이라면 보기만 해도 싫다. 그런데 우리 집에 드나드는 여인네들은 나를 고양이에다 견주니 딱 질색이다.

꽁하고 있을 땐 꼭 암괭이 같다는 것이다. 섣불리 건드렸다가는 박 할퀼 것 같다고. 그러나 이야기해 보면 서글서글한 품이 강아지 같다고.

생각건대 내 천성이 고양이로 태어났으나 개를 사랑하고 고양이를 미워하는 사이에 어느덧 강아지와 같은 제이*二의 천성을 얻었으리라.

하여튼 고양이에 대한 나의 증오는 어제오늘에 비롯한 것이 아니다. 내가 네 살 땐가 집에서 기르는 고양이의 발톱을 모조리 가위로 잘라 버려서 할퀴지도 못하고 쥐도 못 잡게 만들었다는 것은 우리 집안에서는 유명한 이야기가 되어 있다.

중학에서 처음 서양 부인에게 영어 회화를 배우는데,

"고양이를 좋아하시오?"

"아니오."

"왜요?"

"할퀴니까요."

했더니 못마땅한 표정을 하던 것이 시방도 눈앞에 선하다. 그는 고양이를 끔찍이 여기는 올드미스였다.

그런데 오늘 아침에 나는 처음으로 미움 없이 고양이를 바라보았다. 흐린 날씨같이 후줄근해 보이는 회색빛 털이며 가냘픈 몸매가 나의 동정을 샀다. 입춘을 지난 햇빛도 이 늙고 오종종한 고양이의 몸에 포근한 인상을 주지 못했다.

나는 고독한 기생妓生을 연상했다. 나에게는 절개가 굳은 노처녀보다도 노류장화路柳墻花 [아무나 쉽게 꺾을 수 있는 길가의 버들과 담 밑의 꽃이라는 뜻으로, 창녀나 기생을 비유적으로 이르는 말]와 같이 꺾이는 기생을 동정하는 센티멘털한 버릇이 있다.

이렇듯 내 눈에 애련히 비치던 이 늙은 고양이가 시방 내 눈앞에서 쥐를 한 마리 잡아다 놓고 공기를 놀고 있다. 영락없이 농구 선수가 슛할 때 손목을 놀리듯이 턱을 끄떡여서 쥐를 하늘로 치뜨린다. 아직 살아서 꿈틀거린다. 그러나 도망갈 기력은 없다. 오늘 아침에는 뙤약볕에 늘어진 풀 잎사귀같이 축 널브러져 있던 고양이의 몸은 이상한 탄력을 가지고 민첩하게 움직인다.

그러지 않아도 고양이를 싫어하던 나다. 나는 그 잔인함에 한편 놀라며 한편 성냈다. 당장에 뛰어 내려가서 주먹으로 지르고 발길로 차고 싶은 충동이 복받쳤다. 한주먹에 고양이를 녹다운시키고 약한 쥐를 위하여 응당 정의감을 맛볼 것이다……

그러나 이성은 분노에 떠는 나에게 이렇게 타일렀다. 너는 인간이 아니냐. 쥐를 잡은 고양이를 또 네가 잡는다면 파리를 물어뜯는 벌을 또 물어뜯는 오줌싸개와 무엇이 다르랴.

파브르의 《곤충기》에도 있듯이 벌은 오줌싸개한테 뜯어먹혀 가면서도 파리를 뜯어먹는다. 인간이 고양이를 주릿대[주리를 트는 데에 쓰는 두 개의 긴 막대기]를 안기든 말든 고양이는 쥐를 잡을 것이다. 그것이 자연이다. "고양이가 죽은 쥐를 애달파하거든 곧이듣지 말라."는 이언俚諺 [항간에 퍼져 있는 속담]도 있거니와 고양이가 쥐를 잡는 것이 자연이다.

정녕코 쥐 잡는 고양이가 밉살스럽거든 고양이를 채식주의자로 만들기에 힘쓰라. 그것은 불가능하다고? 그러면 그대의 이상은 불가능에 봉착하는 것이다. 그것은 힘든 일이라고? 인류 역사상에 곤란 없이 실현된 이상이 어디 있었던가.

《박문》, 1940년 3월

돌베개

이광수

옛날 한시에 "고침석두안^{高枕}^{石頭眼}"이라는 구가 있다. 돌베개를 높이 베고 잔다는 말이다. 세상을 버린 한가한 사람의 모양을 말한 것이다. "탈건괘석벽^{脫巾掛石壁} 노정쇄송풍^{露頂灑松風}, 갓 벗어 바위에 걸고 맨 머리에 솔바람을 쏘이다"함과 같은 말이다. 옛날뿐 아니라 지금도 산길을 가노라면 무거운 짐을 벗어 놓고 돌베개를 베고 자는 사람을 보는 일이 있다. 대단히 시원해 보인다.

구약성경에는 야곱이 돌베개를 베고 자다가 좋은 꿈을 꾸었다는 이야기가 있다. 그러나 야곱은 세상을 버리거나 잊은 사람은 아니요 한 큰 민족의 조상이 되려는 불붙는 야심을 품은 사람이었다. 그는 유대 민족의 큰 조상이 되었다.

나는 연전에 처음 이 집을 짓고 왔을 때에 아직 베개도 아니

가져오고 또 목침도 없기로 앞개울에 나가서 돌 하나를 얻어다가 베개를 삼았다. 때는 마침 여름이어서 돌베개를 베고 자는 맛은 참 시원했다. 그때부터 나는 돌베개를 좋아하게 되었다.

그러나 돌베개에는 한 가지 흠이 있으니 그것은 무게가 많은 것이다. 여간 기구로는 도저히 가지고 다닐 수는 없다. 그래서 내가 광릉 봉선사에 유할 때에는 다른 돌베개 하나를 구했다. 그것은 참으로 잘생긴 돌이었다. 대리석과 같이 흰 차돌이 여러 만년 동안 물에 갈리고 씻긴 것이어서 희기가 옥과 같았다. 내가 광릉을 떠날 때에는 거기 두고 왔다.

내가 돌베개를 베고 자노라면 외양간에서 소의 숨소리가 들린다. 씨근씨근, 푸우푸우 하는 소리다. 나는 처음에는 소가 병이 든 것이나 아닌가 했더니 그런 것은 아니었다. 이십여 일 연하여 논을 가느라고 몸이 고단해서 특별히 숨소리가 크고 또 가끔 한숨을 쉬는 것이었다. 못난이니 자빠뿔[앞으로 뻗지 않고 뒤로 자빠진 듯 생긴 소의 뿔]이니 갖은 험구를 다 듣던 우리 소는 이번 여름에 십여 집 논을 갈았다. 흉보던 집 논도 우리 소는 노엽게도 생각하지 않고 갈아 주었다. 그러고는 밤에 고단해서 수없이 한숨을 쉬고 있는 것이다.

《인생의 향기》, 홍지출판사, 1936년

문방잡기
文房雜記

이태준

지금 이 글을 쓰는 것도 만년필이요 앞으로도 만년필의 신세를 죽을 때까지 질지 모르나 '만년필'이란 그 이름은 아무리 불러도 정들지 않는다. '파운틴펜'을 번역한 것이 틀림없을 터인데 얼른 쉽게 '천필泉筆'이라고도 안 하고 하필 '만년'이 튀어나왔는지 알 수 없다. 묵즙墨汁이나 염수染水를 따로 준비하는 거추장스러움이 없이 수시수처에서 뚜껑만 뽑으면 써낼 수 있는, 말하자면, 그의 공리는 대蓋보다도 먼저 단편單便한 점에 있을 것이다. 그런데 굳이 '만년'이라 하였다. 만년이라면 칠십 인생으로는 거의 무궁한 세월이다. 상시상주常時常住를 그리는 인간이라 만萬 자가 그다지 좋았기 때문이면 만세필萬歲筆이라, 혹 만대필萬臺筆이라 했어도 좋을 법하지 않았는가.

이 만년필이 현대 선비들에게서 빼앗은 것이 있다. 그것은 무엇보다 먹이었다. 가장 운치 있고, 가장 정성스러운 문방우^{文房友}였다. 종이 위에 먹같이 향기로운 것이 무엇인가 먹처럼 참되고, 윤택한 빛이 무엇인가 종이가 항구히 살 수 있는, 그의 피가 되는 먹이 종이와 우리에게서 이 만년필 때문에 사라져 가는 것이다.

시속^{時俗}이란 언제든지 편리한 자를 일컫는 말일 것이다. 그렇듯 고귀한 먹을 빼앗기면서도 이 만년필을 취하는 자로 시인 속물이 아닐 도리 없을 것이나, 때로는 어쩌다 정격^{靜闃}한 저녁을 얻어 고인들의 서화를 흠상^{欽賞}할지면, 그 묵흔의 방타^{滂沱} 임리한 데서는, 문득 일어나는 먹에의 향수를 어찌 참고 견딜 것인가. 산하재고^{山下在高}라는 격으로 필묵을 사랑함이 반드시 임지^{臨池}의 인만이 취할 바 아니라 붓과 먹을 보는 대로는 버릇처럼 반가워하는 것이다.

붓, 모필이란 가히 완상할 도구라 여긴다. 서당에서 글 읽을 때 객이 오는 것처럼 즐거운 일은 없었다. 훈장은 객을 위해서는 "나가들 좀 놀아라" 하는 것이었다. 그중에도 필공^{筆工}이 오는 것이 가장 반가운 것은, 필공은 한번 오면 수삼일을 서당에서 묵었고 묵는 동안 그의, 화로에다 인두를 꽂고 족제비 꼬리를 뜯어 가며 붓을 매는 모양은 소꿉장난처럼 재미있었다.

붓촉을 이루어 대에 꽂아가지고는 입술로 잘근잘근 빨아 좁은 손톱 위에 패임을 그어 보고 그어 보고 하는 모양은 지성이기도 하였다. 그가 훌쩍 떠나 어디로인지 산 너머로 사라진 뒤에는, 그가 매어 주고 간 붓은 슬프게까지 보이는 것이었다. 그때 그런 필공들이 수건을 단정히 하고, 노수를 걷고, 괴나리보따리를 끌러 놓고 송진과 애교와 밀내를 피워 가며 매어 주고 간 붓을 단 한 자루라도 보관하여 두었던들, 하고 그리워진다.

　내게 진짜 단계석端溪石이 차례 올 리 없다. 그러나 이름만이라도 단계석, 깨어졌으나마 화유리花柳厘에 끼인 채 멀리 해동 땅에 굴러와 주었다. 인연만으로도 먹을 정성스레 갈아야 한다.

　나에게 있어 먹은 일종 향료일 뿐이다. 옛날 먹의 고향, 중국서는 과시課試 글씨에 남열濫劣한 자는 묵수 일승墨水一升을 먹이는 법이 있었다 한다. 내 글씨는 묵수 일두墨水一斗를 먹어 마땅할 것으로 한 자를 제대로 성자成字할 자신이 없는 것이다. 다못 먹을 가는 재미, 붓을 흥건히 묻혀 보는 재미, 그리고 먹내를 맡을 뿐, 이것으로 지족할 염치밖에는 없는 것이다. 명필 동파東坡는 '천진난만 시오사天眞爛漫是吾師'라 하였다.

　나는 낙필落筆 이전에서 천진난만을 몽유夢遊할 뿐이다. 촉 긴 붓과 향기로운 먹만 있으면 어디서든 정토일 수 있는 것이다.

《문장》, 1939년 12월

벽

이
태
준

뉘 집에 가든지 좋은 벽면을 가진 방처럼 탐나는 것은 없다. 넓고 멀찍하고 광선이 간접으로 어리는, 물속처럼 고요한 벽면, 그런 벽면에 낡은 그림이나 한 폭 걸어 놓고 혼자 바라보고 앉았는 맛, 그런 벽면 아래에서 생각을 소화하며 어정거리는 맛, 더러는 좋은 친구와 함께 바라보며 화제 없는 이야기로 날 어둡는 줄 모르는 맛, 그리고 가끔 다른 그림으로 갈아 걸어 보는 맛, 좋은 벽은 얼마나 생활이, 인생이 의지할 수 있는 것일까!

어제 K군의 입원으로 S병원에 가 보았다. 새로 지은 병실, 이등실, 세 침대가 서로 좁지 않게 주르르 놓여 있고 앞에는 널따란 벽면이 멀찍하니 떠 있었다. 간접 광선인 데가 크림 빛을 칠해 한없이 부드럽고 은

은한 벽이었다.

우리는 모두 좋은 벽이라 했다. 그리고 아까운 벽이라 했다. 그렇게 훌륭한 벽면에는 파리 하나 머물러 있지 않았다.

다른 벽면도 그랬다. 한군데는 유리창이 하나 있을 뿐, 넓은 벽면들은 모두 여백인 채 사막처럼 비어 있었다. 병상에 누운 환자들은 그 사막 위에 피곤한 시선을 달리고 하다가는 머무를 곳이 없어 그만 눈을 감아 버리곤 했다.

나는 감방의 벽면이 저러려니 생각되었다. 그리고 더구나 화가인 K군을 위해서 그 사막의 벽면에다 만년필의 잉크라도 한 줄기 뿌려 놓고 싶었다.

벽이 그립다.

멀찍하고 은은한 벽면에 장정 낡은 옛 그림이나 한 폭 걸어 놓고 그 아래 고요히 앉아 보고 싶다. 배광^{背光}이 없는 생활일수록 벽이 그리운가 보다.

_____

《무서록》, 박문서관, 1941년

책

이
태
준

책冊만은 '책'보다 '冊'으로 쓰고 싶다. '책'보다 '冊'이 더 아름답고 더 책답다.

책은 읽는 것인가? 보는 것인가? 어루만지는 것인가? 하면 다 되는 것이 책이다. 책은 읽기만 하는 것이라면 그건 책에게 너무 가혹하고 원시적인 평가다. 의복이나 주택은 보온만을 위한 세기는 벌써 아니다. 육체를 위해서도 이미 그렇거든 하물며 감정의, 정신의, 사상의 의복이요 주택인 책에 있어서랴! 책은 한껏 아름다워라, 그대는 인공으로 된 모든 문화물 가운데 꽃이요 천사요 또한 제왕이기 때문이다.

물질 이상인 것이 책이다. 한 표정 고운 소녀와 같이, 한 그윽한 눈매를 보이는 젊은 미망인처럼 매력은 가지가지다. 신간란에서 새로 뽑을 수 있는 잉크 냄새 새로운 것은, 소녀라고 해서 어찌 다 그다지 신선하고 상냥스러우랴! 고서점에서 먼지를 털고 겨드랑 땀내 같은 것을 풍기는 것들은 자못 미망인다운 함축미인 것이다.

서점에서는 나는 늘 급진파다. 우선 소유하고 본다. 정류장에 나와 포장지를 끄르고 전차에 올라 첫 페이지를 읽어 보는 맛, 전찻길이 멀수록 복되다. 집에 갖다 한번 그들 사이에 던져 버리는 날은 그제는 잠이나 오지 않는 날 밤에야 그의 존재를 깨닫는 심히 박정한 주인이 된다.

가끔 책을 빌리러 오는 친구가 있다. 나는 적이 질투를 느낀다. 흔히는 첫 한두 페이지밖에는 읽지 못하고 둔 책이기 때문이다. 그가 나에게 속삭여 주려던 아름다운 긴 이야기를 다른 사나이에게 먼저 해버리려 가기 때문이다. 가면 여러 날 뒤에, 나는 아주 까맣게 잊어버렸을 때 그는 한껏 피로해져서 초라해져서 돌아오는 것이다. 친구는 고맙다는 말만으로 물러가지 않고, 그를 평가까지 하는 것이다. 나는 그런 경우에 그 책에 대하여는 전혀 흥미를 잃어버리는 수가 많다.

빌려 나간 책은 영원히 노라가 되어 버리는 것도 있다.

이러는 나도 남의 책을 가끔 빌려 온다. 약속한 기간을 넘긴 것도 몇 권 있다. 그러기에 책은 빌리는 사람도 도적이요 빌려 주는 사람도 도적이란 서적 윤리가 따로 있는 것이다. 일생에 천 권을 빌려 보고 구백구십구 권을 돌려보내고 죽는다면 그는 최우등의 성적이다. 그러나 남은 한 권 때문에 도적은 도적이다. 책을 남에게 빌려만 주고 저는 남의 것을 한 권도 빌리지 않기란 천 권에서 구백구십구 권을 돌려보내기보다 더 어려운 일이다. 그러므로 빌리는 자나 빌려 주는 자나 책에 있어서는 다 도적 됨을 면치 못한다.

그러나 책은 역시 빌려야 한다. 진리와 예술을 감금해서는 안 된다.

그러나 책은 물질 이상이다. 영양令孃이나 귀부인을 초대한 듯 결코 땀이나 때가 묻은 손을 대어서는 실례다. 책은 세수를 할 줄 모르는 미인이다.

책에만은 나는 봉건적인 여성관이다. 너무 건강해선 무거워 안 된다. 가볍고 얄팍하고 뚜껑도 예전 능화지菱花紙처럼 부드러워 한 손에 말아 쥐고 누워서도 읽기 좋기를 탐낸다. 그러나 덮어 놓으면 떠들리거나 구김살이 잡히지 않고 이내 고요히 제 태態로 돌아가는 인종忍從이 있기를 바란다고 할까.

《무서록》, 박문서관, 1941년

가장 시원한 이야기

정지용

그날 밤 더위란 난생처음 당하는 것이었다. 새로 한 시가 지나면 웬
만할까 한 것이 웬걸 두 시 세 시가 되어도 한결같이 찌는 것이었다. 설
령 바람 한 점이 있기로서니 무엇에 쓸까만 끝끝내 바람 한 점이 없었
다. 신을 끌고 나가서 뜰 앞에 선 나무 밑으로 갔다. 잎알 하나 옴칫 아
니하는 것이었다. 옴칫거리나 아니하나 볼까 하고 갸웃거려 보았다. 죽
은 고기 새끼 떼처럼 차라리 떠 있는 것이었다. 나무도 더워서 죽은 것
이었던가? 숨도 막혔거니와 기가 막혀서 가지를 흔들어 보았다. 흔들
리기는 흔들리는 것이었다. 마음이 적이 놓이는 것이었다. 참고 살기로
했다. 아무리 덥다 해도 제철이 오고 보면 이 나무에 새로운 바람이 깃
들 것이겠기에!

_ 《정지용 전집》, 민음사, 1988에서 재수록

목련

노천명

아침에 눈을 뜨는 길로 문갑 위의 목련을 바라봤다.

그윽한 향기가 방 안에 넘치는 것 같다. 재치 있는 붓끝으로 곱게 그려진 것 같은 미끈하고 탐스러운 잎사귀며 그 희고 도톰한 화판하며 불그레한 꽃술하며, 보면 볼수록 품#이 있고 고귀한 꽃이다. 그리고 무척 동양적이다. 내가 여학교 시대 자수 시간에 족자에다 이 목련이란 꽃을 수는 놓아 본 일이 있으나 보기는 처음인 것이다. 지난번 주일날 명륜동 조카 집엘 놀러 갔더니 돌아올 때 조카가 정원에서 꺾어 준 꽃이 이 목련이다. 전차와 버스를 타고 오는 동안 이 꽃을 위해 나는 얼마나 주의를 했는지 모른다.

어쩌면 이처럼 점잖은 꽃이 있을까? 몇 번을 감탄하고도 오히려 남음이 있어 좋은 벗이라도 와서 같이 보았으면 싶던 차에 오늘 아침 선[*]이 와서 이 꽃을 보고 늘어지게 찬사를 던지고 갔다. 흰 나리꽃이 꽃 중에는 으뜸가는 줄 알았더니, 목련은 한층 격이 높음을 본다. 목련을 조용히 바라보고 있으면 옷깃이 여며진다.

사람도 이처럼 그윽하고 품이 있어지고 싶건만, 향기를 지닌 사람이 된다는 것 역시 쉬운 노력이 아님을 느낀다.

_《산딸기》, 정음사, 1948년

제 2 부

나라는 인간의 존재를
내다보며 웃는다

단념

김기림

살아간다고 하는 것은 별 게 아니었다. 끝없이 단념해 가는 것, 그것뿐인 것 같다. 산 너머 저 산 너머는 행복이 있다 한다. 언제고 그 산을 넘어 넓은 들로 나가 본다는 것이 산골 젊은이들의 꿈이었다. 그러나 이윽고는 산 너머 생각도 잊어버리고 '아르네'[Arne. 노르웨이의 작가 비에른손이 쓴 소설 《아르네》(1858)의 주인공. 사생아로 태어났으나 감성적이며 먼 곳을 동경하는 젊은이. 김기림은 '아르네'를 통해 순진한 젊은이의 운명을 비유적으로 표현하고자 했다]는 결혼을 한다. 머지않아서 아르네는 사오 남매의 복福 가진 아버지가 될 것이다.

이렇게 세상의 수많은 아르네들은 그만 나폴레옹을 단념하고 셰익스피어를 단념하고 토마스 아퀴나스를 단념하고 렘브란트를 단념하고 자못 풍정낭식風靜浪息[바람이 자고 파도가 잔잔

해진다는 뜻으로, 들떠서 어수선하던 것이 가라앉음을 의미)한 생애를 이웃 농부
들의 질소質素한 관장觀葬[사람들이 지켜보는 가운데 치르는 장례] 속에 마치는
것이다.

그러나 모든 것을 아주 단념해 버리는 것은 용기를 요하는 일이
다. 가계를 버리고 처자를 버리고 지위를 버리고 드디어 온갖 욕
망의 불덩이인 육체를 몹쓸 고행으로써 벌하는 수행승의 생애는
바로 그런 것이다. 그것은 무無에 접接하는 것이다.

그런데 이와는 아주 반대로 끝없이 새로운 것을 욕망하고 추구
하고 돌진하고 대립하고 깨뜨리고 불타다가 생명의 마지막 불꽃
마저 꺼진 뒤에야 끊어지는 생활 태도가 있다. 돈 후안이 그랬고
베토벤이 그랬고 《장 크리스토프》의 주인공이 그랬고 랭보가 그
랬고 로렌츠가 그랬고 고갱이 그랬다.

이 두 길은 한 가지로 영웅의 길이다. 다만 그 하나는 영구적 적
멸寂滅로 가고 하나는 그 부단한 건설로 향한다. 이 두 나무의 과실
로 한편에 인도의 오늘이 있고 다른 한편에 서양 문명이 있다.

이러한 두 가지 극단 사이에 있는 가장 참한 조행操行[태도와 행실을
아울러 이르는 말] 갑甲에 속하는 태도가 있다. 그저 얼마간 욕망하다
가 얼마간 단념하고…… 아주 단념도 못하고 아주 쫓아가지도 않
고 그러는 사이에 분에 맞는 정도의 지위와 명예와 부동산과 자녀
를 거느리고 영양營養도 갑을 보전하고 때로는 표창表彰도 되고 해서
한 편篇 아담한 통속 소설 주인공의 표본이 된다. 말하자면 속인
처세의 극치다.

이십 대에는 성盛히 욕망하고 추구하다가도 삼십 대만 잡아서면

사람들은 더욱 성하게 단념해야 하나 보다. 학문을 단념하고 연애를 단념하고 새로운 것을 단념하고 발명을 단념하고 드디어는 착한 사람이고자 하던 일까지 단념해야 한다. 삼십이 넘어 가지고도 시인이라는 것은 망나니라는 말과 같다고 한 누구의 말은 어쩌면 그렇게도 찬란한 명구냐.

약간은 단념하고 약간은 욕망하고 하는 것이 제일 안전한 일인지도 모른다.

아름다운 단념은 또한 처량한 단념이기도 하다. 그러나 예술에 있어서도 학문에 있어서도 나는 나 자신과 친한 벗에게는 이 고상한 섭생법을 권하고 싶지 않다.

'일체一切나 그렇지 않으면 무無나?'

예술도 학문도 늘 이 두 단애斷崖의 절정을 가는 것 같다. 평온을 바라는 시민을 마땅히 기어 내려가서 저 골짜기 밑바닥의 탄탄대로를 감이 좋을 것이다.

《문장》, 1940년 5월

천렵

계용묵

물속에 들어 있어 한참 그물을 끌고 다닐 때에는 오직 고기를 그물 안으로 몰아넣을 거기에만 정신이 집중되어 힘이 듦도 더움도 모두 잊고 지낼 수 있으나 일단 그물을 놓게만 되면 제정신으로 돌아와 오력(五力)이 폭삭함을 느끼게 되고 숨이 턱턱 막힘을 참을 수 없게 된다.

그러지 않아도 등이 데일 것을 염려하여 헌 셔츠 나부랭이를 걸치고 나서기는 한 것이었으나 오늘의 볕은 어찌도 내려눌렀던 것인지 그 볕의 위력에는 셔츠도 소용이 없었다.

어깨가 어지간히 쓰린 것이 아니다. 며칠 동안을 연거푸 하여 왔으되 이렇게 심하던 않던 것이 오늘 하루에 등은 익을 대로 다 익었나 보다. 저녁에 집으로 돌아와 세수를 하려니까 목덜미에 손이 갈 때마다 뜨끔 뜨끔 쓰리다.

이렇게 일기를 써 놓고 그 이튿날부터는 아예 천렵은 말리라, 한 권의 책 위에다 부채를 받쳐 들고 여가면 언제나 모여서 서퇴^{書退}를 하던 송림 속의 군현^{群賢} 학당을 찾았다.

그러나 여기서 동무를 만나 어제의 천렵 이야기가 났을 때 교묘하게 그물 안으로 고기를 몰아넣던, 그리하여 몰려들던 그 찰나에의 묘미가 잊을 길이 없이 되살아, 눈부시게 은린^{銀鱗}을 번득이며 물 위를 뛰어 달리는 고기 떼가 눈앞에 어물거려, 그것의 유혹은 또 나가 보자는 한 사람의 발의가 있기 바쁘게, 등덜미들을 뻘겋게 구워가지고 돌아오면서 다시는 그만두자던 어제저녁의 그 약속을 이 순간 여지없이 웃음으로 깨치고, 오히려 뉘가 여기에 반대나 하는 사람은 없을까 하는, 아니아니한 마음으로 눈치들을 살피며 그 쓰라린 익은 어깨에다 다시 그물을 둘러메고 송가포^{宋哥浦}를 향하여 나갔다.

이것이 내가 십여 년 전 천렵을 시작하던 그해 여름의 잊혀지지 않는 한 토막의 기억이거니와, 이렇게 천렵에 맛을 붙인 다음부터는 독서도 창작도 완전히 잊고 집에야 일이 있건 말건, 등이야 익어 꺼풀이 베껴지건 말건, 이 노릇에의 그 취미를 버릴 수가 없었다.

그리하여 그 한 해 여름이 줄곧 물속에서 사라졌을 뿐 아니라, 농촌에 있어지는 여름이면 만사를 두고라도 이 천렵만은 충실히 계속이 되는 것이었다.

그물로 고기를 몰아 잡는 것이 천렵에의 전부는 물론 아니었다. 물의 심천에 따라 그 방법은 몇 번이고 고쳐졌다. 비가 와서 강물이 불면 물 가운데서 자유로 그물을 끌 수가 없다. 이럴 때면 낚시와 자리로 그 잡이법을 바꾼다. 그러다가 얼마 동안의 한천旱天이 계속되어 능히 물속에서의 행보가 자유롭게 되면 다시 낚시와 자리를 집어던지고 그물을 끈다. 물이 얕을수록 낚시질에나 자리질도 한결 재미가 더 있어지는 것이기는 하나, 그 잡히는 수로 볼진대 그물을 끄는 것에 따르지를 못하니, 고기를 잡는 맛은 낚시질에 승하는 것이 아니나, 그 '많이'라는 욕심이 이렇게 낚시를 빼앗고 등을 여름내 구워 주게 만드는 것이다.

이러한 장난에서 잡히는 류의 고기에는 별로히 식욕에 당기는 종류의 고기가 내겐 없다. 더욱이 메기나 가물치 같은 류에 이르러선 입에 댈 비위조차 가지지 못한다. 그렇건만 다만 그 고기를 잡는 재미, 그것이 그렇게도 나를 자꾸만 천렵에로 이끌어 내는 것이다.

그 어느 여름 한철에는 먹는 수보다 잡히는 수가 많아서 날마다 달뱅이가 철철 넘게 밀려드는 것이므로 이것을 처치할 길이 없어 적은 놈은 골라서 일변 조림을 조리고 큰 놈일랑 목에다 묵을 붓고 길러가며 먹어 본 적도 있다.

천렵이 일단 시작만 되면 지는 해가 아쉬웠고, 흐리는 날이 원망스러웠다. 진종일을 더위와 싸우며 그 무거운 그물을 끌고 돌아다니고, 그리하여 지친 피로가 실로 해가 서산머리에 올라앉을 무렵이면 여간한 것이 아니건만. 그 하루의 지는 해가 왜 그리 아까운지 날이 밝기만 하면 또다시 굿장난일 것을 길이 물속에다 미련을 두고 돌아오게 된다. 그리고 또 하늘이 흐리어 별빛이 윤택을 잃게 되면 비가 오려는 것은 아닌가 하는 조바심에 이불 속에 누웠다가도 문을 열고 나가 하늘을 우러러보기 몇 번이고 거듭하는 때가 있다.

지금도 내가 만일 시골에 있어진 몸이라면 의례히 이 여름도 등이 뻘겋게 익어서 낚시나 혹은 그물을 둘러메고 날마다 밤이 새기 바쁘게 강변을 찾아다닐 것에 틀림없을 것이다.

서울서도 낚시질 같은 것은 가다가 한때씩은 직장의 휴일을 이용하여 기렵飢獵에의 욕망을 어느 정도까지는 만족시켜 볼 수도 있을 것이기는 하나, 역시 시작을 하여 맛을 들여 놓고 보면 그것에의 유혹이 더욱 심할 것이어서 아예 생념生念을 내지 않고 있다.

목랑우木朗友가 뚝섬으로 나가자부터는 낚시질을 시작한 모양으로 휴일의 익일이면 그 성과를 보고하고 일일의 행락을 같이 가져 보자고 유혹을 하는 것이나 연속적이 되지 못할 다만 하루 동안에 그치고 말 그러한 성질에 더 나아가지 못할 것임을 깨달을 때, 마음은 여전히 내키지 않아 금년 철에도 이제껏 단 하루의 낚시질도 가져 본 일이 없다.

적어도 열흘이나 그러한 시일의 여유를 못 가지게 된다면 그것은 앞으로도 영원히 있지 않을 것이다.

《여성》, 1940년 8월

인욕

이광수

인욕忍辱이란 것은 불경에서 이른바 보살육바라밀菩薩六波羅密 〔보살이 수행하는 여섯 가지의 바라밀법. 생사(生死)의 고해를 건너 열반(涅槃)의 피안에 이르는 여섯 가지 덕목으로 보시(布施), 지계(持戒), 인욕(忍辱), 정진(精進), 선정(禪定), 지혜(智慧)〕중의 제삼위第三位에 있는 바라밀이니, 욕을 참으란 말이다.

예수는 성내지 말라고 가르치셨으니, 이것은 인욕을 뒷옆으로 말씀하신 것이다. 욕을 참으라는 것과 성내지 말라는 것은 결국 동의어다. 전자는 하라는 적극적 명령이요 후자는 말라는 소극적 금지다. 효과에 있어서는 마찬가지다.

"백인당중유태화百忍堂中有泰和"라는 말이 있다. 이것은 가정에서 각원이 서로 참아서 성내지 말면 그 가정이 크게 화락하단 말이니, 이것은 인욕바라밀을 가정이라는 일국부에만 적용한 것이다.

불교에서 이른바 인욕이라거나 예수교에서 이른바 성내지 말라는 것이나 다 전 인류를 대상으로 한 말이다. 아는 사람이나 모르는 사람이나, 가까운 데 사람이나 먼 데 사람이나, 백인이나 황인이나 흑인이나 홍인이나, 어떠한 사람이나 무릇 인류면 그가 내게 아무러한 손해나 모욕을 가하더라도 성내거나 반항하거나 하지 말고 가만히 참으라는 말이다.

나는 일찍이 도산島山〔독립 운동가 안창호〕을 모시고 어떤 중국인 여관에 가서 보이에게 일종의 모욕을 당하고 분개하여 어성語聲을 높여서 그 보이를 질책한 일이 있다. 그때는 나는 그리함으로 나의 인격의 존엄을 유지했다고 자신하고 곁에 있는 도산을 바라보았다. 그리고 도산의 안색이 태연부동한 것을 보고 스스로 자기가 그만한 일에 전도된 것을 참괴慙愧한 일이 있었다. 나는 만 이 개년 간 도산을 모시고 있었거니와 일찍이 한 번도 그가 누구를 미워하는 언사를 하거나 누구에게 대하여 성내는 일을 보지 못했다. 마치 이 세계 인류가 모두 달라붙어서 흔들어도 도산의 맘의 평정은 실물결도 안 질 것 같았다.

《인생의 향기》, 홍지출판사, 1936년

참회

이광수

내가 스스로 중병이 들어 죽을 의심이 있는 때나 내 가족이 그러할 때나 나는 매양 '내가 일생에 무슨 좋은 일을 하였나' 하고 반성하는 것이 습관이 되었다.

내가 죽을 의심이 있을 때에 일생에 한 좋은 일을 생각하는 것은 사후에 극락에 갈까 지옥에 갈까 하는 희망이나 공포 때문은 아니다. 나는 사死에 대하여는 심히 활발하다. 극락 갈 욕심도 없고 지옥 갈 공포도 없다.

그러면 사후의 존재를 단정적으로 부인해서 그러냐 하면 그런 것은 아니다. 나는 사후의 존재에 대해서는 회의적이다. 있다고 긍정할 확신도 없는 동시에 없다고 부인할 근거도 없다. 그러나 나에게는 생의 윤회를 긍정하려는 내적 요구는 있다. 이것은 나의 조선인인 인종

적 인습에도 인함이려니와 또한 나 자신의 특수한 이유도 있다.

그것은 첫째 각 개인의 성격과 운명이 결코 동일할 수 없도록 차이가 있음과, 둘째 각 개인이 일생에 행한 선악이 그 생에게 완전히 보응報應되는가 싶지 아니함이다.

나는 칠십 가까운 늙은 구인嫗人〔나이 많은 여자, 할미〕한 분이 아들과 싸우고 며느리와 싸우고 딸과 싸우고 모든 친척과 다 싸우고 남의 집을 살면서도 주인과 싸워, 하루도 맘 편할 날 없이 지글지글 남의 맘을 끓이고 제 가슴을 끓이고 전전하는 양을 보았다. 그의 일생은 전생의 죄악의 형벌을 받은 일생이라고밖에는 생각할 수 없는 것 같다.

이 문제에 관해서는 다른 기관에 좀 더 자세하게 내 생각을 말하려 하거니와, 이러한 이유로 나는 생의 전회轉廻를 믿고 싶은 요구가 있는 것을 스스로 신기하게 여기는 사실이다.

그렇지만 내가 생명의 위기에 임하여,

'내가 무슨 좋은 일을 하였나.'

하고 참회적 반성을 하는 것은 결코 악도惡道에 타락한 것을 두려워함에 인함은 아니다. 아니 차라리 이 세상에서 좋은 일일진댄 그것을 하기 때문에 영겁의 삼악도三惡道〔불교에서, 중생이 악업의 결과로 죽어서 가게 된다는 세 괴로운 세계. 곧 지옥도, 축생도, 아귀도〕에 전회를 하더라도 감연히 그것을 행할 욕망도 있고 용기도 있다. 못 믿을 내생을 위하여 목전에 보는 현실의 선을 희생할 나는 아니다.

그러면 내가 참회적 반성을 하는 이유는 무엇인가.

첫째는 내가 내 눈에 보는 인류 동족들이 괴롭게 또는 옳지 못하게 사는 양을 도와주지 못한 것이(그것을 도와주는 것을 일생의 목적으로 자서自誓하였음에 불구하고) 맘에 걸리는 것이요, 둘째는 내가 자녀에게 남겨 줄 것이 적덕積德밖에 없거늘 그것을 못한 것이 맘에 걸리는 것이다.

나는 작년에 처가 난산으로 양개兩個 생명이 위기에 빈瀕하였을 때에(때는 새벽이다) 나는 가장 엄숙하게 내 생명으로써 처와 및 아직 보지 못한 어린 생명을 대신할 것을 빌었다. 이렇게 빌기를 세 번 했다. 그러나 셋째 번 빌 때에 나는 스스로 실망함을 금치 못했다. 대개 내 생명이 무슨 값이 있기에 두 생명을 사死에서 구출하는 속贖이 되랴 하고 자반自反함이다.

그리스도의 생명은 전 인류를 사死에서 구출하는 값이 되었다 하고 지장보살의 대공덕은 지옥에 빠진 어머니를 구출하는 힘이 되고도 남아서 그의 명호를 부르는 이는 누구나 제도濟度하는 힘이 있다고 한다. 그러나 나는 지내 온 생애를 돌아보매 무슨 좋은 일을 했는가. 남을 도와주긴커녕 남의 도움만 받았고 남의 괴로움을 덜어 준 일은 기억하기 어려워도 남을 괴롭게 하고 슬프게 한 일은 열 손가락을 몇 번 꼽았다 펼 만하지 아니한가. 나 같은 것은 생명을 희생하기로 무슨 공덕이 되랴고 생각할 때에 슬펐다. 더구나 나같이 중병이 들어서 거의 다 죽게 된 썩은 새끼 같은 생명을 생각하면 스스로 고소苦笑함을 금치 못했다.

나는 가끔 참회하는 맘을 가지게 된다. 깨끗깨끗하게 인생을 살자 하는 이상이 어그러질 때마다 나는 참회의 고통을 맛본다.

어린것이 이질로 아흐레째가 되어도 낫지를 아니하고 곱똥을 눈다. 어저께는 세 번만 누기에 안심했더니 오늘은 일곱 번이나 누었다. 먹는 우유가 소화가 아니 되고 몽글몽글 되어서 나온다. 점점 기운이 빠지는 것 같아서 슬프다.

황혼에 나는 저를 안고 대문간 문지방에 걸터앉았다. 길로 사람들이 지나가는 것을 그 까만 눈으로 고개를 돌려 가며 바라보는 것이 애처롭다. 무슨 생각을 가지고 그렇게 사람들을 바라보는 것인가.

이것이 죽지나 아니하려는가 하고 나는 그의 황혼에 더욱 해쓱한 얼굴을 바라보았다. 발자취가 들릴 때마다 그것을 하나도 아니 빼어 놓으려는 듯이 앞으로 뒤로 연해 바라본다. 황혼 속에 발락거리는 한 생명! 이것이 죽지나 아니하려는가 하고 나는 두 팔에 더욱 힘을 주어 그의 허리와 볼기짝을 꼭 껴안았다. 그는 나의 정 愛을 알아보는 듯이 머리를 내 가슴에 가만히 기댄다. 세상에 온 지 열넉 달 되는 어린 생명이.

그가 죽지나 아니할까. 몸이나 맘이나 그렇게 신비하게 아름답 게 생긴 것이 그 속에 간직한 모든 빛과 향기와 힘을 펴 보지도 못 하고 죽어서 되랴. 그는 살기 위하여 난 것이 아닌가. 우주도 그에 게 어떤 직분을 맡기려고 그를 나게 한 것이 아닌가. 그의 손은 반 듯이 아름답고 큰 무엇을 만들기 위해 있는 것이요, 그의 빛나는 눈은 우주와 인생의 진위와 미추를 분변分辨하기 위해 있는 것이 요. 그의 아직 조그마한 머릿속에는 인생의 슬픔을 제하고 기쁨을 줄 무슨 경험이 움돋고 있는 것이라고 나는 믿는다.

이것이 아비의 자식에게 대한 우치愚癡일는지 모르거니와 내게 있어서는 이것은 결코 환상이 아니요 이 지구와 같이 실재하는 사 실이다. 그러므로 그는 죽어서는 아니 된다. 그는 살아야 한다. 힘 있게 오래 살아야 한다. 그의 큰 사명을 다하도록 살아야 한다. 이 렇게 생각하면 맘이 든든해진다.

그러나 그의 병이 좀 더할 때마다 어버이의 가슴은 무거운 바윗 돌로 내리눌리는 듯하다. 그가 점점 조금씩 쇠약해지는 것을 어버 이는 붙잡을 수가 없고 그의 연연한 창자벽을 파먹는 병균을 어버 이의 하는 애로는 어찌할 도리가 없음을 볼 때에 어버이는 오직 헬프리스한 비애만을 느끼는 동시에 자기의 죄를 참회하는 맘이 날카로워질 뿐이다.

남의 집 아이들이 병 없이 투실투실하게 자라나는 것을 볼 때마다 그 부모는 죄가 없다, 나는 죄가 많다, 하고 내 죄의 벌을 대신 받는 듯한 어린이를 보고 미안한 생각이 난다. 아까 그의 어머니는 장난감 염주를 그의 목에 걸어 주며,

"아가, 너는 자라서 중이나 되고 자식은 낳지 말아라."

하는 것을 들었다. 얼마나 자식 앓는 것을 보기에 가슴이 아파서 하는 말일까.

"곧잘 아니 낳고 있다가 왜 이것을 낳았어."

하고 한탄한 일도 있었다. 왜 그를 이 세상에 불러들여서 생고와 병고에 부대끼게 하는고. 말도 못하는 불쌍한 것을.

이렇게 나의 가장 심각한 참회는 어린 자식이 앓는 것을 볼 때에 온다.

《인생의 향기》, 홍지출판사, 1936년

방서한
放書恨

계용묵

바람이 살랑거리니 바깥보다는 방 안이 한결 좋다. 밤의 방 안은 더욱 마음에 든다. 등하燈下에 책상을 기대앉으면 마음이 폭 가라앉는 것이 무엇인가를 자연히 사색케 한다. 등화가친이라는 말이 있거니와 등화를 가친하지 않고는 견딜 수 없는 것이 겨울밤인 듯싶다.

저녁을 마치고 일순一瞬의 산책이 있은 다음, 등을 켜고 고요히 방 안에 들어앉으면 내 마음은 항상 무엇에 그렇게 주렸는지 공허한 마음이 저도 모르게 그 무엇인가를 찾기에 바쁘다.

그러나 그것은 언제도 찾을 수 없던 그 마음이다. 찾아질 리 없다. 허나 그것을 못 찾는 마음은 우울하기 짝이 없다. 나 이 인제 사십의 고개턱에 숨이 차게 되었으니 인생의 감상 시절은 지났다고 보아도 좋으련만 내 마음은 무엇을 찾기에 그리 늘, 우울한지.

언제나 나는 내 마음에서 그 무엇인가를 찾다 못 찾으면 그것을 서적에서 찾으려고 애를 쓴다. 그 어떠한 책 속에는 족히 내 공허한 마음을 채워 줄 그러한 무엇이 들어 있을 듯만 싶은 것이다. 그래서 멍하니 앉아서 생각을 더듬다가는 벌떡 일어서 서가로 달려가는 버릇이 있다.

그러나 지금 단칸 셋방의 객사인 내 집엔 서가는커녕 책조차 비치한 것이 없다. 좋거나 나쁘거나 그저 얻을 수 있었던 몇 권의 책이 책상 위에 놓여 있을 따름, 마음을 끄는 책이라고는 단 한 권도 없다. 책! 지극히 책이 그립다.

고향의 내 서재로 마음은 달린다. 여섯 층으로 된, 천정을 찌르는 높다란 서가가 눈앞에 보인다. 거기에 빈틈없이 질서 있게 나란히 책들이 가득 꽂혀 있다. 하지만 그것도 팔아먹고 남은 나머지다. 그것들의 책에서도 구미를 느끼지 못한다.

나는 또, 장 속에 처박아 둔, 이삼의 빈 서가를 연상해 본다. 몹시 마음에 언짢다. 한 번씩 눈을 거쳐는 보았다고 해도 내 마음을 살찌워 준 것이 그것들이었다. 그것이 이제 궁여窮餘의 일계一計에서 담배 연기로 화해 버리고 빈 서가만 남았거니 하니 마음의 공허가 더욱 심절甚切하다. 어쩐지 그 빈 서가는 내 자신인 듯이도 싶게 내 마음이 공허함을 느끼듯 공허함을 느끼는 것 같은 것이 알뜰히 걸린다. 그 서가에 그득하던 천여의 부수를 다시 채워 보지 못할까, 아득한 생각이다. 그 부수를 다시 채우기만 하면 그래도 그 속에는 내 마음의 공허도 채워질 그러한 부분이 있을 듯만 싶은데 이

제 그것을 임의로 할 수 있을 여유에 생각조차 미치지 못하니 내 자신은 인제 아무렇게나 장 속에 던져 둔, 서가와도 같은 생각이 들며 서글프기 짝이 없다.

　그리하여 영원히 채울 길이 없는 그 서가와 같이 내 마음 속에도 티끌과 거미줄만이 쌓이고 구슬리는 가운데 나날이 낡아 빠지는 것만 같다.

　밤마다 고요히 등하에 앉기만 하면 나는 마음의 공허를, 이렇게 느끼고, 마음의 구석구석 들어차는 티끌 속에 케케묵어 가는 나라는 인간의 존재를 내다보고는 어이없이 웃어 본다.

《문장》, 1948년 12월

죽음

이
태
준

그저께 아침, 우리 성북정城北
町에서는 이 봄에 들어 가장 아
름다운 아침이었다. 진달래, 개
나리가 집집 울타리마다 웃음
소리 치듯 피어 휘어지고 살구
앵두가 그 뒤를 이어 봉오리들
이 트는데, 또 참새들은 비 갠
맑은 아침인 것을 저희들만 아
노라고 꽃 숲에 지저귀는데, 개
울 건너 뉘 집에선지는 낭자한
곡성이 일어났다.

오늘 아침 집을 나오는 길에
보니, 개울 건너 그 울음소리
나던 집 앞에 영구차가 와 섰
다. 개울 이쪽에는 남녀 여러
사람이 길을 막고 서서 죽은 사
람 나가는 것을 바라보았다. 나
도 한참 그 축에 끼여 서 있었
다.

그러나 나의 눈은 건너편보
다 이쪽 구경꾼들에게 더 끌렸
다. 죽음을 바라보며 죽음을
생각하는 그 얼굴들, 모두 검은

구름장 아래 선 것처럼 한 겹의 그늘이 비껴 있었다. 그중에도 한 사나이, 그는 일견에 '저 지경이 되고 살아날 수 있을까?' 하리만치 중해 보이는 병객이었다.

그는 힘줄이 고기 뱀처럼 일어선 손으로 지팡이를 짚고 가만히 서서도 가쁜 숨을 몰아쉬면서 억지로 미치는 듯한 무거운 시선을 영구차에 보내고 있었다. 나는 속으로,

'옳지! 그대는 남의 일 같지 않겠구나!'

하고 측은히 그를 바라보았다. 그는 이내 눈치를 챘는지 나를 못마땅스럽게 한번 흘끗 쳐다보고는 지팡이를 돌리어 다른 데로 비실비실 가 버렸다.

그가 나에게 흘끗 던지는 눈은 비수처럼 날카로웠다.

'너는 지냈니? 너는 안 죽을 테냐?'

하고 나에게 생의 환멸을 꼬드겨 놓는 것 같았다.

얼마 걷지 않아 영구차 편에서 곡성이 들려왔다. 그러나 고개를 넘는 길에는 새들만이 명랑하게 지저귀었다.

사람의 울음소리! 새들의 그것보다 얼마나 불유쾌한 소리인가!

죽음을 저다지 치사스럽게 울며불며 덤비는 것도 아마 사람밖에 없을 것이다. 죽음의 주위는 좀 더 경건했으면 싶었다.

《무서록》, 박문서관, 1941년 9월

값없는 생명

최서해

폭양이 내리쪼이는 어떤 날 오후였다. 나는 서대문 밖으로 가다가 서대문 정류장을 못 미처서 바른편 쪽에 있는 조그마한 일인日人 과자점 앞을 지나려니까 사람들이 죽 모여 서서 무엇을 구경하고 있었다. 나의 호기심은 앞에 급한 일을 두었더라도 그것을 간과치 않을 터인데 심심풀이로 누구를 찾아가던 판이라 그것을 보지 않고는 견디지 못했다.

나는 인염人炎이 화끈거리는 것도 불고不顧하고 여러 사람의 틈에 끼어서 발돋움을 했다. 여러 사람의 시선을 끌게 된 주인공을 들여다본 나의 이마도 여러 사람의 이마와 같이 찡그려지지 않을 수 없었다. 그것은 거의 본능적일는지도 모른다.

나이로 말하면 삼십이 넘을락 말락 한 장년인데 과자점 서편 벽 아래 가로놓인 도랑에 쓰

100

러졌다. 몸에 걸친 것은 팔뚝이 나간 적삼과 사루마타^{さるまた} [짧은 속 잠뱅이]처럼 짧은 고의뿐인데 그것도 먼지와 땀에 절어서 묵^墨도 아니요 회^灰도 아닌 이상한 색으로 물들인 것 같고 노출된 팔다리의 살과 얼굴빛까지도 일광과 땀과 먼지와 그을음에 입은 옻빛처럼 되었다.

그는 언제부터 거기 쓰러졌는지는 모르겠으나 하반신은 먼지가 나도록 마른 도랑 속에 떨어지고 상반신은 도랑 턱에 놓여서 벽에 비스듬히 기댔다. 호흡은 끊인 듯도 보이나 이따금 입가에 게거품이 부글부글 끓어 나와서는 느른한 침이 되어서 뺨을 스쳐 타는 듯한 먼지 위에 떨어지는 것을 보면 아직도 실낱같은 목숨이 그 혈관에서 소리를 치는가 보다. 그 게거품은 부그르 끓어오를 때마다 강렬한 일광에 반사가 되어서 프리즘처럼 오색이 영롱했다.

눈은 내가 보는 그 순간에도 두어 번이나 변했다. 처음에는 반성반안^{半醒半眼}으로 보이더니 좀 보이던 검은자위가 위로 치솟으면서 노한 눈처럼 크게 떴다. 그때에 그의 콧구멍으로선지 입으로선지 모기 소리만 한, 그러나 최후의 남은 힘을 다 부은 듯한 소리를 치면서 도랑에 떨어진 손을 경련적으로 미미히 흔들었다. 그 찰나 멀거니 보던 관중들은 뒤로 주춤하였다.

그러고 나서 좀 있다가 일광^{日光}에 덴 듯이 보이는 배와 도랑에 떨어진 팔이 아까보다는 더 미미하게 한번 경련을 일으키면서 눈 가장자리가 두어 번이나 실룩거리더니 그 커다랗게 부릅뜬 눈에 보이는 것은 흰자위뿐이었다. 그러면서부터는 입술에 끓어 나오던 게거품도 더 나오지 않고 뜨거운 볕에 쪼여서 한 방울 두 방울

스러질 뿐이었다.

이제는 최후의 힘을 다하여 뛰던 그 심장이 쉬었는가? 그는 그 최후의 감각이 끊어지기 전에 무엇을 바랐던가? 그 눈은 무엇을 보고자 그렇게 움직였으며 그 팔은 무엇을 잡으려고 했던가, 또는 가리키려고 했던가? 그에게도 부모가 있었던가, 처자가 있었던가? 만일 그렇다면 그의 눈은 시각을 잃기 전에 그 부모와 처자를 보고자 했을 것이고, 그의 손은 혈도가 식기 전에 부모와 처자의 손목을 잡으려고 했을 것이다. 그가 마지막으로 남긴 그 미미하고도 속힘 있는 소리는 무엇이던가?

그는 어찌하여 여기 이렇게 쓰러져서 최후의 길을 밟게 되었는가? 굶었는가 병들었는가? 굶고 병든 몸이언만 그것을 누일 곳은 이 뜨거운 별 아래 타 들어가는 길가밖에 없던가? 그의 머리맡에 던져진 빈 지게는 무엇을 말하고 있는가?

나는 이렇게 나와 같이 생을 받아 이 세상에 나왔던 한 명의 인간이 나왔던 자취도 없이 스러지는 것을 보았다.

〈조선일보〉, 1928년 9월 23일

연주창과 독사

최서해

독사毒蛇가 아니라 무독사無毒蛇에게 물려도 그 독毒으로 다소의 고통은 받으리라고 믿는다. 그런데 연주창連珠瘡〔결핵성 부종. 목 주변에 있는 림프절에 부종이 생겨 헐고 진물이 흐르는 병〕 환자는 그렇지 않다. 더구나 독사에게 물려도 그러하다. 고통만 안 받을 뿐 아니라 병이 낫는다. 이것은 작자인 나로서도 불가해의 일이나 그러한 사실은 여러 번 보았다. 나는 사실 그대로를 쓴 것이요 과학적으로 증명할 수 있거나 또는 억측으로 쓴 것이 아니다.

나의 외숙 되는 이도 연주창으로 독사에게 물린 사실이 있었다. 그러나 그이는 불행히 낫지 않았으나 그 때문에 조그마한 고통도 안 받았다. 외숙의 말을 들으니 뱀이 물 때에 전기나 받는 듯이 전신이 찌르르 했다고 한다. 또 괴상한 것은 뱀이 연주창 병자를 물어 주지 않

103

는 것이다. 그래서 졸작 〈그믐밤〉에 그린 것처럼 대통에 넣고 바늘로 찌르는 것이며 물고 난 뒤에 뱀은 크게 부어서 죽는다.

인육人肉도 연주창에 쓴다. 그 때문에 금방 묻은 무덤을 파내고 시체에서 고기를 베어 내는 괴사怪事가 종종 생긴다. 내가 서간도 있을 때에 허원판許元板이라고 갑산 사람이 있었다. 그가 연주창으로 신고辛苦하다가 그 아내가 소아小兒의 시屍에서 인육을 얻어 먹이고 그 덕인지 저 덕인지 낫는 것을 보았다. 후에 그 아내는 그 일 때문에 소아의 가족에게 맞아 죽었지만……

그러나 나는 그 두 가지가 왜 그렇게 되는 것은 모른다. 또 연주창 병자가 있거든 인육이나 독사를 얻어 쓰라고 〈그믐밤〉을 쓴 것은 더구나 아니요, 그때 그네의 생활을 그리노라니 그것이 쓰이게 된 것이다.

끝으로 나는 그 문제에 대해서는 의심을 품는 사람이라는 말을 붙인다.

〈동아일보〉, 1926년 6월 2일

생활의 향락

김진섭

생활의 향락이란 말만큼 흔히 쓰이면서도 그 개념이 막연한, 이의적二義的인 언어도 그리 많지 않을 것이다. 물론 진정으로 생활 향락이 무엇인가를 잘 알고 있는 현명한 사람들에게는 이것은 지극히 순수 무난한 말에 속할 것이겠지만, 생활의 딜레탕트에게는 그의 근시안으로서는 도저히 이해하기 어려운 것이기 때문에 이 말만큼 위험한 것은 없다.

생활의 향락. 생활자에게 있어서 이것같이 자명한 사실은 없음에도 불구하고 혹은 그것이 있음으로써 재미도 있고 살 보람도 있는 바 향락 면을 생활에서 단연 제거하려 들고, 혹은 그와는 반대로 인생은 향락 그것 때문에 존재하는 것이지 그 이외의 것을 위해서는 존재하는 것이 아니다, 하고 생각하는 부류의 인간이 비교적 많다는 것은 슬픈 일이다.

무엇 하자는 돈인지를 반성할 여유는 한 번도 갖지 못하고 돈만 모으려 드는 인색가吝嗇家를 비롯해서 일은 해 보기도 전에 그 무의미를 주장하는 무위도식자며 공연히 짜증만 내어 그리 함으로써 참된 생활의 환희를 암살暗殺하는 불만가들은 우리가 잘 아는 바와 같이 말하자면 생활의 둔감자로 지평선 멀리 누워 있는 행복된 생활의 만끽과는 절연의 상태에 있는 사람들이니, 그들은 대개 흉도胸度가 넓은 사람 같으면 보통 일소에 부치고 말 만한 사소한 일에 머리를 앓으며 하루의 대부분을 보내고 마는 것이다.

그러나 그 위험성으로 말하면 어떠한 보수적 생활자보다도 생활의 거짓된 향락자가 일층 심함은 물론이니 그들은 돈 냥이나 있는 것을 기화로 전연全然히 인류 활동의 권외에 서서 자기 일개인의 쾌락을 추구함에 급급한 나머지 결국은 재산을 탕진하고 자기와 자기 일족을 망치고 마는 것이 예사이기 때문이다. 참으로 경계할 일이라 아니할 수 없다.

사람이 타고난 활력을 위축시키지 않기 위해서는 항상 세상의 풍파에 마찰을 당해야 됨은 물론이요 또 우리는 생활의 목적이 생활하는 것 그 자체에 있다는 것을 잊어서는 아니 된다.

다시 말하면 우리는 운동하고 성장하고 전투하는 것이 곧 생활의 목적이 됨을 알아야 한다는 것이다. 그러므로 정신적으로 육체적으로 우리가 가진 정력의 신선한 갱생을 꾀할 수 있을 때 그곳에야말로 지장 없는 생활 향락은 추구되는 것이지 안이와 일락逸樂 속에 생활 향락이 있는 것은 결코 아니다. 왜냐하면 광명에 찬 생활이란 항상 극복하기를 의욕하고 이 극복은 전투 없이는 실현될 수 없는 것이기 때문이다.

가장 아름다운 생활의 향락은 현실 생활의 쾌활한 조종과 정신력과 육체적의 조화 있는 균형 속에서만 찾을 수 있는 것이라 할 수 있으니 생활술生活術이란 결국 뭐냐 하면 달기도 하고 쓰기도 한 모든 체험 속에서 우리가 한 개의 심각한 지혜를 도출하는 동시에 그 오묘한 감즙을 섭취할 줄 아는 독특한 기교를 말하는 것이 아닐까 한다. 그리하여 생활의 향락은 활동과 휴양, 이 양자의 율조적律調的인 교호 작용에서 체험되는 것이요, 그 한 가지 것 속에서 발견되는 것은 아니므로 일면적인 인간은 그가 아무리 훌륭한 것을 기도하고 있는 경우에라도 생활의 향락에 참여할 도리는 없다.

비상시국에 처하여 오늘날 생활의 자숙과 절제는 도처에서 실행되고 있다 하더라도 아직껏 생활 향락이란 아름다운 사실은 순전히 놀고 마시고 먹고 입는 것으로서만 여기고 있는 사람들이 많은 듯하기로 나는 그들의 오해에 대하여 일언하는 동시에 가장 아름다운 생활 향락은 자연과의 접촉에서 실현될 수 있다는 것을 역설하는 바다. 활동의 여가에 유유히 실행되는 등산임수登山臨水, 여기서 우리는 제일 간단히 심신의 일여一如와 조화를 얻을 수 있기 때문이다.

《박문》, 1940년 10월

약수

이상

바른 대로 말이지 나는 약수 藥水보다도 약주藥酒를 좋아하는 편입니다.

술 때문에 집을 망치고 몸을 망치고 해도 술 먹는 사람이면 후회하는 법이 없지만, 병이 나으라고 약물을 먹었는데 낫지 않고 죽었다면 사람은 이 트집 저 트집 잡으려 듭니다.

우리 백부께서 몇 해 전에 뇌일혈로 작고하셨는데 평소에 퍽 건강하셔서 피를 어쨌든지 내 짐작으로 화인火印〔장에서 곡식의 양을 재는 데 쓰도록 관아에서 낙인을 찍어 공인하여 만든 되〕 한 되는 쏟았건만 일주일을 버티셨습니다. 마지막에 돈과 약을 물 쓰듯 해도 오히려 구할 길이 없는지라 백모께서 나더러 약수를 길어오라는 것입니다. 그때 친구 한 사람이 약박골 바로 너머서 살았는데 그저 밥 국 김치 숭늉 모두가 약물로 뒤범벅이었건만 그의 가족들은 그리 튼튼하지도 못할 뿐 아니라 그 먼저 해에는 그의 막냇누이를 폐환肺患으로 잃어버렸습니다. 그래서 나는 이것은 미신이구나 하고 병을 들고 약박골로 가서 한 병 얻어 가지고 오는 길에 그 친구 집에 들러서 내일은 우리 집에 초상이 날 것 같으니 사퇴仕退 시간에 좀 들러 달라고 그래 놓고 왔습니다.

백부께서는 혼란한 의식 가운데서도 이 약물을 아마 한 종발이나 잡수셨던가 봅니다.

그리고 이튿날 낮에 운명하셨습니다. 임종을 마치고 나는 뒤껻으로 가서 오월 속에서 잉잉거리는 벌 떼 파리 떼를 보고 있었습니다. 한물진 작약꽃 이파리 하나 가만히 졌습니다.

"익키!"

하고 나는 가만히 깜짝 놀랐습니다. 그래서 또 술이 시작입니다.

백모는 공연히 약물을 잡수시게 해서 그랬느니 마니 하고 자꾸 후회를 하시기에 나는 듣기 싫어서 자꾸 술을 먹었습니다.

"세 분 손님 약주 잡수세욧!"

소리에 어깨를 으쓱거리면서 그 목롯집[목로술집, 기다란 널빤지로 탁자를 만들어 놓고 술을 파는 집] 마당을 마음에 맞는 친구들과 어우러져서 서성거리는 맛이란 굴비나 암치[배를 갈라 소금에 절여 말린 민어를 통틀어 이르는 말]를 먹어 가면서 약물을 퍼먹고 급기야 배탈이 나고 그만두는 프래그머티즘에 견줄 것이 아닙니다.

나는 술이 거나하게 취해서 어떤 여자 앞에서 몸을 비비 꼬면서,

"나는 당신 없이는 못 사는 몸이오."

하고 얼러 보았더니 얼른 그 여자가 내 아내가 되어 버린 데는 실없이 깜짝 놀았습니다.

'얘, 이건 참 땡이로구나.'

하고 삼 년이나 같이 살았는데 그 여자는 삼 년 동안이나 같이 살아도 이 사람은 그저 세계에 제일 게으른 사람이라는 것밖에는 모르고 그만둔 모양입니다.

게으르지 않으면 부지런히 술이나 먹으러 다니는 게 또 마음에 안 맞았다는 것입니다.

한번은 병이 나서 신열(원본에는 '신애'로 되어 있으나 국어사전에 이에 해당하는 말은 없음. 내용상 '신열'로 해석하여 수정 표기함)로 앓으면서 나더러 약물을 떠오라기에 그것은 미신이라고 그랬더니 뿌루퉁하는 것입니다.

아내가 가 버린 것은 내가 약물을 안 길어다 주었대서 그런 것 같은데 내가 '약주'만 밤낮 먹으러 다니는 것이 보기 싫어서 그런 것도 같고 여하간 나는 지금 세상이 시들해져서 그날그날이 짐짐한데 술 따로 안주 따로 판다는 목로 조합 결의가 아주 마음에 안 들어서 못 견디겠습니다.

누가 술만 끊으면 내 위해 주마고 그러지만, 세상에 약물 안 먹어도 사람이 살겠거니와 술 안 먹고는 못 사는 사람이 많은 것을 모르는 말입니다.

———————

《중앙》, 1936년 7월

공허증

김석송

내 몸에는 여러 가지 병증이 있다. 위병, 신장병, 치질, 신경통 등등. 남들이 가리켜서 병주머니라고도 하는 병 공진회共進會[각종 산물이나 제품들을 한곳에 많이 모아 놓고 품평하고 전시하는 모임. 품평회와 박람회의 절충]라고도 하는 몸이니 병 이야기는 더할 필요조차 없다. 그러나 나는 이 모든 병을 약 없이 이겨 나갈 만한 신념이 있다. 지금도 복약을 중지하고 내 마음 하나로써 투병을 계속하고 있다.

그러나 내가 무서워하는 것은 이 모든 육체의 병이 아니요 오직 하나인 심중의 공허증空虛症이다. 꽃을 보아도 고운 줄을 모르고 경치를 보아도 좋은 줄을 모르고 사랑을 대하여도 기쁨을 잊어버리고 일을 하여도 쾌감을 느끼지 못하는 나. 이따위 나는 내가 싫어하는 나다. 나는 나의 공허증을 저주

하는 한편에 그 주인공 되는 나의 생활을 부정한다.

천하의 명의가 있어 나의 공허증을 한번 진찰할 호의가 있다면 나는 쾌히 나의 몸과 마음을 그에게 맡길 만한 용의가 있다.

그러나 이 증세는 결코 유행성 센티멘털리즘이 아니요 뿌리 깊은 고질인 듯하다.

"자유를 다오. 그렇지 않거든 죽음을 다오."

함은 옛날 서인西人이 한 말이지만 이제 나는 상대도 없는 그대에게,

"공허를 채워 다오. 그렇지 않거든 영원히 쉴 안식제를 다오."

하고 힘없이 부르짖는다.

《조광》, 1936년 7월

여인 독거기
獨居記

나혜석

나를 그토록 위해 주는 고마운 친구의 집 근처, 돈 이 원을 주고 토방을 얻었다. 빈대가 물고 벼룩이 뜯고 모기가 갈퀸다. 어두컴컴한 이 방이 나는 싫었다. 그러나 시원하고 조용한 이 방이야말로 나의 천당이 될 줄이야.

사람 없고 변함없는 산중 생활이야말로 싫증나기 쉽다. 그러나 나는 이미 삼 년째 이런 생활에 단련을 받아 왔다. 그리하여 내 기분을 순환시키기에는 넉넉한 수양이 있다. 나무 밑에 자리를 깔고 드러누워 책 보기, 개울가에 평상을 놓고 거기 발을 담그고 앉아 공상하기, 때로는 물에 뛰어들어 헤엄치기, 바위 위에 누워 낮잠 자기, 풀 속으로 다니며 노래도 부르고, 가경을 따라가 스케치도 하고, 주인 딸 동리 처녀를 따라 버섯도 따러 가고, 주인 마누라 따라 콩도 꺾으러 가고, 동자 앞세우고 참외도 사러 가고, 어치렁어치렁 편지도 부치러 가고, 높은 베개 베고 소설도 읽고 전문 잡지도 보고, 뜨뜻한 방에 배를 깔고 엎드려 원고도 쓰고, 촛불 아래 편지도 쓰고, 때로는 담배 피워 물고 희망도 그려 보고, 달 밝거나 캄캄한 밤이거나 잠 아니 올 때 과거도 회상하고 현재도 생각하고 미래도 계획한다.

고적이 슬프다고? 아니다. 고적은 재미있는 것이다. 말벗이 아쉽다고? 아니다. 자연과 말할 수 있다. 이렇게 나는 평온무사하고 유화한 성격으로 변할 수 있었다.

그러기에 촌사람들은 내가 사람 좋다고 저녁 먹은 후에는 어린 것을 업고 옹기종기 내 방 문 앞에 모여들고, 주인 마누라는 옥수수며 감자며 수수 이삭이며 머루며 버섯을 주워서 구메구메 끼워 먹이려고 애를 쓰고, 일하다가 한참씩 내 방에 와 드러누워 수수께끼를 하고 허허 웃고 나간다.

여기 말해 둘 것은, 삼 년째 이런 생활을 해 본 경험상 여자 홀로 남의 집에 들어 상당히 존경을 받고 한 달이나 두 달이나 지내기가 용이한 일이 아니다. 더구나 임자 없는 독신 여자라고 소문도 듣고 개미 하나도 들여다보는 사람 없는, 젊도 늙도 않은 독신 여자의 기신이랴.

우선 신용 있는 것은 남자의 방문이 없이 늘 혼자 있는 것이요, 둘째로는 낮잠 한 번 아니 자고 늘 쓰거나 그리거나 읽는 일을 함이요, 셋째로 딸의 머리도 빗겨 주고 아들의 코도 씻겨 주고 마루 걸레질도 치고 마당도 쓸고 때로는 돈푼 주어 엿도 사 먹게 하고 쌀도 팔아 오라 하여 떡도 해 먹고 다림질도 붙잡아 주고 빨래도 같이 하여 어디까지 평등 태도요 교가 없는 까닭이다. 그러므로 그들은 때때로,

"가시면 섭섭해 어떻게 하나."

하는 말은 아무 꾸밈없는 진정의 말이다. 재작년에 외금강 만산정에서 떠날 때도 주인 마누라가 눈물을 흘리며 내년에 또 오시고 가시거든 편지하세요, 했으며 작년에 총석정 어촌에서 떠날 때도 주인 딸이 울고 쫓아 나오며,

"아지매 가는 데 나도 가겠다."

고 했고 금년 여기서도

"겨울방학에 또 오세요."

간절히 말한다.

오면 누가 반가워하며 가면 누가 섭섭해하리, 하고 한숨을 짓다가도 여름마다 당하는 진정한 애정을 맛볼 때마다 그것이 내 생에 무슨 상관이 있으랴 하면서도 공연히 기쁘고 만족을 느낀다.

《삼천리》, 1934년 7월

공연한
실망

김 일 엽

지난달 그믐께다. 해가 다하는 때라는 것보다도 너무 적조積阻하게 지내는 동무도 많고 하니 한번 모여서 그립던 회한도 풀고 조그만큼 음식이나 차려놓고 유쾌히 놀자는 발론發論이 동무 집에서 나서 거기 모였던 몇 동무가 다 같이 대찬성을 하게 되었다. 장소는 역시 동무의 집으로 정했다. 집이 넓고 자유롭고 조용하고 또 그만 턱은 낼 만한 여유를 가진 까닭이었다. 그 일을 약속하고 돌아오는 나는 까닭 없이 만족했다.

더구나 먼 시골로 시집가 있어서 여러 해를 보지 못하던 두 K 동무도 오게 되리라는 것이 몹시 반가웠다. 별로 하는 일 없이 또한 매인 데도 없는 나는 그렇게 여럿이 모여 노는 것이 제일의 낙이었고 고적한 생활의 위안이었다.

그리하여 나는 그날을 어릴

적에 명절이나 크리스마스를 기다리기에 초조하고 즐거워하는 것 같아 했다.

T 동무의 우스운 말과 동작, R 동무의 아름다운 노래, K 동무의 댄스…… 어서 그날이 되어서 그것을 보았으면, 아니 같이 해 보았으면 했다.

과연 그날은 되었다. 저녁 여섯 시 지나서 모이기로 했다.

나는 아침부터 거기 갈 준비였다. 입고 갈 옷을 모두 다려 놓고 목욕하고 하니 오후가 되었다. 아침부터 바쁘게 구느라고 방에 불도 못 때어서 가뜩이나 추운 날 숯불만 좀 피워 놓고 있으니 어지간히 춥지만 조금 후에 방이 빌 테니까 갔다 와서 불을 때고 잘 셈 잡고 그냥 화장을 하기 시작했다. 한 시간이나 걸렸다. 여러 동무에게 얼굴이 틀려졌다는 소리가 듣기 싫어서 그렇게 오랫동안 화장을 한다는 것보다 얼굴이 예뻐졌다고 속으로 부러워하도록 되었으면 하는 허영이 아니 섞였다고 보증할 수도 없었다.

꽁꽁 언 몸에 차디찬 옷을 갈아입고 나니 저절로 몸이 떨렸다. 길에 나서니 몸을 펼 수가 없다. 꼬부리고 달음박질로 가면서 K 동무의 뜨뜻한 방에서 여러 동무가 죽 늘어앉아서 만면에 웃음을 띠고 어서 오라고 손목 잡아 끌 일을 생각하니 추위도 별로 느껴지지가 않았다.

K의 집 골목을 들어서니 어째 그런지 동무들이 다 모였을 것 같지 않게 생각되었다. 자연 걸음이 느려졌다. 무슨 이유가 있어 아무도 아니 왔으면 어쩌나?

어느새 K의 집 대문이 눈에 띈다. 대문은 꼭 닫히고 사람의 그림자도 보이지 않았다. 정말 아무도 아니 왔나 보다? 대문을 지그시 밀어 보았으나 안으로 잠겼다.

신경이 그리 예민하지 않은 나는 갑자기 팔팔 끓도록 실망은 아니 되나 뭉긋이 느껴지는 실망이 그리 작지는 않은 모양이었다.

어쨌든 문을 열어 달래서 들어가니 K 동무조차 있지 않아 웬일이냐고 물으니 누구는 어린것이 앓고 누구는 감기가 들고 누구는 시골 갔던 남편이 그날 저녁에 온다 하고, 해서 그만 모이지 못하게 되어서 정월 초에나 한번 모일까 한다는 말을 들었노라고 K의 남편이 말을 한다. K는 어디 갔느냐고 물으니 어린애가 몹시 앓아 죽게 되었다는 U 동무의 집에를 갔다 한다. 그리고 그 일을 모르는 몇 동무가 나와 같이 허행虛行을 했다 한다.

나는 동무도 없이 동무의 남편과 놀 재미도 없고 해서 들어오라는 청을 사양하고 대문 밖을 나왔다.

어디로 발길을 놀릴까? 불도 안 땐 쓸쓸한 내 집으로 돌아가기는 물론 싫고 동무의 집도 갈 만한 데가 갑자기 생각나지 않는다.

K의 집을 향하여 오던 몇 분 전까지는 내게도 동무도 많고 즐거움도 있고 위안도 있고 누구도 있고 무엇도 있는 것 같더니 몇 분 후인 지금은 아무것도 없다. 이 넓은 장안에 발길 옮겨 놓을 만한 곳조차 없다. 어느 때라고 고적하지 않은 것도 아니지만 그날 그때는 정말로 몹시 외로운 생각이 났다.

나는 까닭 없는 실망과 외로움을 느끼며 언 몸을 다시 끌고 할 수 없이 그만 내 집으로 돌아왔다.

───────────

《조선문단》, 1927년 2월

눈 오던 그날 밤

백신애

육 년 전이다. 그때 나는 동쪽 서울[일본 수도인 도쿄를 한자 뜻을 살려 표현한 것]에 있었다. 그해에는 웬일인지 몇십 년 만이라는 대설이 내렸다. 나는 아파트의 삼층 일실―室에서 저물어 가는 눈하늘을 하염없이 내다보느라고 유리창에 이마를 기대고 서 있었다.

그때 건너편 양관洋館 삼층에서 역시 눈 내리는 이웃 지붕을 내다보고 있는 한 여인이 있었다. 그 여인은 오래전부터 나를 발견했던지 내가 그 여인을 바라볼 때 그는 나에게 열심히 손을 흔들고 있었다.

그 양관과 내가 있는 아파트는 거의 백여 칸이나 떨어져 있었고 또 저물어 가는 저녁때라 그 여인의 얼굴 모습은 알아볼 수가 없었다.

나는 조금 서먹서먹하기는 하나 창을 열고 손을 내밀어 그에게 흔들어 보였더니 그는 갑자기 바쁜 일이 생긴 듯이 다시 한 번 손을 흔들어 보이고 창에서 사라졌다. 나는 어찌 된 셈인지 가슴이 쓸쓸해졌으므로 창문에다 커튼을 내려 버렸다.

그 사이에 전등이 켜지며 복도에 조심스러운 발자취 소리가 들려오며 가끔 머물러 서는 기척을 느꼈으나 이웃 방 사람이겠지 하고 테이블 앞 의자에 걸터앉아 원고지를 펼쳐 놓았다.

조금 있더니 발자취 소리는 내 방 앞에 와 헤뜨러지며[원본에는 '헛크러지다'로 되어 있으나 발걸음이 제자리에서 흩어진다는 의미로 해석되어 '헤뜨러지며'로 수정함] 얌전스러운 노크 소리가 났다.

나는 무심코 들어오라고 대답했더니,

"들어가도 좋을까요……."

하는 아름다운 소프라노의 음성이 대답했다. 나는 노크한 사람의 주저하는 태도에 잠깐 생각한 후 일어나 도어를 열었다.

"아!"

나는 도어를 열자 그곳에 서 있는 사람이 내가 꿈에도 예기해 본 적이 없는, 눈이 부시게 반짝이는 금발을 가진 양녀洋女임에 질겁을 하듯 놀랐던 것이었다.

"들어오세요."

라고, 이윽한 후 그를 방 안으로 들였더니 나는 또 한 번 놀랐다. 그 이유는 그가 일본인이나 조금도 다름없을 만큼 말이 유창한 것이다.

"나는 저편으로 옮겨 온 지 일주일이나 됐어요. 아침마다 당신이 창을 여는 것을 보았어요. 그때마다 손을 흔들어도 당신은 못

본 척하셨어요."

양관 창에서 내다본 여인이 즉 자기라고 했다.

"아! 그랬어요? 나는 오늘 처음 당신을 발견했는데요."

나는 그와 어느 사이인지 십년지기같이 정답게 이야기를 나누고 있었다.

"저 눈을 맞으며 우리 산보합시다."

우리는 거리로 나섰다.

가까운 히비야[日比谷] 공원으로 향했다.

공원 앞까지 가서는 둘이 함께 발을 멈추었다.

"무서워라……"

그는 갑자기 나에게 바싹 다가서며 인적기 없는 공원 안을 기웃거렸다.

나는 여기까지 눈을 맞고 걸어오는 동안 흠뻑 감상에 잠겨 있던 터라 그의 어깨를 껴안았다. 그리고 눈물을 감추며 애달픈 설희[雪姬]의 이야기를 들려주기로 했다.

"설희! 그는 나이가 나보다 한 해 위였으나 몸집이 나보다 무척 작아서 나를 언니라고 불렀어요. 그의 사랑하는 이는 모 사건으로 사형을 당하고 홀어머니와 가엾이 살았는데 나는 그의 유일의 동무였습니다. 그는 항상 검은 루바슈카[러시아의 남자들이 주로 입는 민족의상. 깃을 세우고 앞가슴에서 단추를 여미어 허리를 끈으로 매는 헐렁한 옷]를 입고 내 가슴에 기대어, '언니! 나는 춘희를 사랑한답니다. 나도 춘희처럼 되렵니다. 아니 나는 춘희보다 설희가 되렵니다. 함박눈이 펄펄 소리 없이 땅 위에 쌓일 때 나도 소리 없이 가렵니다.' 그 후부터 그는 스스로 설희라고 이름을 고쳤습니다. 그 역시 춘희처럼 가슴을 앓고 있었던 것입니다. 그 설희가 재작년에 정말 눈 내리는 밤 소리 없이 먼 암흑의 나라로 사라져 갔답니다."

내 이야기가 끝나자 이 이국 여인은 바로 가슴을 헤치고 흰 단추가 목까지 달린 새까만 블라우스를 나에게 보이며,

"언니!"

하며 감격에 떨리는 듯 나를 불렀다. 나는,

"오!"

하는 감탄과 함께 그의 블라우스의 스타일이 그 전날 설희가 즐겨 입던 루바슈카와 비슷함에 놀라며 행여나 설희의 영혼이 살아 남이 아닌가 하여 등허리에 찬 땀이 쭉 흘러내렸다.

"과연! 나는 내 영감이 들어맞았어요. 당신은 반드시 나에게도 유일한 동무가 될 것 같아요. 오늘 밤, 흰 눈이 내리는 가운데서 백白이란 성을 가진 당신을 친하게 되고, 설희의 이야기를 들었으며, 그 설희가 또한 나와 운명이 같은 사람임을 알게 되었습니다. 기이한 일입니다. 나는 당신보다 나이가 많은지는 모르겠습니다만 당신을 언니라고 부르겠어요. 당신은 나를 설희라고 불러 주세요. 정말 정말 나는 설희라고 이름을 고치겠어요."

하며 그는 무슨 설움이 가득 차오른 듯 내 어깨 위에 이마를 비벼 대었다.

나는 온몸에 소름이 끼친 채 묵묵히 서 있으며 그 여인이 설희 같게만 생각되었다. 그리하여 얼른 이 생각을 물리치려고 안전지대 위로 옮겨 섰다.

그러나 그는 무엇에 취한 듯 내 곁으로 자꾸 다가서며,

"미스 화이트! 아니 언니! 우리가 이렇게 서 있는 동안 눈이 자꾸 내려서 우리가 눈 가운데 포옥 파묻혀 버렸으면……."

하고 그는 커다란 눈을 반짝였다.

우리는 함께 웃으며 옷 위에 쌓인 눈을 서로 바라보는 사이에 가로등에 펄펄 내리는 눈발이 마치 우리를 눈 속에 파묻으려는 듯 싶었다. 이윽고 함께 걷기 시작했을 때 나의 가슴은 이국 정서로 가득해지며 남의 나라를 방황하는 듯 노스탤지어의 마음은 자못 설레었다.

《여성》, 1938년 1월

설천야雪天夜의 대동강반畔

※ 畔, 물가.·변邊, 과 같은 의미

임화

그날 밤은 무서운 밤이었다. 일찍이 그만치 춥고 그만치 어둡고 또 그렇게 무서운 생각의 협의 아래 하룻밤을 지내 본 경험은 짧은 생애에는 가져 본 적이 없다.

그날 밤은 사람이 죽은 밤이었다. 나의 몹시 아끼는 벗의 그중 사랑하는 부인이 죽은 밤이었다. 그 죽은 사람이 여자라는 것, 더구나 젊은 여자였다는 사실이 더 많이 그 밤을 두렵게 했는지도 모를 것이다. 하여간 밤이라는 것은 죽음과 깊은 인연을 가진 세계인 것은 나는 언제든지 느끼고 있다. 밤의 이 어둠이란 밝은 데서 평가되는 모든 가치를 불문에 부치고〔원본에는 '가치고'로 되어 있으나 문맥상 '불문에 부치다'라는 의미로 이해되어 '부치고'로 수정함〕 무시해 버리는 횡폭한 성질로 보아서도 죽음과 비슷한 점이 있다.

벌써 사 년이나 되었지만 전보 한 장을 받고 기차를 타고 그 이튿날 새벽 평양역에 내려 N〔소설가 김남천〕을 찾아 문을 두드리던 기억은 아직도 나의 마음을 아프게 한다. N은 벌써 그 전날 애기 든 부인을 저 땅속에 묻고 그가 살아서 자던 방에 누웠었다. 그 한 칸 방의 수선한 광경은 더욱 N의 모양을 눈물겹게 했다. 엊그제까지 그 자리 위에 자던 그 구들 위에 누운 벗의 마음을 나는 연상하기 싫었다.

그 N에게 술을 먹여 시름을 잊게 한다는 것과 같이 어리석은 일은 세상에 없을 것이다. N은 술을 좋아했다. 그래서 그의 부인이 살았을 때 가끔 다투기도 했던 모양이다. 그날 밤 나는 평양 있는 N의 선량한 벗들이 그를 주석酒席으로 청한 어리석은 자리에 나도 동행을 했었다. 거의 아는 사람들이고, 또 N과 같이 동경에 있던 선량한 벗 H도 있었다. 모두 술을 먹고 잡담을 하고 숫기 좋은 친구는 노래까지 불러 어리석은 훼항〔'毀航'의 뜻으로 봄. 경우에 맞지 않는 술자리를 비유적으로 표현한 듯함〕은 끝이 났다.

요정을 나온 나와 N, H, 셋이 대동가로 나왔다. 어둡고 찬 눈발이 우리의 눈으로 숨어들어 따뜻한 눈물이 된다. 이런 때 밤이란 도대체 나는 좋아한다〔주로 의문문에 쓰이는 '도대체'라는 부사가 이 문장에서는 '좋아한다'를 수식하면서 강조의 뜻을 더해 줌〕. 몇 걸음 안 가서 우리의 몸은 사시나무 떨 듯했다. 바람은 점점 맵고 강해지고 강 위에 얼음은 마목〔원문에는 '마뭇'으로 되어 있으나 '갈기'라는 뜻을 지닌 평안도 사투리의 오기로 판단하여 '마목'으로 표기함〕같이 뻗었다. 더욱이 아무것도 안 메이고 눈雪이 꽉 찬 시커먼 하늘은 나에겐 마치 죽음과 같이 생각되었다. 나의 육신의 전율이 바로 이 공포를 반영하고 있다.

H는 돌아갔다. N과 둘이 한참을 말없이 걸었다. 그러나 그는 돌아가라는 제의를 하지 않았다. 나는 또한 그에게 차마 어서 그 방으로 가라고 권할 수는 없었다.

얼마 가니 대동문의 각閣〔원본에는 '각면암'으로 되어 있으나 명확한 의미를 알 수 없고 식자 과정상의 오류를 짐작하여 지붕의 '각(閣)'으로 수정하여 표기함〕이 얼마나 무서웠던지 나는 어깨로 쯥, 하고 몸서리를 쳤다〔원본에는 '몸을 리하였다.'로 되어 있으나 문맥상 '몸서리를 쳤다'로 해석하여 수정 표기함〕.

서울 남대문이나 동대문 같은 육지〔원본에는 '육거'로 되어 있으나 '육지'의 오기(誤記)로 해석하여 표기함〕의 성문과 달라서 아랫도리가 짧고 윗도리가 긴 수문水門은 꼭 도깨비 같다.

N은 나에게 추운가 물었다. 나는 간단히 부정했다.

N은 별안간 우리 문학 운동의 정책상 문제를 화제로 끌어냈다. 그와 나는 그 전 늘 이런 이야기를 해 왔다. N은 출옥한 지 일 년도 못 되는 우리의 충실한 비평가이고 우수한 작가였다. 그렇지만 그의 말이 내 마음에 옳은 고장〔'고장'을 '금방'의 이북 사투리로 보면 '금방 옳은 소리' 정도로 이해될 수 있음〕으로 들어오지 않았다. 도리어 우리는 죽음에 관해 이야기했다. 역시 그것이 진정한 화제였다.

"죽음이란 생각하는 것의 정지, 영원한 정지일 게지?"

N이 묻는다.

"오히려 일체로 감각하는 것을 그만두는 게다."

나와 그는 똑같은 문답을 했다. 그러나 결국 죽음은 죽는 인간만이 아는 것이다. 둘이선 그냥 잠잠해 버렸다. 했더니 급작스레 죽음과 같은 어둠이, 바람이 아니라 획 우리의 몸으로 불어 왔다.

뼛속까지 얼고 내장의 가장 조그만 부분까지 떨었다. 어느 결에 둘의 어깨가 꼭 한데 닿았다. 나는 깜짝 놀랐다. 나는 나의 육체의 일부분이 누구에게 잇고 닿는 것을 극도로 싫어하는 기질임을 안 때문이다. 그러나 나는 N에게서 몸을 떼칠 수가 없었다.

바람은 자꾸 불고 눈은 자꾸 왔다. 이따금 대동강의 얼음 트는 소리가 쩡쩡, 한다. 그 밑에는 곧 지옥의 무서운 세계가 들여다보일 듯했다. 이것이 바로 풍광의 명미明媚함을 자랑하는 대동강반임을 생각할 때 나는 곧 그 밤의 모란봉 부벽루를 보고 싶었다.

이수일과 심순애의 고시古時[옛 시절 혹은 오래전의 한때]!

그러나 겨울이나 밤은 죽음보다는, 더구나 지극히 아끼는 사람의 죽음보다는 덜 아프다. 밤도 새고 겨울도 가는 것이니깐! 그러나 아끼는 인간의 죽음은 다시 아침이 되지 않는다. 오직 그는 우리의 머리 가운데서만 산다.

대동강의 내는 나와 금수강산으로서의 우연이 없는가 보다[원본에는 '대동강의 내는 나와 금수강산으로서의 우연이 없는갔다.'로 되어 있으나 식자 과정에서 잘못된 것으로 보아 문맥에 맞게 일부 수정함]. 처음 대한 것이 그 밤이고 그 뒤 한 것도 내가 그 옆 병원에 누워 여름과 가을을 보내면서 그저 상상 속에서 그려 보았을 뿐이고.

나는 그 강이 이제는 아주 싫다. 마치 죽은 사람 모양으로 나의 상상 가운데 생활하는 가장 아름다운 강의 하나일 뿐이다.

<hr />

《조광》, 1936년 11월

내 애인의
면영面影

임
화

나의 애인은 역시 아름답습니다. 옷에 까만 외투를 입고 조그만 발에는 아담한 구두를 신었습니다. 이따금 버선 위에 고무신을 바꿔 신으면 짧은 발에 흰 발등이 살찐 비둘기 가슴처럼 포동포동합니다. 나는 그의 이 귀여운 발이 멀리 갔다가 나의 집 처마 아래 참새처럼 찾아드는 고운 걸음걸이를 한량없이 사랑합니다.

행인들은 거리를 돌아오는 그의 걸음걸이에서 조금도 애인을 찾아가는 젊은 여자의 질서 없이 움직이는 몸맵시를 찾진 못할 것입니다.

그는 차림새나 이야기나 걸음걸이의 유난함으로써 새 시대의 표적을 삼으려는 많은 여자들을 '속물스러운 정경'이라 형용합니다. 사실 그의 입은 모든 사람의 그것처럼 먹기 위한 기관의 하나일지도 모릅니다.

그러나 그다지 크지 않은 동체胴體 위에 완연 아름다운 조각의 콤플렉스처럼 희고 동근 목 위에 받쳐 있는 갸름한 얼굴은 생물 유기체의 한 부분이라기엔 너무나 아름답고 지혜롭습니다.

트로이의 성문처럼 굳게 닫힌 두 입술 사이에 미소가 휘파람처럼 샐 때 까만 두 눈은 별같이 빛납니다. 아무도 이 아름다운 입이 총구처럼 동그래져서 쏘아 놓는 날카로운 비판의 언어를 상상치는 못할 것입니다. 그 순간 무른 서리가 어린 긴 눈썹 아래 동그란 눈알의 매운 의미를 알아낼 수도 없을 것입니다.

두 볼의 선이 기름진 평원처럼 턱으로 내려가 한데 어울려 가지고 인중을 지나 우뚝 솟은 콧날은 어쩌면 그렇게 날카롭고도 부드럽습니까?〔원본에는 '부드럽습니다?'로 표기되어 있으나 앞뒤 문맥상 '부드럽습니까?'로 수정함〕 웃을 때도 노할 때도 그곳은 산처럼 움직이지 않습니다. 단지 어느 때는 말랑말랑하고 따뜻하며 어느 때는 굳고 대리석처럼 찰 뿐입니다.

지나간 어느 때입니다. 내가 빈사의 병욕病褥에 누웠을 때 그는 대단히 먼 길에서 왔습니다. 밖에선 눈보라가 치고 바람이 불고 겨울 날씨가 사나운 밤 나의 방문을 밀고 들어선 그를 나는 대단히 인상 깊이 기억하고 있습니다. 그의 온몸에서 살아 있는 곳이라고는 손밖에 없는 것 같았습니다. 깎아 세운 석상石像처럼 우뚝 선 얼굴은 창백하고 단지 손끝이 바르르 떨렸을 뿐입니다. 나의 눈엔 꼭 퍽 아름답고 지혜로운 젊은 미망인 같았습니다.

그의 눈에선 조금도 눈물이 흐르지 않았습니다. 그의 입은 조금도 열리려 하지 않았습니다. 그의 손은 아무것도 잡으려 하지 않았습니다. 그렇지만 그 순간 그는 나의 모든 것을 잡고 있었습니다. 그날 밤 그는 청년이란 것의 아름다운 운명을 축복하면서 처음 울었습니다. 조선의 겨울밤은 병약한 사나이와 나이 젊은 여자의 가냘픈 몸엔 너무나 맵고 쓰렸습니다.

나의 애인은 사랑이란 것이 원수에 대한 미움으로부터 시작하여 자기희생에서 꽃핌을 잘 알았습니다. 자기의 모발 한 오리를 버리기 싫어하면서 남을 사랑한다는 것은 대체 무슨 의미입니까? 희생 없이 사람을 사랑한다는 것은 온전한 거짓입니다. 아름답고 지혜로운 애인을 위하여 나도 아무것도 아끼기 싫습니다.

그러나 나의 애인은 다시 먼 곳으로 떠나갔습니다. 나의 슬픔은 또한 우리들 공통의 별리의 슬픔은 아, 아무것에게도 비길 수 없었습니다. 그러나 오늘날 우리 청년들에게 슬픔이란 즐거운 눈물 같이 아름다운 것이었습니다. 그러므로 청년이란 것의 운명은 아름다우나 슬픕니다. 그는 아름다우면서도 지혜로웠습니다. 여자이면서 여자 이상이었습니다.

우리를 조르던 큰 의무가 별리를 요구할 때 우리는 학동學童처럼 종순從順했습니다. 그러므로 그는 우리가 정情을 속삭일 때 나를 사랑스럽다 불렀습니다. 그러나 멀리 떨어졌을 때엔 반드시 '미더운 이'라 불렀습니다.

우리는 서로 사랑함을 축복했고 서로 제 의무에 충성됨을 감사했습니다. 그런 때문에 그는 항상 우리가 비둘기처럼 사랑함을 경계했습니다. 어느 때 내가 태만의 결과 소망의 과업을 그르쳤을 때 어느 책에서 이러한 구절을 읽어 주었습니다.

십구 세기 말엽 가까이 어떤 부처^{夫妻}가 독일에 살았는데 남편은
청년 독일파에 속할 수 있는 시인이었답니다. 그런데 불행히 남편
은 근면치 못했고 예술적으로도 이렇다 할 성과를 거두지 못했더
랍니다. 단지 한 중학교 교원으로 몹시 처를 사랑하는 남편에 불
과하여 나이를 삼십여 세나 먹게 되었더랍니다. 그러나 젊은 처는
그에게 용기를 주기 위하여 그를 대적^{大賊}같이 용맹한 남자라든가
당신이 중세에 났다면 영웅이 되었으리라든가의 여러 가지 방식
으로 격려했으나 내내 효과가 없더랍니다. 나중엔 할 수 없이 실
연의 비탄을 맛보게 하면 그에게 한 정신적 충격이 될까 하여 얼
마간 거짓 그를 멀리했더랍니다. 그러나 일체의 수단도 헛되이 그
는 소망의 일을 달성치 못했더랍니다. 그래서 십여 년 전 그들의
행복된 결혼 때 남편이 기념으로 사 준 중세 부인용 소도^{小刀}로 자
결하고 말았더랍니다. 그러나 그 여인은 슬퍼서 죽었다느니보다
사^死의 일격^{一擊}, 더구나 사랑의 기념물로 끊는 자기의 목숨으로 최
후로 남편의 정신적 분기^{奮起}를 재촉했더랍니다.

나는 한번 쭉 이 글소리를 듣고 자기가 이렇게까지 종순하고 희
생적인 지혜만을 애인에게서 요구하지 않음을 직각^{直覺}했습니다.
그러나 여자 이상의 매력이란 것은 지혜와 굳은 의지가 우리의 등
에 감기는 매운 채찍이라 생각했습니다. 비록 이러한 지혜가 시대
의 슬픈 비극으로 끝맺는 불행한 날이 있을지라 해도 나는 나의
애인으로부터 이 밝은 지혜를 빼앗고 싶지는 않습니다.

《조광》, 1938년 2월

겨울이 가거들랑

지하련

언제부터 내가 꽃을 좋아하게 되었는지 이젠 가까이 있는 분들이 흔히 나더러 무척 꽃을 좋아한다고 말한다. 지난여름엔 이웃에 사는 모 부인이 도라지꽃을 내게 꺾어 준 일이 있고 또 부인의 시모(媤母)님에게선 해바라기꽃을 선사받은 일이 있다. 이렇게 꽃을 주는 두 분의 고마운 맘씨가 나를 두고 별로 다를 게 없어, 나는 아름답고 건강한 부인이 고운 빛깔로 모양이 예쁜 도라지꽃을 주었을 때도 즐거웠거니와 이보다도 그 시모님이 주신 해바라기꽃은 정말로 고마웠다.

해바라기가 그 의젓하고 너그러운 품에 있어서도 그러하려니와 더욱 빛깔에 있어 호박꽃과 방불(髣髴)했고 또 호박꽃은 흔히 시골에서 자라난 사람에게…… 호박꽃이 넝쿨진 담장과 그 담장 안팎을 조석으로 거

132

닐었을 어머니의 모습과 함께 느껴지는 별로 독특한 향기를 가졌음인지는, 또 해바라기를 받을 때 내 마음이 이러한 것과 관련된 곳에서 지어진 것이었는지는 모르겠으나, 아무튼 나는 그 순간 단순히 고마웠다기보다도 차라리 당황했다.

종래로 내가 아는 좋은 어머니들은 따로이 꽃을 사랑할 줄 모르셨고 착하고 알뜰한 마음이 꽃을 이뻐할 고움이 없어서가 아니라 조석을 다투어[원본에는 '다로아'로 되어 있으나 문맥의 흐름상 서로 경쟁적으로 서두르는 뜻을 지닌 '다투어'로 판단하여 수정함] 피고 지고 움트고 시들고 하는 못내 허황한 초화草花를 구태여 사랑할 겨를이 없었던 성싶다.

이러기에 꽃을 즐겨 치우치는 헛된 버릇이 그 자녀들에게 있을 때면 어머니는 돌이켜 그 착실치 못할까를 염려했고 길치 않은 징조라 꾸중하셨다.

손녀를 업은 뒤춤으로 내게 해바라기를 주시면서,

"하도 꽃을 좋아하기……."

하고 말씀하는 부인의 시모님께 담배를 꺼내 성냥을 그어 드린 후 잠자코 앉아 무심코 내 뾰족한 턱에 손을 가저가며 가만히,

'어머니는 이미 내게 꾸중할 것을 잊으셨다.'

고 생각을 하려니 어쩐지 나는 뭐가 몹시 언짢아져서…… 서러웠다. 이제 겨울이 오면 해바라기도 도라지꽃도 없어질 테니 다시는 내 화병에 꽃을 꽂지 말리라 마음먹으면서 나는 거듭 쓸쓸해했다.

그 후 여름이 가고 가을이 와 내게 도라지꽃을 꺾어 주던 부인은 시골로 떠나고 그 시모님도 내게 해바라기 꽃씨를 따 주신 후

같이 떠나셨다. 두 분이 떠나신 후 가을이 짙어 와도 나는 내 방에 별로 꽃을 두지 않았다.

어느 날 심부름하는 아이가 산에서 단풍을 꺾어 왔으나 꽂지 않았다. 단풍이 빨갛게 이쁘듯 나를 향한 아이의 마음이 이쁠지는 모르나 역시 해바라기에서와 같은 향기를, 해바라기를 주신 분과 같은 마음으로 나는 단풍에서도 아이에게서도 찾을 수 없었던지 그냥 항아리에 담은 채 뜰 안 한편에 버려두어도 내 마음은 무사했다.

어느 결에 겨울이 왔는지 올해는 유별나게 **따뜻한 해라고**〔원본에는 '해운라이고'로 되어 있으나 식자 과정에서 잘못된 글자가 끼어든 것으로 보아 수정함〕 모두 신기해했다. 나도 이따금 뒤뜰로 나서 볼 때가 있지만 귀가 아릴 정도의 추위란 별로 없었다.

산비탈이나 밭이랑을 보아도 조금도 겨울 같지가 않아서, 이따금 안개 낀 밤엔 봄이 아닌가 착각될 때도 있다. 하지만 착각이란 마음으로 따져 스스로 부끄러운 경우가 많은 것인지 나는 곧잘 이러한 종류의 착각을 그 뒤에 오는 허전하고 서글픈 감정으로 맡겨버리곤 한다.

그러나 아무리 따뜻한 겨울이라도 역시 어느 곳에고 사나운 겨울의 풍모가 있었는지도 모른다.

나는 아까도 말했지만 지난여름 해바라기꽃 이후로 어쩐지 되도록 꽃을 가까이 말리라 마음먹었다. 시골이라 벗도 잘 볼 수 없거든 누가 꽃을 가져올 리도 없고 혹 내가 서울엘 간대도 굳이 꽃을 살 리 없어 이건 비교적 용이하게 이뤄질 수 있었다.

그런데 실로 뜻밖에 일전 어느 분이 인편으로 내개 꽃을 보낸 일이 있다. 이리 되면 나의 심경의 문제는 둘째로, 더욱 친분도 없는 분이라 먼저 고마워해야 할 일이겠으나, 웬일인지 여기에도 뜻하지 못한 불행이 있어 그 꽃이 너무 밤늦게 먼 길을 오느라고 마침 그날 밤 추위에 그만 그대로 노상에서 얼고 만 것이다.

집에 돌아온 후 꽃을 전하는 분의 애석해함도 애석해함이거니와 내가 보려니 백합서껀 그 화려하고 이쁜 꽃잎들이 그대로 얼음이 질린 채 동강이 나 있었다.

좌우간 당황한 마음에 물을 갈아 병에 꽂기는 했으나 얼음이 차차 풀리자 파랗고 싱싱한 대궁은 그대로 폭폭 쓰러졌다. 안타까운 일이었다. 꽃잎이 이지러져 더욱 언짢았다. 기왕 얼 바엔 동강이나 나지 말게 외투자락에 넣었던 것을 탓해 보기도 했으나 죄야 그분에게 있을 턱이 없었다.

익일 아침 서울 갈 채비를 하고 있는 분에게, 꽃을 주신 분을 만나걸랑 부디 꽃이 얼었단 말 말라는 부탁을 거듭 당부한 후 가위로 다 이지러진 건 그대로 중간턱을 잘라 내고 아스파라거스로 의지를 삼아 조심히 세워 두었던 것이 그 후 일주일이 넘은 지금까지 내 책상 위에 꽂혀 있다.

날씨는 오늘도 따뜻하다.

내일 밤도 안개가 끼어 봄날처럼 푸근할지도 모른다.

이렇게 따뜻한 순한 밤을 두고 꽃은 왜 하필 그 밤에 나한테로 왔는지 나는 알 길이 없고…… 그저 답답하다.

이제 산란하고 침묵한 겨울밤 나는 두 손을 가슴 위에 얹고 누

운 채,

"겨울이 가거들랑 두 번 다시 언 꽃을 생각지 말리라."

일러 본다.

《조광》, 1942년 2월

머리카락

이원조

봄도 늦어 갑니다.

나는 지금 주인 없는 편지를 한 장 날리겠습니다. 만약 이 편지의 주인이 나타난다면 그때 나는 이 편지보다 더 애틋한 그 무엇을 돌려보내 드리겠습니다.

내가 헌책을 사는 것은 무슨 고고학적 수집벽이라고 하는 괴팍스러운 성미에서 나온 것이 아니고 다만 돈이 없다는 간단한 이유에서였습니다.

하루는 나카노中野 어느 헌책집에서 젊은 괴테의 명작이라고 하는 《젊은 베르테르의 슬픔》을 샀습니다. 이 책은 나중에 출판된 세계문학 전집이나 괴테 전집에 든 것이 아니고 〈폴과 버지니아〉니 〈숲속의 처녀〉니 하는 따위의 연애소설만을 모아서 전집같이 만든 것인데, 아주 옛날 출판한 것으로서 그 책의 체제나 또 같은 전집에 뽑아 모은 종류로 보아서 아주 고귀한 집 아가씨들을 독자의 상대로 하고 출판한 것 같았습니다.

물론 나는 그 책을 사 가지고 와서 감격에 차서 읽었습니다.

그러나 거의 다 읽어 가다가 나는 책장 속에 긴 머리카락 하나가 끼여 있는 것을 발견했습니다.

머리카락은 한없이 보드라웠습니다. 한 끝을 쥐고 다른 한 끝으로 내뽑는 두 손가락에 착착 감길 듯이 보드라웠습니다. 곱슬머리를 가진 사람의 성질이 조포粗暴하다는 것이 사실이라면 그 머리카락같이도 곧을 듯했습니다.

인연 없이 선사받은 머리카락! 나는 그 머리카락을 비비면서 그 머리카락의 주인이 불현듯이 그리웠으나 그 한 올의 머리카락밖에는 다시는 그 주인을 더 찾아볼 길이 없었습니다.

금방 뽑은 머리카락은 털 박혔던 데가 하얀 허물기가 있지 않습니까? 그러나 이 머리카락은 털 박혔던 데도 바싹 마른 것으로 보아서 그 책장 속에 끼인 지도 꽤 오래된 것 같았습니다.

그 뒤에 그 머리카락이 나와 어떠한 관계를 가졌다는 것은 여기서 말할 필요가 없습니다.

오 년이 지난 오늘날까지 그때 끼여 있던 그 책장 속에 끼인 채로 내 책틀 속에서 잠자고 있는 그 머리카락! 지금이라도 그 머리카락의 주인이 나타난다면 나는 곱게 곱게 싸서 그 머리카락을 돌려보내 드리겠습니다.

《여성》, 1936년 5월

심부름

이선희

그날 나는 학교에서 조금 늦게야 집으로 돌아오게 되었다. 옥양목 백이겹 저고리에 포도 송이를 그린 학교 마크를 달고 짧은 머리엔 푸르뎅뎅한 자주 댕기를 꼭 잘라매고 별생각 없이 우리 집 앞에 이르렀을 때다.

"선희!"

뒤에서 누가 나를 부른다.

돌아다보니 거기엔 유난스레 얼굴이 희고 키가 큰 우리 도화(圖畵) 선생님이 서 있다. 나는 얼른 허리를 굽혀 인사를 했는데 그는 손으로 나를 가까이 오라는 시늉을 한다.

우리 집은 장거리에서 과히 멀지 않은 곳에 있었으나 뒤로 산이 있었고 그 산 뒤론 깊숙한 골짜기에 언제나 가는 물이 흘렀다.

도화 선생은 나와 같이 그 산으로 가는 길에 들어섰다. 내가

든 책보에선 빈 벤토 소리가 덜그덕거리는데 나는 배가 고팠다. 벌써 늦은 저녁때가 된 까닭이다.

도화 선생님은 두말할 것 없이 영화배우 같았다. 그의 너무나 젊은 빰과 그가 입은 감색 저고리에 붉은 넥타이는 그를 서양 이야기책에 나오는 귀공자를 생각게 했다.

그는 팔짱을 끼고 스적스적 산길로 올라간다. 나도 아무 말 없이 그의 곁에서 걸었다. 길섶엔 키로 자란 잡초들이 벌써 서리를 맞아 뽀얗게 시들었고 단풍 든 밤나무와 떡갈나무 잎새가 길을 덮어 발이 푹푹 빠졌다.

'어머니가 오늘 장에 가서 무엇 많이 사왔을 텐데…….'

나는 배며 감이며를 눈앞에 그려 보았다. 그날이 바로 장날이 되어서 으레 집에는 먹을 것이 있으려니 한 까닭이다.

"우리 여기서 좀 쉴까?"

도화 선생님은 커다란 바위 밑에 가서 두 손을 팔짱을 낀 채 엉덩이를 바위에 붙이고 선다.

"저녁때가 돼서 꽤 추워요."

나도 맞은편 밤나무 등걸에 기대서서 운동화 끝에 덤비는 왕개미 떼를 내려다보며 이야기를 했다.

산속이 자욱하게 저물어 온다. 바위와 나무와 붉은 넥타이 맨 청년과 흰 운동화 신은 소녀 모두 말이 없고 산산한 냉기에 아래 종아리에 소름만 끼친다.

이렇게 한 순간이 지났을 때,

"저, 내 부탁이 하나 있는데."

그는 윗저고리 주머니에서 흰 양봉투 편지 하나를 꺼낸다. 나는 잠깐 웬 영문을 몰랐다.

그가 내 머리를 쓰다듬으며 간절히 부탁하는 말은, 이 편지를 어느 여선생님에게 전해 달라는 게다.

"너는 내 친누이동생같이 생각하기 때문에……."

나는 편지를 한 손에 받아 쥔 채 어쩔 줄 모르고 서 있었다. 무엇인지 자세히 알 수는 없으나 몹시 겁이 나고 불안해서 그 편지를 도로 주지도 못하고 그대로 쥐고 엉거주춤 있었다.

그는 나를 어린애로만 알고 이런 심부름을 시켰는지 모른다. 그러나 나는 그때 그가 생각하는 바와 같은 어린애는 단연코 아니었다.

나는 약간 미간을 찡그리고 샘물 구멍에 낙엽이 덮여 물이 척척하게 주위로 번져 나가는 것을 보고 섰다가,

"이 편지 내일 갖다 드려요?"

"응."

그는 편지를 내게 맡기고 고맙단 말을 하고 또 아무에게도 말을 내지 말라는 부탁까지 한 후 나를 데리고 산에서 내려왔다.

나는 어둠 속에서 이제는 아무 빛깔도 구별할 수 없는 낙엽 밟는 소리가 부스럭부스럭 날 때마다 무서워서 재빨리 걸었다.

《여성》, 1938년 11월

화초

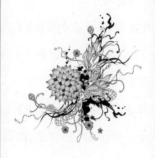

이효석

무슨 꽃이 제일 좋으냐 물을 때 이 '제일'이 가장 대답하기 곤란하다. 미인들을 늘어세우고 누가 제일 마음에 드느냐 묻는다면 조금도 후회 없을 무리한 대답을 할 사람이 드물 것과도 마찬가지다.

장미를 제일이라고 대답한 사람이 튤립이나 카네이션의 여태麗態를 보고 애틋한 뉘우침이 없을 것인가. 노방의 왜소한 한 포기 채송화에겐들 마음을 혹하지 않을 것인가.

다 좋은 것이다. 꽃에 관한 한 공연한 투정을 부리고 기호를 까다롭게 선언함같이 어리석은 짓은 없다. 꽃에 관한 한 일원적 귀결의 필요는 없는 것이며 박애주의가 반드시 취미의 범속됨의 좌증도 아닌 것이다.

마음이 잔뜩 가스러져서 그른 것을 보나 좋은 것을 보나 반드시 한마디 이치를 캐고 공격을 해야만 마음이 시원한 현대인의 교지校智에 대해 화초애花草愛의 순진성이 하나의 교정 역役이 되기를 바란다.

왜곡된 교지 앞에 무엇인들 아름답고 좋은 것이 있으랴. 다 흠이 있어 보이고 차지 않아 보인다. 아름다운 것을 헐어 보고 완전체를 바늘 끝으로 따짝거려 흠을 발견해 내기란 누구나 할 수 있는 가장 쉬운 노릇이다.

그러나 슬픈 일인 것이다. 그런 말초적 교지란 제 스스로를 불행하게 만들 뿐이다. 그릇된 산문정신으로 행여나 마음의 순결성까지를 몽땅 잃지 말 것이다. 솔직하게 감동할 수 있는 마음만이 참된 대지大智를 낳는다. 화초를 바라보고 바보같이 감동할 수 있는 심정을 배움이 좋다고 생각한다.

카나리아를 오륙 년째 심어 오는 것은 이 꽃이 제일이라고 생각한 탓은 아니나 그러나 또 장미 같은 꽃보다 못하다고도 생각지 않은 까닭이다. 일년생의 초목이요 초본과의 꽃으로 세상의 화당花黨은 그다지 귀하게 치지는 않는 것이나 카나리아의 감각은 버릴 수 없이 아담한 것이다. 신선한 잎새가 식욕을 느끼게 하고 가느다란 대궁 위에 점점이 피는 붉은 꽃은 여인의 파자마의 보풀보풀한 붉은 단추를 생각케 한다고 할까.

왕가새 〔'삽주'라고도 한다. 국화과의 여러해살이풀이다〕의 일종으로, 말하자면 그것의 양종洋種이다. 야생의 거칠고 빛도 변변치 못한 왕가새에 비길 바가 아니다. 깨끗하고 선명하고 조금 화려한 것이 뭇꽃 중에서 가히 상 줄 만하다. 푸른꽃, 가령 시차초矢車草 등속도 좋으나, 속에 이 꽃을 섞어 심어 가을 늦게까지 그 붉고 푸른 대조를 바라봄은 유쾌한 일이다.

나는 이 꽃을 내 집 뜰 이외에서 본 적이 없다. 아마 이 종자의 보지자保持者는 이 고장에서는 나 혼자일런지도 모른다. 절종絶種을 겁내 가을이면 반드시 씨를 받아서는 간직해 내려오는 중이다. 소설책을 낼 때 화가 C는 장정에 이 꽃의 모양을 뜨려고 화첩을 가지고 와서 여러 장의 세밀한 스케치를 해 갔다. 결국 쓰이지는 않았으나 언제나 한번 이 꽃의 찬讚을 쓰고자 한다.

나무꽃도 좋기는 하나 좁은 뜰을 치장하는 데는 역시 일년생의 초본화草本花가 적당한 듯하다. 평범은 하나 나는 해마다 심는 그 꽃 그대로를 계속해 온다. 카나리아에 플록스, 셀비어, 프리뮬러, 시차초, 애스터 등속을 족생簇生시킨다. 흰 꽃이 피는 장미와 라일락은 도리어 이를 옮겨 뜰 구석쟁이로 귀양 보내고 말았다.

맨스필드는 단편 속 여주인공으로 하여금 라일락은 꽃이 아니라고 말하게 했다. 나도 동감이다. 향기가 좋을 뿐이지 훌륭한 꽃이 못 된다. 담자색淡紫色의 빛깔은 그윽하다느니보다는 우울하고 첫째 꽃의 모양이 분명하지 못하다. 매마친 데가 없고 난잡하게 헤벌어져서 꽃의 옳은 모양을 잃어버렸다. 품 있는 꽃의 할 짓이 아니다.

진홍의 줄기장미를 심어 뜰에 문을 만들어 보았으면 하는 생각은 있어도 나무꽃을 심어 보고 싶은 욕심은 없다. 잡초 속에 키 얕은 화초 우거진 것이 가장 운치 있는 것이다. 뜰 한구석에 고사리 포기나 우거지고 도라지꽃이나 사이사이에 되어 있다면 여름 화초의 아취, 그에 지남이 있을까.

《조광》, 1940년 9월

꾀꼬리와 국화

정지용

물오른 봄 버들가지를 꺾어 들고 들어가도 문안 사람들은 부러워하는데 나는 서울서 꾀꼬리 소리를 들으며 살게 되었다.

새문 밖 감영監營 앞에서 전차를 내려 한 십 분쯤 걷는 터에 꾀꼬리가 우는 동네가 있다니깐 별로 놀라워하지 않을 뿐 외ᄊ라[아니라] 치하하는 이도 적다. 바로 이 동네 인사들도 매每 간에 시세가 얼마며 한 평에 얼마 오르고 내린 것이 큰 관심거리지, 나의 꾀꼬리 이야기에 어울리는 이가 적다.

이삿짐 옮겨다 놓고 한 밤 자고 난 바로 이튿날 햇살 바른 아침, 자리에서 일어나기도 전에 기왓골이 옥玉인 듯 짜르르 짜르르 울리는 신기한 소리에 놀랐다.

꾀꼬리가 바로 앞 나무에서 우는 것이었다.

나는 뛰어나갔다.

적어도 우리 집사람쯤은 부지깽이를 놓고 나오든지 든 채로 황황히 나오든지 해야 꾀꼬리가 바로 앞 나무에서 운 보람이 설 것이겠는데 세상에 사람들이 이렇듯이 무딜 줄이 있으랴.

저녁때 한가한 틈을 타서 마을 둘레를 거니노라니 꾀꼬리뿐이 아니라 까투리가 풀섶에서 푸드덕 날아갔다 했더니 장끼가 산이 쩌르렁 하도록 우는 것이다.

산비둘기도 모이를 찾아 마을 어귀까지 내려오고, 시어머니 잔칫상 나수어다(내어서 드리다) 놓고선 몰래 동산 밤나무 가지에 목을 매어 죽었다는 며느리의 넋이 새가 되었다는 며느리새도 울고 하는 것이었다.

며느리새는 외진 곳에서 숨어서 운다. 밤나무꽃이 눈같이 흴 무렵, 아침저녁 밥상 받을 때 유심히도 극성스럽게 우는 새다. 실컷하게도 슬픈 울음에 정말 목을 메는 소리로 끝을 맺는다.

며느리새의 내력을 알기는 내가 열세 살 적이었다. 지금도 그 소리를 들으면 열세 살 적 외로움과 슬픔과 무섬탐이 다시 일기에 며느리새가 우는 외진 곳에 가다가 발길을 돌이킨다.

나라 세력으로 자란 솔들이라 고스란히 서 있을 수밖에 없으려니와 바람에 솔 소리처럼 아늑하고 서럽고 즐겁고 편한 소리는 없다. 오롯이 패잔한 후에 고요히 오는 위안, 그러한 것을 느끼기에 족한 솔 소리, 솔 소리로만 하더라도 문밖으로 나온 값은 칠 수 없다.

동저고리 바람을 누가 탓할 이도 없으려니와 동저고리 바람에 따르는 홋홋하고 가볍고 자연과 사람에 향하여 아양 떨고 싶기까지 한 야릇한 정서 그러한 것을 나는 비로소 알아냈다.

팔을 걷기도 한다. 그러나 주먹은 잔뜩 쥐고 있어야 할 이유가 하나도 없고, 그 많이도 흉을 잡히는 입을 벌리는 버릇도 동저고리 바람엔 조금 벌려 두는 것이 한층 편하고 수월하기도 하다.

무릎을 세우고 안으로 깍지를 끼고 그대로 아무 데라도 앉을 수 있다. 그대로 한나절 앉았기로서니 나의 게으른 탓이 될 수 없다. 머리 위에 구름이 절로 피명 지명 하고 골에 약물이 사철 솟아 주지 아니하는가.

뻐꾹채꽃, 엉겅퀴 송이, 그러한 것이 모두 내게는 끔찍한 것이다. 그 밑에 앉고 보면 나의 몸뚱어리, 마음, 얼, 할 것 없이 호탕하게도 꾸며지는 것이다.

사치스럽게 꾸민 방에 들 맛도 없으려니와, 나이 삼십이 넘어 애인이 없을 사람도 뻐꾹채 자주꽃 피는 데면 내가 실컷 살겠다.

바람이 자면 노란 보리밭이 후끈하게 송진이 고여 오르고 뻐꾸기가 서로 불렀다. 아침 이슬을 홅으며 언덕에 오를 때 대수롭지 않게 흔한 달기풀꽃이라도 하나 업신여길 수 없는 것을 보았다. 이렇게 작고 푸르고 이쁜 꽃이었던가 새삼스럽게 놀라웠다.

요렇게 푸를 수가 있는 것일까.

손끝으로 으깨어 보면 아깝게도 곱게 푸른 물이 들지 않던가. 밤에는 반딧불이 불을 켜고 푸른 꽃잎에 오무라 붙는 것이었다.

한번은 닭이풀꽃을 모아 잉크를 만들어 가지고 친구들한테 편지를 엽서艶書같이 써 부쳤다. 무엇보다도 꾀꼬리가 바로 앞 나무에서 운다는 말을 알렸더니 안악^{安岳} 친구는 굉장한 치하 편지를 보냈고 장성^{長城} 벗은 겸사겸사 멀리도 집알이〔새로 집을 지었거나 이사한 집에 구경 겸 인사로 찾아가는 일〕를 올라왔던 것이다.

그날사말로 새침하고 꾀꼬리가 울지 않았다. 맥주 거품도 꾀꼬리 울음을 기다리는 듯 교요^{姣妖}히 우는데 장성 벗은 웃기만 했다.

붓대를 희롱하는 사람은 가끔 이러한 섭섭한 노릇을 당한다.

멀리 연기와 진애^{塵埃}를 걸러 오는 사이렌 소리가 싫지 않게 곱게 와 사라지는 것이었다.

꾀꼬리는 우는 제철이 있다.

이제 계절이 아주 바뀌고 보니 꾀꼬리는커니와 며느리새도 울지 않고 산비둘기만 극성스러워진다.

꽃도 잎도 이울고 지고 산국화도 마지막 스러지니 솔 소리가 억세어 간다.

꾀꼬리가 우는 철이 다시 오고 보면 장성 벗을 다시 부르겠거니와 아주 이울어진 이 계절을 무엇으로 기울 것인가.

동저고리 바람에 마고자를 포개어 입고 은단추를 달리라.

꽃도 조선 황국^{黃菊}은 그것이 꽃 중에는 새 틈에 꾀꼬리와 같은 것이다. 내가 이제로 황국을 보고 취하리로다.

《백록담》, 문장사, 1941년

별똥이 떨어진 곳

정지용

밤뒤[밤에 대변을 보는 일]를 보며 쪼그리고 앉았으려면, 앞집 감나무 위에 까치 둥우리가 무섭고, 제 그림자가 움직여도 무서웠다. 퍽 추운 밤이었다. 할머니만 자꾸 부르고, 할머니가 자꾸 대답하셔야 하였고, 할머니가 딴 데를 보지나 아니하시나 하고, 걱정이었다.

아이들 밤뒤 보는 데는 닭 보고 묵은세배를 하면 낫는다고, 닭 보고 절을 하라고 하셨다. 그렇게 괴로운 일도 아니었고, 부끄러워 참기 어려운 일도 아니었다. 둥우리 안에 닭도 절을 받고, 꼬르르 꼬르르 소리를 하였다.

별똥을 먹으면 오래오래 산다는 것이었다. 별똥을 주워 왔다는 사람이 있었다. 그날 밤에도 별똥이 찌익 화살처럼 떨어졌다. 아저씨가 한 번 메추라기를 산 채로 훔켜잡아 온, 뒷

산 솔 포대기〔원본에는 '푸데기'로 되어 있으나 솔 잎새들을 어린아이들이 덮는 이불로 해석하여 '포대기'라고 수정함〕 속으로 분명 바로 떨어졌었다.

    별똥 떨어진 곳

    마음에 두었다

    다음날 가보려

    벼르다 벼르다

    이젠 다 자랐소.

《소년》, 1937년 12월 / 『정지용 전집』(민음사, 1988)에서 재수록

기억에 남은 몽금포

강경애

언제나 여행하기까지 한가로움을 갖지 못한 나는 이때까지 여행한 일이 극히 적다. 몇 번 고향을 다녀온 것뿐 외에 전무하다고 해도 옳을 게다. 하나 구태어 쓰라니 고향의 접근지인 몽금포 이야기나 또 끌어내 볼까 한다.

"에크! 또 나온다. 또 숨는다. 그 빛이 왜 저리도 푸를까. 심심산곡에서 별만 보고 자랐음인지 그 빛이 별인 양 속기 쉽고, 푸른 하늘을 그리워 애를 태울까. 그 머리 다소곳 숙이고 수심愁心 빛이네."

이 년 전 내가 귀향했을 때 몽금포를 찾아가는 길에 송림 틈에 겸손스레 피어 있는 도라지꽃을 보고 전속력을 다하여 닫는 자동차에서 즉흥으로 그린 글의 한 폭이거니와 지금도 내 머리에 그 도라지꽃이 파르스름히 남아 있다.

하늘도 보이지 않도록 첩첩이 얽힌 송림. 마치 구름인 양 피어서 뜨고 이름 모를 산새들이 파닥거려 날 때 묵은 솔잎은 봄비 소리를 내고 떨어지오. 그곳에 송진내 향불인 듯 거룩하오. 다복솔 포기 뒤에 숨어 갸웃이 내다보는 도라지꽃, 내 치맛빛보다 더 푸른걸.

"내 비록 몸은 조그마하나 맘이야 저 바다에 뒤지랴!"

섬 몽금이[몽금 섬을 친근하게 가리킨 말. '이'는 주격조사가 아니라 '갑돌이'나 '갑순이'처럼 명사 뒤에 붙어 어근을 골라 주는 기능을 가진 접미사] 바위 위에 서서 멀리 수평선을 바라보며 읊었던 글이다. 내 지금 붓을 들고 종이를 대하니 서해가 암암히 떠오른다. 세속에 물들었던 내 가슴이 탁 터져 버리고 하늘에 닿을 듯한 그 수평만이 이 내 가슴에 힘 있게 좍 건너가던 그 찰나가 지금 이런 듯 가슴에 출렁거린다.

수평선 위에 깨울히 걸려 있는 저 흰 돛폭, 예전 보름 지난 쪽달같으이. 밤하늘에 별과 달이 빛난다면 저 바다엔 어선의 돛폭일지니, 망망한 바다에 저것이 있기에 내 집 안같이 아늑해 보이고 친하고 싶은 맘에 사람들의 가슴은 들먹이오.

손을 내밀어 오요요 부르고 싶어지는 까만 섬들, 꼭 강아지 같아. 아직 채 자라지 못한 강아지가 어미 개 궁둥이만 쪼르르 미쳐 다니는 듯한 저들. 바다 품에 꼭 안겨 있어 머리 숙여 가만히 들으니 섬 기슭을 찰싹찰싹 스치는 파도 소리가 내 어머님의 입속 노래보다 더 부드러우이.

뫼를 이루고 재를 이루어서까지 바다를 따라 나온 사장沙場 아가씨, 그 몸의 소복素服이 아담하오. 거룩하오. 옛날 사마상여司馬相如

〔중국 전한前漢시대의 문인. 한무제의 총애를 받으며《자허부》등의 많은 저술을 남겼으나, 탁문군에 반하여 사랑의 도피를 했다는 유명한 일화가 전해짐〕의 녹기금 소리에 탁문군卓文君의 그 뜻이 움직였다 하거니와 그대 또한 탁문군의 넋이 들어 이에 나왔노. 파도 소리에 그 맘이 진실로 움직임이었누.

오늘도 사장沙場을 치는 파도 소리 여전하오리. 그 적은 모래알이 하나하나 파도에 적시우리로다. 그곳에 금실 같은 별이 웃고 모래가 화하여 된 듯한 게들이 그 빛을 잔등에 떠메고 바람같이 나부낄 테지. 바다 비린내 나오.

눈같이 희고도 부드러운 모래 위에 떨기떨기 엎드려 있는 해당화, 그 붉은 꽃송이는 필경 바다를 향한 사장 아가씨의 일편단심이리로다. 바다가 아니면 따르지 않는 그대, 같은 맘 언제나 한가지리니, 올해도 불이 붙는 듯 피어 있으리. 피를 뿌린 듯 피어 있사오리.

쏵 내밀치는 파도 소리 내 붓 끝에 적시울 듯. 문득 나는 붓을 입에 물고 망연히 저 하늘을 바라보노니.

《여성》, 1937년 6월

해협병
海峽病

정지용

목포서 아홉 시 반 밤배를 탔습니다. 낮배를 탔더라면 좀 더 좋았으리까만 회사에서 제주 가는 배는 밤배 외에 내놓지 않았습니다.

배에 오르고 보니 제주 가는 배로는 이만만 해도 부끄러울 데가 없는 얌전하고도 예쁜 연락선이었습니다. 선실도 각등^各^等이 고루 구비하고도 청결한 것이었습니다. 우리는 좀 늦게 들어갔더랬는데도 자리가 과히 비좁지 않을 뿐 외라 누울 자리 앉을 자리를 넉넉히 잡았습니다.

바로 옆에 어떤 중년 가까이 된 부녀 한 분이 놀랍게도 풀어 헤트리고 누워 있는데 좀 해괴 하고도 어심^{於心}[마음의 속]에 괘씸 한 생각이 들어 무슨 경고 비 슷한 말을 건네 볼까 하다가 나 그네 길로 나선 바에야 이만 일 저만 꼴을 골고루 보기도 하는 것이란 생각이 나서 그만 잠자코 있었습니다. 등산복을 훌훌 벗어 버리고 바랑 속에 지니고 온 갈포 고의적삼으로 바꾸어 입고 나니 퍽도 시원했습니다.

십 년 전 현해탄 건너다닐 적 뱃멀미를 앓던 지긋지긋한 추억이 일기에 다짜고짜 다리를 폈습니다. 나의 뱃멀미라는 것은 바람이 불거나 안 불거나 뉘(파도)가 일거나 안 일거나 그저 해협을 건널 적에는 무슨 예절처럼 한통 치러야 하는 것이었습니다.

이번에도 멀미가 오나 아니 오나 누워서 기다리는 체재體裁를 하고 있노라니 징을 치고 호각을 불고 "뚜ー"가 울고 했습니다. 뒤통수에 징징거리는 엔진의 고동을 한 시간 이상 받았는데도 아직 아무렇지도 않았습니다. 선실에 누워서도 선체가 뉘를 타고 오르고 내리는 것을 넉넉히 증험할 수가 있는데 그럴 적에는 혹시 어떤 듯하다가도 메슥거리기도 하다가도 그저 그대로 참을 만하게 넘어가는 것입니다. 병 중에 뱃멀미는 병 중에도 연애병과 같은 것이라 해협과 청춘을 건너가려면 으레 앓을 만한 것으로 전자前者에 여긴 적이 있었는데, 나는 아직 뱃멀미도 아니 앓을 만하게 나이를 먹었나 봅니다.

실상 그럴 수밖에 없는 것이 지금 내가 누워서 지나는 곳이 올망졸망한 무수한 큰 섬 새끼 섬들이 늘어선 다도해 위가 아닙니까. 공해公海가 아니요 바다로 치면 골목길을 요리조리 벗어 나가는 셈인데 큰 바람이 없는 바에야 무슨 큰 뉘가 일 것이겠습니까. 천성天成으로 훌륭한 방파림을 끼고 나가는데 멀미가 나도록 배가 흔들릴 까닭이 없었던 것입니다. 이러고 보면 누워 있을 까닭이

없다고 일어날까 하고 망설이노라니 갑판 위에서 통풍기를 통하여,

"지용! 지용! 올라와! 등대! 등대!"

하는 영랑永郎의 소리였습니다. 우리 일행은 영랑과 현구玄鳩, 나, 세 사람이었습니다. 한숨에 갑판 위에 오르고 보니 갈포 고의가 오동그라질 듯이 선선한 바람이 슳하게도 부는 것이 아닙니까.

아! 바람이 많기도 하구나! 섬도 많기도 하구나! 그저 많다는 생각 외에 없어서 마스트 끝에 꿰뚫리고도 느직이 기울어진 대웅성좌大熊星座를 보고도, 수로水路 만 리萬里를 비추고도 남을 달을 보고도, 동서남북 사위 팔방四位八方을 보고도, 그저 많소이다! 많소이다! 하는 말씀밖에는 아니 나왔습니다.

많다는 탄사가 내처 지당한 생각으로 변해서 그저 지당하온 말씀이올시다, 지당한 말씀이올시다 했습니다. 배는 과연 쏜살같이 달리는 줄을 알았사오며 갑판이 그다지 넓다고는 할 수 없으나 수백 인이라도 변통하여 앉을 수 있었습니다.

구석구석에 끼리끼리 모여 앉고 눕고 기대고 설레고 하는데 겟토ケット 〔담요〕를 펴고 덮고 서로 자는 척하다가 나중에는 서로 훔어잡아 뺏는 장난을 시작하여 시시거리고 웃고 하는 패가 없나, 그 중에도 단발머리에 유카타ゆかた 〔목욕 후나 여름에 입는 일본의 의복. 면으로 만들어진 간편한 옷으로 화려하지 않은 평상복〕 입은 젊은 여자가 제일 말괄량이 노릇을 하는데 무슨 철도국원 같은 청년 이삼 인이 한데 어울려 시시대는 것이었고, 어떤 자는 한편에서 여자의 무릎을 베고 시조를 듣고 있는 자가 없나, 옆에 붙어 앉아 있는 또 한 여자는 어떠

한 여자인지 대중할 수 없습니다. 차림차림새는 살림하는 여자들 같으나 무릎에 사나이를 누이고 노래를 부른다는 것이 아무리 해도 놀던 계집에 틀림없었습니다. 장의자 위에 무릎을 꿇고 이마를 붙이고 달팽이처럼 쪼그리고 자는 다비^{たび}〔일본식 버선〕 신은 할머니도 있었습니다. 가다가 추자도에서 내린다는 소학생들이 베개를 나란히 하고 겟토를 덮고 있기에 나는 용서도 청할 것 없이 그 아이들이 덮은 겟토 자락 한 옆을 잡아당겨 그 위에 누워서 하늘을 보기로 했습니다. 아이들도 괴이쩍게 여기는 것이 아니었습니다.

이러는 동안에도 하도 많은 섬들이 물러가고 몰려오고 하는 것이었습니다. 달밤에 보는 것이라 바위나 나무라든지 어촌이나 사람을 짐작할 수 있는 것은 아니나 거뭇거뭇한 덩어리들이 윤곽이 동긋동긋하게, 오히려 낮에 볼 수 없는 섬들의 밤 얼굴이 더 아름답지 않습니까.

그러나 하도 많은 것이 흠이 아닐까 합니다. 저 섬들이 총수總數가 늘 맞는 것일지, 제 자리를 서로 바꾸지나 않는 것일지, 몇 개는 하루아침에 떠 들어온 놈이 아닐지, 몇 개는 분실하고도 해도海圖 위에는 여태껏 남아 있는 것이 아닐지 모르겠으며 개중에는 무뢰한 도서島嶼들이 있어서 도적島籍에도 가입하지 않은 채로 연안에 출몰하는 놈들이 없지 않을까 합니다.

나는 꼭 바로 누워 있는 나의 콧날과 수직선 위에 별 하나로 일점을 취해 놓고 배가 얼마쯤이나 옮겨 가는 것인지를 헤아려 보려고 했습니다. 몇 시간을 지나도 별의 목표와 나의 시선이 조금도 어그러지는 것이 아니었습니다.

우리가 지구 위로 기어 다닌다는 것이 실상 우스운 곤충들의
놀음과 같지 않습니까. 그래도 우리 일행이 전속력을 잡아탔음에
틀림없는 것이, 한잠 들었다 깨었다 하는 동안에 뜀뛰기로 헤일지
라도 기좌도, 장산도, 우수영, 가사도, 진도, 새 섬을 지나지 않았
겠습니까!

〈조선일보〉, 1938년 8월 24~25일

선

한용운

선禪은 선이라고 하면 곧 선이 아니다. 그러나 선이라고 하는 것을 여의고는 별로 선이 없는 것이다. 선이면서 곧 선이 아니요, 선이 아니면서도 곧 선이 되는 것이 이른바 선이다.

달빛이냐, 갈꽃이냐, 흰 모래 위의 갈매기냐.

_《선원》, 1932년 2월

신념 있는 생활

김기림

　　모든 신념을 차례차례로 다 잃어버린 생활처럼 지옥은 없을 것이다.
무엇이고 신념을 가지고 살고 싶다. 지극히 희미한 일, 지극히 작은 일
이라도 좋으니 거기 신념을 가지고 꾸준히 걸어가고 싶다.

_ 《조광》, 1939년 1월

제 3 부

수상한 시간,
알 수 없는 시대

조선
정조 情調

최독견

언젠가 서해^{曙海} 군과 함께 종
로를 걸어가다가 나는 군에게
서 이런 탄식을 들었다.

"조선 사람들이 사는 조선
서울에 조선 정조가 이렇게 보
이지 않을 수야 있나? 저 가게
마다 걸린 간판에 그린 조선 인
물들을 보게. 어디 조선 사람
됐냐고? 저것은 조선 사람도
아니고 두루뭉수릴세그려."

나는 군의 말대로 점두^{店頭}에
걸린 간판들을 일일이 쳐다보
았다. 거기는 참으로 조선 사
람이 없었다. 얼른 조선 사람으
로 보이는 것이 있다면 눈을 한
번 더 똑똑히 뜨고 자세히 볼
때 그것은 사이비적 조선인, 즉
어느 딴 나라 사람에게 조선 옷
을 입힌 것을 발견할 것이다.
누구나 종로 거리를 뜻 깊게 산
책한 이는 이 말에 반대가 없으
리라고 믿는다.

어느 외국 사람에게 조선 옷

을 입힌 사이비적 조선 사람, 이것은 점두의 간판에서만 볼 것이 아니다. 화가의 그림에서, 문인의 작품에서, 취객의 흥얼거리는 노래에서 우리는 이 현상을 너무나 많이 볼 수 있다. 좀 더 심하면 복숭아꽃을 '모모노하나'라고밖에 부를 줄 모르는, 밑 막은 바지를 겨우 면한 우리의 어린이를 볼 수 있는 것이다.

이 글을 초抄하는 난잡한 궤상에는 《화장과 위생》이라는 잡지와 육당 선생의 시조집 《백팔번뇌》가 놓여 있다. 나는 이 《화장과 위생》이라는 잡지의 표지를 볼 때마다 겉잡을 수 없는 불쾌를 느낀다. 거기는 어느 나라 사람인지 정체 모를 여자가 밉살스럽게 꿇어앉아 있는 때문이다.

아무리 보아도 그 인물은 조선 여자는 아니다. 그러나 입은 옷 기타로 보아 청녀淸女도 아니요 일녀日女도 아니다. 양녀洋女는 더욱 아니다. 그러면 무엇일까. 청인이나 양인이나 일인이 그린 조선 사람인가. 그것도 아니다. 조선의 화가가 그린 조선 사람이 이 지경이 되었다. 책을 찢어 버리고 단념하기에는 너무도 억울한 불쾌다.

이 불쾌한 감정을 잊기 위하여 나는 《백팔번뇌》를 들었다. 이번째 읽으면 사독四讀이 된다. 시조에 하등 흥미를 가지지 않은 나로 《백팔번뇌》를 삼사독三四讀 한다는 것은 나로서도 이상히 생각지 않을 수 없다. 나는 왜 《백팔번뇌》를 네 번째 읽으려는가?

격조가 맞았다든가 운율이 조화되었다든가에 반하기에는 전제한 바와 같이 나는 사도斯道[어떤 전문적인 방면의 도(道)나 기예]에는 너무도 문외한이다. 삼사조거나 사사조거나 그런 것은 나의 알 바 아니다. 나는 다만 처음에서 끝까지 속 깊이 흐르는 조선 정조에 도취하는 것뿐이다.

그 속에는 조선과 조선 사람 외에 아무것도 없다. 무엇이 소곤거리거나 부르짖는다면 그것은 조선이나 조선 사람의 음향이요 무엇이 어른거린다면 그것은 조선이나 조선 사람의 그림자라도 될 것이다. 거기는,

"왈나!"

하는 호인(胡人)의 말소리도 안 들리고,

"딸각!"

하는 오동나무 게다 소리도 안 들리고 원숭이같이 생긴 양인의 낯짝도 안 보이고 서반아 미인의 곡선에 떨리는 요염한 그림자도 안 보인다. 나는 이런 꼴 이런 소리도 피하여 조선 사람을 찾아보기 위하여 조선의 냄새를 맡기 위하여 이 책을 드는 것이다.

모든 것을 다 빼앗기고라도 다만 정조만이라도 우리 것을 품고 살 수 없을까.

《조선문단》, 1927년 2월

모던 걸

안석영

　지금 조선 사람의 문화를 생각하고 길거리에 제각기 세기世紀를 달리한 사람들에게서 나타나는 과도기적 기현상을 볼진대 하필 모던 걸만이 화제에 오르랴만 오늘 조선 여성들의 그 무엇엔가 초조한 심리가 그들에게서 나타나고, 지금의 조선을 보고자 하는 사람은 그 여성들의 차림차림이라든가 걸음걸이며 그들의 얼굴에 가공한 그들의 이중생활의 마스크를 보면 잘 알 수 있을 것이다.

　짜부러진 초가삼간에서도 길 나올 때에는 불란서 파리나 뉴욕의 맨해튼에서 부침浮沈하는 여성들의 옷을 걸치고 나와야만 하는 그들의 그 마음에 이 조선이라는 이 땅 이 풍경이 얼마나 싫으랴만, 그래도 서울에도 아스팔트 보도가 있고 부민관〔일제강점기에, 경성 부민의 공회당을 사용한 건물. 지금의 세종문화회관 별관〕

167

에서는 세계적 일류 음악가 필만이 연주를 하고 또 얼마 있으면 남국의 향기를 담뿍 걸친 스키파가 온다는 이 서울 거리를 하루도 안 나와 보고는 그들의 우울한 생애를 도금할 수가 없을 것이다.

그들의 손가락에 이삼백 원, 천여 원의 백금반지는 어디서 난 것인가. 그들의 목에 걸친 그 값비싼 목걸이를, 그 핸드백을 알아 주는 사람이 있어야 말이지. 그들의 애수는 꼭 사랑에만 있는 것이 아니라 여기에도 있을 것이다.

전문학교를 나와도 거들떠보지 않는 세상, 다만 얼굴이 예쁘고 살결만 윤택하면 그만인 세상, 적이 지식 여성의 한탄이 여기에 있다.

"지식 여성에게는 미인이 어디 있어요."

이것은 내가 어느 때 어느 지식 여성에게서 들은 솔직한 그들의 고백이다. 마음은 높다. 그러나 어느 때든 그들은,

"우리는 얼마나 고민하는 줄 아세요? 결혼하기도 어렵고 다만 갈 길은……."

그럴 수밖에 없을 것이다. 아무리 지식이 있어도 지식이 있기 때문에 고민하는 때는 자포자기가 될 수밖에 없다. 그 사나이의 첩(흘러 다니는 여자), 허영의 도시의 시민이 된다. 이것이 모던 걸이다. 가장 깨이고 가장 세계인의 호흡을 먼저 호흡하는 여성이 모던 걸이다. 그들의 가상무대를 영화관의 스크린이라 하자. 그러 면 너무나 안타까운 그들의 환락이 아니랴.

집에 들어가면 벌써 빈대 껍질들이 살아서 크림인가 무언가로 곱게 다스린 로댕의 대리석 조각품 같다고 생각할 육체를 기어 다

니면서 몇 세기를 먼저 산 그 여자의 피를 뺀다. 얼마나 잔인무도한 미물이랴.

어서 꽃이 피소서. 어서 여름이 오소서. 모던 걸의 기원祈願이 이렇게 올 것이다.

《조광》, 1937. 5.

진실한 의미의
모던이 되자

박
팔
양

근래 우리 사회에도 모던 modern이라는 말이 많이 유행한다. 모던 보이, 모던 걸, 모더니스트, 또 모던 무엇무엇 하여 모던이란 말이 한 유행어가 되어 있다.

그런데 그 모던이란 말이 대개는 그리 좋지 못한 의미로 사용된다. 가령 모던 보이, 모던 걸 하면 철없이 시쳇것만 좋아하는 천박한 남녀들을 의미하는 것이 된다. 그래서 모던이란 말을 '못된'이라고 고쳐서 '못된 보이', '못된 걸'이라고까지 빈정거리게 되어 있다.

모던이라는 영어를 자전에서는 번역하여 근세, 근대, 현대, 현대풍이라는 글자를 쓴다. 그러면 그 본 의미는 결단코 나쁜 의미가 아니니, 만약 모던 보이, 모던 걸을 번역한다면 현대의 남자, 현대의 여자 또는 현대풍의 남자, 현대풍의 여자가 될 것이요 결단코 '못된 보이', '못된 걸'은 되지 아니할 것이다.

그러면 어째서 사람들이 모던이란 말을 나쁜 의미로 쓰느냐? 그것은 묻지 아니해도 소위 시체 신식 남녀들의 표면 생활이 너무나 착실치 못한 부화경조^{浮華輕兆}한 것이기 때문에 그 부화경조한 생활 태도에 대한 세상 사람들의 반감이 마침내는 '못된 보이', '못된 걸'이란 말을 지어 부르게 된 것이라 할 것이다.

그러나 우리는 생각한다. 진실한 의미의 모던은 결단코 나쁜 것이 아니다. 현대에 사는 이상 현대의 사람이 되지 않으면 아니 된다. 물론 현대의 나쁜 것(단처^{短處})만을 취하고 본뜨는 것은 불가하지만 현대의 좋은 것은 얼마든지 배우고 본뜨고 이용하고 그리고 생활에까지 받아들여 와야 할 것이다.

현대의 남녀 또는 현대풍의 남녀는 현대를 이해하지 아니하면 아니 된다. 그러나 최신식 유행의 짧은 옷을 입고 괴상한 모자를 쓰고 굽 높은 구두를 신는 것이 현대를 이해하는 것은 아니다. 옷은 어떻든 모자는 어떻든 그리고 또 구두는 어떻든 그 사람의 진실한 생활 감정이 현대적이 아니면 아니 된다.

모든 낡은 인습과 옳지 못한 제도에 대해서는 그것을 철저히 비판할 총명한 머리를 가져야 할 것이요, 그 생활과 그 실천에 있어서는 그 총명한 머리가 가리키는 바에 좇아서 용감하게 없애고 또 세우는 생활력을 가지지 아니하면 아니 될 것이다.

그렇다! 우리는 좋은 의미의 현대의 남자, 현대의 여자가 되지 아니하면 아니 되며 좋은 의미의 현대인이 되지 아니하면 아니 된다. 그런데 현대의 또는 근대의 가장 큰 특징은 모든 것을 과학적으로 생각하는 데 있다.

"생각은 가장 과학적으로!"

"실천은 가장 전투적으로!"

이것이 현대인의 부르짖는 소리다. 이 소리를 들을 줄 아는 사람이라야 진실한 현대인이라 할 것이다.

〈조선일보〉, 1929년 4월 10일

거리에서 만난 여자

현진건

동아일보 지상에 《적도》를 연재하던 때에 당한 일이다. 하루는 신문사에서 나와서 집으로 가려고 종로 네거리를 지날 때에 갑자기,

"아이, 선생님!"

하고 여자의 목소리가 들리기에 살펴보니 내 앞으로 오던 여인이 나를 바라보며 이렇게 부르는 것이었다. 나는 자세히 살펴보니 한 번도 만나 본 일이 없는 여자였다.

나는 어리둥절하여 아무 대답도 못하고 우두커니 섰을 뿐이었다. 나는 이 여자가 혹시 불량녀가 아닌가도 생각하고 그의 모양을 살펴보았다. 노랑 구두에 붉은 치마! 검정 명주 두루마기! 여우 목도리! 수수한 양머리! 분도 바르지 않은 얼굴을 살펴보니 어떤 부잣집 귀부인같이 보이지 불량녀로는 보이지 않았다.

'그러면 이 여자는 어떠한 여자일까.'

하고 궁금해했다. 혹시 나는 이 여자가 나의 소설의 애독자가 아닐까도 생각해 보았다. 예전에도 나의 소설 애독자라는 여자가 나의 집으로 나의 신문사로 많이 찾아왔으니 이 여자도 그런 여자가 아닌가 생각했다. 더욱이 요사이에 《적도》가 발표되자 나의 소설의 여자 팬들이 많이 찾아왔으며 편지도 많이 왔으니 이 여자는 나의 팬일 것이리라고 직각^{直覺}했다.

"아이, 선생님 얼마 만이세요."

하고 그 여자는 생글생글 웃으며 이렇게 말하는 것이었다.

"네, 참 오래간만이외다."

하고 나는 부지중 이렇게 대답했다.

"이렇게 길거리에서 말씀드리기도 안 되었으니 저리로 들어가시지요."

하고 그 여자는 대련관을 가리키는 것이었다. 그래서 나는 처음엔 사양했으나 자꾸 들어가자고 조르기에 할 수 없이 들어갔다. 그 여자는 방 안에 들어가 앉자 갑자기 우울해지면서,

"선생님, 저는 여기서 선생님을 만날 줄은 몰랐어요. 이 세상에서는 다시 선생님을 만날 줄은 몰랐어요. 그때 제가 그 약을 조금만 더 많이 먹었더라면 원산서 만난 것이 최후였을는지도 모르지요."

하고 그 여자는 수수께끼 같은 말을 하며 눈물을 흘리는 것이었다. 나는 눈이 둥그레서,

"실례지만 나는 당신을 잘 기억하지 못하겠는데요."

하고 그 여자를 다시 한 번 바라보았다. 그 여자는 나에게,

"아니, 선생님이 백 선생님이 아니세요?"

한다. 나는 기가 막혔다.

"아니오. 나는 현진건이란 사람이외다."

"네! 원산 계신 백 선생님이 아니세요?"

"아닙니다. 나는 원산 가 본 일이 없습니다."

"이런 변이 있나!"

하고 그 여자는 얼굴이 새파랗게 질려서 도망치듯 신을 신고 달아나는 것이었다. 아마 백모라는 사람이 나와 꼭 같이 생겼던 것이다. 나는 세상에서 살면 별일이 다 생긴다고 웃고 말았다.

《조선문단》, 1935년 4월

축견무용畜犬無用의 변辯

박태원

나는 남들처럼, '개'라고 일컫는 축류에 대하여 호의나 동정을 갖지 못한다. 그러나 그것을 슬프게 생각하지는 않는다. 도리어 마음을 수고로이 하여 이 짐승을 거두어 기르는 이들을 딱하게 여기기조차 한다.

개는 주인의 은혜를 잊지 않는다 한다. 무슨 '충견'이니 '의견'이니 하여 고래로, 그 가화미담佳話美談이 더러 전하여 내려오는 것도 나는 알고 있다. 그러나 그것은 물론 수많은 개 중에서 오직 몇 마리에 지나지 않는 것으로 대개는, 저를 거두어 주는 주인집 식구 이외의 사람에 대하여 무턱대고 짖고 흥얼거리는 것을 일삼을 따름이다.

사실, 동리 안에 있어 개처럼 괘씸한 것은 다시 없다. 그는 늘 불안하다. 눈에 띄는 모든 사람이 그에게는 흡사 절도

나 악한같이만 보인다. 그래 그는 잔뜩 겁을 집어 먹고 혹 앞으로 달려들어 사납게 짖어도 보고, 혹 뒤를 밟아 의심스레 냄새도 맡는다. 낯선 개가 신변에 접근하는 것에 불안과 협위를 느끼는 것은 오직 아녀자에 그치는 일이 아니다. 다른 이들은 버려두고, 유독 내게만 극성을 떠는 개 앞에서는 장부도 까닭 없이 얼굴을 붉히고 우울하지 않을 수 없다.

늦도록 슬하에 일점 혈육을 갖지 못한 내외가 외로운 심사를, 혹, 그러한 것에나마 붙일 수 있을까 하여 과히 사납지 않은 강아지의 뒤를 거두는 것은, 이를테면 눈물겨운 노릇이라, 구태여 탓하지 않겠다. 그러나 집 속에 약간의 재물을 감추고 있으매, 그 마음에 불안이 또한 없을 수 없어 가장 의혹 많고, 가장 잘 짖고 가장 잘 무는 개를 대문 안에 감추어 두는 것에는 우리는 연민의 정과 함께 일종一種 관노慣怒조차 느끼지 않을 수 없다.

모처럼 찾아간 객에게 대하여 우선 개로 하여금 시끄럽게 짖게 하는 풍습은 접객의 예에도 어긋나거니와 그 객이라는 자가 설혹 일개 걸인에 지나지 않는 경우라 하더라도, 어떻든 만물의 영장을 축생을 가져 쫓는다는 것은 거의 인도상 문제다.

심한 자는 문전에 '맹견주의'라는 그러한 문구를 기입한 종이쪽을 내붙여, 동리가 의난疑亂하게 개 짖는 소리 나기 전에, 행상이나 걸객배乞客輩로 하여금 스스로 물러나게 하는 것에 자못 득의로운 표정을 갖기도 하나 춘풍에 놀아나는 것은 묘령의 시골 색시만

이 아니어서, 하룻날 아침, 그동안 밥 먹여 길러 준 은공도 잊고서 곧잘 행방불명이 되는 것은 또한 어찌할 수 없는 일이라, 자못 당황하여 일변 사람을 사방으로 풀어 놓으며, 일변 신문에 광고를 내며, 그러는 꼴이란 가소롭기 짝이 없다.

《문장》, 1939년 5월

세태

박영희

노인들은 말끝마다 세태를 말한다. 그러나 그 요점을 말하면, 그때 세상에서는 그만한 것쯤은 허용한다는, 그 사회의 표준을 말하는 것이다.

수일 전, 몹시 덥던 날 전차 안에서 내가 본 일이다. 그 일이라는 것이 그다지 큰일은 아니나 이 역^亦 세태를 말하게 할 만했다.

차 안은 초만원이었다. 사람들은 땀을 흘리고 서서 있다. 차 안에 꽉 찬 땀내라니 형언키 어려울 만큼 냄새를 피우고 있었다.

달려가던 차가 급정거를 하니 차 안 사람이 모두 쓰러질 뻔했다. 그 통에 내 앞에 서 있던 노동자가 그 옆에 서 있는 양복 입은 사람의 발등을 밟았다. 그 양복 입은 사람이라야 좋은 옷을 입은 것이 아니라 역시 빈난^{貧難}한 사람 같아서 말이

양복이지 더러운 옷을 입었다.

"이건, 좀 보지. 남의 발등을 밟는담?"

양복쟁이가 떠들었다.

노동자는 키가 후리후리하고 뺨에서 턱밑으로 수염이 거칠게 난, 감때가 사나운[성질이 억세고 사나운 사람을 표현할 때 '감때사납다'는 관용어를 사용함] 사나이였다. 약간 술 냄새가 난다.

"이 통에 발등 말이 다 뭐야?"

하고는 양복을 한번 흘끗 쳐다보더니 다시 입을 열었다.

"좀 밟으면 어때. 밟아도 괜찮을 만하니 밟은 것이지."

"나는 그 까닭을 모르겠는데?"

"왜 몰라? 얘, 그러지 말아라. 너, 너무 그런다."

"그래, 너, 나를 모르겠니? 나는 김가다."

그 노동자는 양복쟁이의 손을 덥석 붙잡았다. 양복쟁이는 뿌리치려고도 아니하고, 또는 그 노동자의 손을 탐탁하게 붙잡지도 아니하고 그대로 붙잡힌 채 서 있었다. 양복쟁이는 처음부터 이 노동자를 잘 알고 있는 모양이나 그저 모른 체하고 있는 듯하다. 양복은 얼른 말대답을 하지 않고 성가신 모양으로 서 있었다.

"너무다, 너무야. 지금 와서는 이렇게 노동자다. 너는 양복쟁이로구나. 그렇기로니……."

그의 눈에는 맑은 눈물이 고였다.

"생각해 보자. 세월이 빠르구나. 너와 내가 한 반에서 공부하던 때 말이다. 그뿐이냐? 우리 두 사람의 정의情義로 보더라도 보통 친구가 아니었다. 이제 벌써 우리 둘이 다 오십이 가까웠지만, 나는 지금 너를 보니 참 반갑다. 어찌 그리 너는 무정하냐."

그제야 양복은 입을 열었다.

"그야 방면이 다르면 그런 게지. 사람마다 제각기 생활에 얽매이면 별수 있나."

"그래, 그는 그렇지만 보고도 못 본 체한단 말이냐. 허허허."

노동자는 잡았던 양복의 손을 한 번 다시 흔들었다.

"그래, 지금은 어디서 사니?"

"××정町 막바지."

"아직도 부자는 못 되었구나."

"글쎄 말일세."

"그러나 네가 부자가 되면 이만큼이나 나를 대해 주겠니?"

그러자 차가 적십자병원 앞에 왔다. 노동자는 마포로 가는 차를 타려는 듯이,

"자, 나는 여기서 내리겠다. 그러나 이렇게 섭섭하게 헤어져서 되겠나."

하고 차마 떨어지기를 애석해한다.

"내려요, 어서 내려요."

차장은 소리쳤다.

"내 한번 찾아감세. 어느 때 집에 있니?"

"나는 집에 있는 때가 도무지 없네. 밤에도 집에서 자는 때가 드문데……."

차 안의 사람들은 모두 웃었다. 노동자는 내렸다. 사람들은 그의 뒷모양을 보고는 웃었다. 왜 웃을까?

'이 웃는 것이 세태로구나.'

하고 나는 웬일인지 마음의 고적을 느꼈다.

《박문》, 1939년 8월

여백을 위한 잡담

박태원

혹 나의 사진이라도 보신 일이 있으신 분은 아시려니와 나는 나의 머리를 다른 이들과는 좀 다른 방식으로 다스리고 있다.

뒤로 넘긴다거나 가운데로나 모로나 가르마를 타서 옆으로 가른다거나 그러지 않고, 이마 위에다 가지런히 추려 가지고 한일자로 자른 머리, 조선에는 소위 이름 있는 이로 이러한 머리를 가진 분이 없으므로, 그래, 사람들은 예例를 일본 내지內地에 구하여 후지타藤田 화백에게 비한 이도 있고, 농조를 좋아하는 이는 만담가 오오츠지 시로大辻司郎에 견주기도 했으며, 《주부지우主婦之友》라는 가정 잡지의 애독자인 모 여급은 성별을 전연 무시하고 여류 작가 요시야 노부코吉屋信子와 흡사하다고도 했으나 그 누구나 모두가 나의 머리에 호감을 가져 주지 못하는 것은 사실이다.

호감을? 호감은 말도 말고 지극한 악의조차 가지고서 나의 머리를 비난하고, 한 걸음 나아가서는 나의 사람됨에까지 논란을 캔이조차 있었다.

단순히 괴팍스러운 풍속이라 말하는 이에게 대해 나는 사실 그것이 악취미임을 수긍했다. 그러나 어떤 이는 내가 남다른 머리 모양을 하고 다니는 것을 무슨 일종의 자가선전自家宣傳을 위한 행동 같이 오해하고, 신문 잡지와 같은 기관을 이용하여 대부분이 익명을 가지고 나를 욕했다.

사람이란 대개가 저를 가지고 남을 미루어 보는 법이다. 나의 단순한 악취미를 곧 그러한 것과 연관시켜 생각하지 않을 수 없었던 그들은, 우선 그들 자신이 그처럼 비열한 심정의 소유자랄밖에 없지만, 나는 속으로 무던히 불쾌하고 괘씸했음에도 불구하고 일찍이 그러한 것에 대하여 한 마디도 반발을 시험하여 본다거나 구차스러운 변명을 꾀해 보려 안 했다.

그것을 이제 와서 새삼스레 끄집어내는 것은 도리어 우스운 일일지 모르나 이것은 물론 내가 잡문의 재료에 그처럼 궁한 까닭이 아니다.

내가 이 머리를 하고 지내 오기도 어언간에 십 년이 되거니와, 내가 글 쓰는 사람으로 다소라도 이름이 알려졌다 하면 그것은 틀림없이 나의 그동안의 문학 행동에 힘입은 것으로, 결코 내 머리의 덕을 본 것이 아님을 두 번 말 할 것도 없다.

이제 내가 내 머리에 관하여 몇 마디 잡담을 하더라도 아무도 그것을 나의 '자가선전'인 듯이 곡해를 하지는 않을 것이다. 그래, 이 기회에 나의 작품은 사랑하면서도 나의 머리를 함께 사랑할 도리가 없어 나의 악취미를 슬프게 생각하고 있는 이들에게, 나는 나의 머리에 대해 한마디 석명釋明을 시험해 보고자 한다.

머리에 대한 나의 악취미는 물론 단순한 악취미에서 출발된 것이 결코 아니다. 참말 까닭을 찾자면 나의 머리 터럭이 인력으로는 어찌할 도리가 없게 억세다는 것과 내 천성이 스스로는 구제할 도리가 없게 게으르다는 것에 있다.

내가 중학을 나와 이제는 누구 꺼리지 않고 머리를 기를 수 있었을 때 마음속으로 은근히 원하기는, 빗질도 않고 기름도 안 바른 제멋대로 슬쩍 뒤로 넘긴 머리 모양이었다.

그러나 정작 기르고 보니, 나의 머리는 그렇게 고분고분하게 나의 생각대로 슬쩍 뒤로 넘어가거나 그래 주지를 않았다. 홍문연鴻門宴의 번쾌樊噲 〔중국 한나라 고조 때의 공신. 홍문(鴻門)의 회합에서 항우에게 살해당할 처지에 놓였던 유방을 구함〕 장군인 양 내 머리 터럭은 그저 제멋대로 위로 뻗쳤다.

나는 하는 수 없이 빗과 기름을 가지고 이것들을 다스리려 들었다. 그러나 약간 양의 포마드쯤이 능히 나의 흥분할 대로 흥분한 머리털을 위무할 도리는 없는 것이다. 그래, 나는 취침 전에 반드시 머리에 기름을 바르고 빗질을 하고 그리고 그 위에 수건을 씌워 잔뜩 머리를 졸라매고서 잤다.

그러나 모자나 양복에 언제 한번 솔질을 한 일이 없고 구두조차 제 손으로 약칠을 해 본 것은 이제까지 도무지 몇 번이 안 되는 그러한 나로서, 머리만을 언제까지든 그렇게 마음을 수고롭게 해 다스릴 수는 없는 것이다.

며칠 가지 아니하여 나는 그만 머리에 기름칠할 것과 빗질할 것을 단념하여 버렸다. 가장 무난한 해결법은 도로 빡빡 깎아 버리는 것이겠으나 까까머리라는 것은 참말 나의 취미에는 맞지 않는다. 그래 길게 기른 머리를 그대로 두어 두자니 눈을 가리고 코를 덮고, 그렇다고 쓰다듬어 올리자니 제각기 하늘을 가리키고……. 그래, 마침내 생각해 낸 것이 이것들을 이마 위에다 가지런히 추려 가지고 한일자로 자르는 방법이었다.

그것이 내가 동경서 돌아오기 조금 전의 일이었으니까 십 년이 가까운 노릇이다. 그 사이 꼭 사흘 동안, 내가 장가를 들고 처가에서 사흘을 치르는 그동안만, 처조부모가 나의 특이한 두발 풍경에 놀라지 않도록 해 달라는 신부의 간청에 의해 나는 부득이 기름을 바르고 빗질을 하고 그랬으나, 그때만 빼고는 늘 그 머리가 그 머리인 것이다.

그의 성미나 한가지로 나의 머리가 그처럼 고집 센 것은 슬픈 일이다. 그러나 또한 어찌할 도리가 없다. 나이 삼십이 넘었으니 그만 머리를 고치라고 말하는 이도 있으나, 그것이 나의 악취미에서 나온 일이 아니니 이제 달리 묘방이라도 생기기 전에는 얼마 동안 이대로 지내는 수밖에 별수가 없는 것이다.

《박문》, 1939년 3월

이발과 곡수

안회남

이발理髮은 머리를 깎는 것이고 곡수馘首는 모가지를 베는 것이다. 물론 이 두 개의 단어를 행여 모를 사람이 있을까 염려해서 구별해 본 것이 아니라 전자는 말에서 붙어 오는 감정이 우선 문화적인데 후자는 반드시 그렇지 않다는 것을 강조하기 위함이다.

사실 나는 이발소에서 이따금 인간은 참 문명했구나 하고 새삼스럽게 느끼는 때가 있다. 한 번도 대면해 본 일이 없는 사람이 시퍼렇게 칼날이 선 면도를 가지고 온통 얼굴 전체를 싹싹 밀었다가 목과 숨통을 노리고 해도 손님은 절대 안심, 그 사람을 완전히 신뢰하고 누워 있기 때문이다.

한 사람의 생명이 한 사람의 손아귀에 이렇게 꼭 잡히고 있는 장면도 드물 것이다. 누가 아느냐, 손목에 조금만 힘이 가고 칼날이 틀어져도 모가지가 달아나고 영원히 세상을 모르게 될 것이다.

신문에서 언젠가 읽었지만 손님이 이발을 하며 주문이 하도 까다롭고 잔소리가 과심해서 격분한 면도장이가 그만 비누칠을 하던 콧등을 싹둑 잘라 버리고 만 일이 있다.

아, 나도 그때 머리를 깎으러 갔다가 이발소 주인 영감에게 함부로 야단을 쳤는데 하마터면 공연히 언청이가 될 뻔한 것이 아니었던가. 스릴을 느끼는 사람도 있을 것이다. 누구의 희곡 작품을 읽으면 이발소 면도장이끼리 이야기를 주고받고 하는 장면이 있는데, 내용이 모두 건방진 손님은 화가 치밀어서 그저 칼로다 푹 포를 하나씩 떠주든지 그렇지 않으면 아주 망할 자식 모가지를 썩 잘라 버리든지 하고 싶다는, 자기네의 직업을 너무 압박하는 것에의 불평불만이다.

사람은 어딜 가서든지 점잖고 조심해야 하는 법이다. 그런데 요새 사람들은 공연히 목 베는 흉내를 내기 좋아한다. 손바닥을 쩍 펴서 숨통에다 갖다 대고는 썩썩 비비며,

"이거야, 이거."

하고 떠들며 낄낄 웃는다. 참 나쁜 습관이다. 은행이나 회사나 어느 기관이나 봉급을 받으며 생활하다 해고가 되어도 괵수라는 문자를 쓰고야 마는데 모두 사회와 인간이 함께 천박해진 소치일 것이다. 한 개 사무를 그만두는 것하고 모가지를 잘라서 대롱대롱하게 하는 것하고 어째서 꼭 같다는 말이냐 말이다.

그런 것이 사실상 모가지를 베는 것과 결과가 같을진대 이 직업

난 시대에는 참 괵수의 참변이 많을 것이다. 이발소에 가서 떡하니 안락의자에 걸터 제아무리 교만을 부려도 콧등 하나 상하는 법 없이 편안히 누워 있는 사람들 속에는 중역이나 이런 지위에 있어 남의 목을 자르기 상습적으로 수없이 한 이도 있을 게며, 반대로 제 모가지가 밤낮 간드렁간드렁하는 하급 샐러리맨과 엊그저께 실제로 잘린 실직자도 있을 것이다. 아니, 제일 생각해야 할 문제는 손님을 일일이 이발해 주는 면도장이 역시 실직을 당하고 해고를 당하고 따라서 괵수를 당할 수 있는 사람이란 것이다.

분명히 괵수겠다! 그것은 위험한 일이 아니냐. 나는 이러한 의미에서 실직이나 해고가 결단코 괵수와 똑같은 것이 아니기를 희망한다. 그 증거로 사람들은 이발소의 안락의자 안에서 다 함께 목을 나열하고도 너나없이 칼날이 부드럽고 유쾌하지 않느냐. 괵수가 아니라 이발 실직과 해고를 앞으로는 머리를 깎는 따위의 이발 정도로 돌릴 수 있게 되었으면 하는 것이 누구나 다 같은 이상일 것이다.

《박문》, 1939년 1월

의복미
衣服美

안
회
남

나는 이 봄에 새로이 좋은 양복을 한 벌 맞추어 입겠습니다(푸른빛으로 할까 회색으로 할까, 그렇지 않으면 자줏빛으로 할까?).

스프링코트는 괜찮은 것이 집에 있으니까 그것은 그만두고 대신 청우晴雨 겸용의 레인코트를 썩 값나가는 놈으로 하나 사 입겠습니다(이것도 무슨 색으로 정할까?).

모자와 넥타이와 양화洋靴도 모두 한 십여 원씩 주고 아주 호화로운 것으로 사용하겠습니다(그러면 모양이 퍽 그럴듯하리라).

이발과 면도도 자주 하여 상쾌한 기분을 돕게 하고 연초도 될 수만 있으면 스리캐슬이나 웨스트민스터 같은 박래품을 피우며 손에는 고급 스틱을 들어 보겠습니다.

참 목욕도 해야겠습니다. 이

때껏 삼사 일에 한 번씩 하던 것을 거의 매일 하다시피 해야 되겠습니다. 몸이 한결 부드럽고 날씬해질 것입니다.

이렇게 차리고 이르지도 늦지도 않은 쾌청한 아침에 턱하니 거리엘 나서면 따뜻하고 꽃 피고 미풍의 봄날이 전혀 나 하나만을 위해 된 세계인 양 그 얼마나 아름답고 만족한 것이겠습니까? 나의 입에서는 자금색 담배 연기가 설설 피어 나와 공기 속에 나부끼고 페이브먼트 위에 나의 단장과 발자취는 아마 퍽 멋들어진 음률을 내며 갈 것입니다.

물론 주머니 속에는 돈이 있지요. 적어도 십 원짜리 몇 장은 준비되어 있어야 할 것입니다. 그러나 요 동안만은 전차를 안 타고, 아니 택시도 안 타고 늘 걸어다닙니다.

시계를 내어 보면 좀 이른 편이므로 본정통을 한 바퀴 휘돌아서 산보욕을 채우고 손님이 제일 적게 모이는 티룸으로 들어갑니다. 커피를 한 잔 달게 마시며 갖가지 좋은 명곡의 레코드를 듣습니다 (그렇습죠. 잠깐만이죠).

서울은 좁고 갈 데가 그리 많지는 못한 곳이오니 행여 꾸지람 마세요. 그러고는 창경원이나 한강가엘 행차하옵니다. 오전은 창경원이 좋고 오후에는 한강이 훌륭합니다. 그맘때쯤 해서는 초록빛으로 움트는 풀 싹 위에 아직 상춘객의 먼지가 떨어져 있지 않고, 이른 봄의 향기를 청신한 그대로 한껏 호흡할 수 있으며, 정오를 지난 수면으로 자애로운 햇볕이 따뜻하여, 우리는 또한 결단코 상스럽지 않은 꿈을 그 위에 그릴 수 있는 것입니다.

만약 어제 영화를 보았으면 오늘은 도서관으로, 어제 책을 읽었으면 오늘은 상설관으로, 이렇게 자리를 옮겨 하루를 지낼 수도 있습니다. 천춘淺春[이른 봄]은 아름다운 계절이어도 얄밉게 바람이 세고 먼지가 많은 날이 며칠씩 두고 계속하는 수도 있는 기후인지라 그릴에 가서 간단한 식사를 마친 후거든 종일 도서나 영화로 해를 지워도 뭐 마음과 기분에 꺼림칙한 적자赤字가 생길 까닭은 없습니다(내일도 날이고).

돌아오는 길에 책 두어 권과 브로마이드 몇 장을 삽니다. 기기고타로木木高太郎의 《절로折蘆》는 탐정소설 중에 제일 장정이 우아하며 화려하고, 진 바카와에리나 포엘의 반라상은 아름답고 에로틱하고 신비롭습니다(책은 책장에 끼워 두고 브로마이드는 아내 몰래 수집 상자에다 넣어둡니다).

그러고는 이 유쾌한 때에 이제 술 한잔 아니 먹고 쓰겠습니까. 저녁이 되면 훗훗하던 공기가 잠깐 서늘해지는 판이니 우선 며칠 안 가서 작별하게 될 오뎅집이라는 데를 들러 '송죽매'를 두어 잔 한 다음 '월계관'이나 '백록'으로 건들하게 상기가 되도록 마십니다(카, 좋다).

문 밖으로 나오면 전등이 어느새 저 홀로 봄밤을 화장하고 있습니다. 술기운과 합하여 정말 꿈같은 정취입니다. 그때 응당 나와 흡사한 거리의 귀공자인 한 친밀한 벗과 상봉하여, 어찌 서로 만나기가 이다지 늦었느뇨, 하며 악수를 합니다. 보아하니 친구의 얼굴 역시 불그레하고 우리는 단박 어깨를 끼어 의기상합하는 것입니다.

봄에는 천하의 여성들이 모두 누구 하나 빼놓지 않고 미인이 되는 법입니다. 카페도 좋고, 바도 괜찮습니다(에레나, 가요코, 기누요, 사다코, 미도리).

나는 이제부터 단장과 책과 브로마이드를 잃어버리지 않도록 절대 주의를 합니다. 그러나 입으로 떠드는 것은 정신을 차리지 않게도 하고 못하게도 합니다. 유아독존의 문호文豪 청년이 되어 그 장광설이 짧은 봄밤에 끝이 없는 것입니다. 비루〔맥주인 'beer'를 일본식으로 발음한 것〕와 압생트와 위스키가 폭포처럼 나의 위낭 속에 쏟아지고(그러고는 이것은 피력하고 싶지 않지만 오전 두 시경에 이제 설렁탕을 한 그릇 다 집어치우고 귀가합니다).

나는 이 봄에 새로이 좋은 양복을 한 벌 맞추어 입겠습니다(푸른빛으로 할까 회색으로 할까. 그렇지 않으면 자줏빛으로 할까?).

스프링코트는 괜찮은 것이 집에 있으니까 그것은 그만두고 대신 청우 겸용의 레인코트를 썩 값나가는 놈으로 하나 사 입겠습니다(이것도 무슨 색깔로 정할까!).

《조광》, 1938년 3월

머리

김용준

머리가 있어 여자를 아름답게 하는 것은 마치 공작새가 영롱한 꼬리를 가진 것과 같다 할까?

여자의 아름다움이 몸에도 있고 이, 목, 구, 비, 혹은 말소리 웃음 웃는 데까지 다 아름다움이 있는 것이지만 그중에도 머리가 주는 아름다움이란 이루 측량할 수 없는 것이다.

간혹 전찻간 같은 데서 구식 부인네들의, 그 깎아 세운 듯 단정한 체구가 가뜬하게 빗은 머리와 예쁘장하게 찐 낭자[옛 여인들이 예장(禮裝)을 할 때 쪽 찐 머리 위에 덧대어 얹는 딴 머리]를 보면 마치 연꽃 봉오리가 피어오르는 것 같아서 승객들의 눈이 없다면 한번 핥아 보고라도 싶은 일종의 변태심을 경험할 때가 곧잘 있다.

요즈음 돌아다니는 편발編髮 [혼례를 치르기 전까지 길게 땋아 늘이던 머리 모양) 중에는 낭자도 좋거니와 퍼머넌트라는 놈이 또한 꽤 마음에 드는데 그놈은 머리를 구불구불 지진 재미보다는 나에게는 차라리 목덜미께에다 두리두리 감아 붙인 것이 제법 그럴듯하여서 한층 더 사랑스럽기도 하다.

그런데 늘 보아도 눈에 설고 얄미워 보이는 것은 고놈의 쥐똥머리니, 이 쥐똥머리란 것은 한 이십오륙 년 전 처음에 서울 거리에 푸뜻푸뜻 보일 때는 정통 명사가 '히사시 가미^{ひさし かみ}[이마를 약간 가려서 옆으로 일직선으로 싹둑 자른 머리. 한국말로는 단발이라고 했으며 당대의 유행이었음]'였고, 속칭으로는 소위 쇠똥머리라 했다. 그때도 쇠똥을 딱 붙인 것 같다 해서 그렇게 명명한 것인데 요즈음 와서는 고놈이 점점 작아져서 쥐똥만큼 돼 버리고 보니 이제는 쥐똥머리라고 하는 수밖에 없다.

편발의 변환이란 것도 실로 우스운 것이어서 혜원^{蕙園}의 풍속도를 보면 그때는 부인네들이 흔히 머리를 땋아서 틀어 얹은 모양인데 그것도 자기의 본바탕의 머리만을 얹은 것이 아니요, 소위 가체^{加髢}라 하여 다레(혹 달비)라는 딴 머리를 넣어서 엄청나게 머리를 크게 한 그림을 종종 본다. 그림으로 보아서도 무섭게 큰 것을 보면 실지에 그들이 얼마나 무거운 머리들을 얹고 있었던가 함을 추측하기에 어렵지 않다 하였더니, 아닌 게 아니라 어떤 서책을 뒤적거리다 보니 이씨조^{李氏朝} 때 큰 머리 때문에 야단법석이 난 일이 한두 번이 아닌 것 같다.

요새는 되도록 머리를 작게 해서 뒤통수에 딱 붙이는 것이 그들의 미감을 돋운다는 것처럼 그때는 반대로 크면 클수록 더 호사스러워 보였던 모양이라, 영조 삼십오 년에 부인네의 가체하는 풍습을 금한 일이 있었으나 잘 이행되지 않아서 그 후 미구에 다시 해금을 하되 다만 너무 고대^{高大}하여 사치스러운 가체만을 하지 말라 한 일이 있었고, 또 그 후 한 삼십 년을 격^隔한 정조 십이 년에는 각 신하들이 상소로써 가체의 폐풍^{弊風}을 말하고 사치의 지나침을 금하자 하여 온통 금지문을 인쇄해서 경향^{京鄕}에 반포하고 아무 때까지 고치지 않는 때는 엄벌에 처한다 한 일까지 있었다 한다.

그중에도 재미난 것은 그때 부녀들이 큰머리를 하는 것을 얼마나 기막히게 좋아했던지 아무리 빈궁한 유생의 집일지라도 전지^{田地}를 판다 집칸을 판다 하여 수백 냥의 돈을 마련하여 다레를 사기에 급급했다 하는 것이며, 심한 것은 결혼 후 육칠 년이나 되어도 다레를 준비하지 못해 시집을 가지 못하고 그 때문에 폐륜^{廢倫}〔시집가거나 장가드는 일을 하지 않거나 못함〕 지경에까지 간 일도 종종 있었던 것이며, 어떻든 머리가 크고 무겁고 하면 할수록 호사스러운 것이어서 어떤 부잣집 며느님 한 분은 나이 겨우 열세 살인데 얹은머리가 너무 크고 무거워서 방에 들어오시는 시어머님께 절을 하려고 일어서다가 머리에 눌려 경골이 부러져 죽은 일까지 있었다 한다.

나이 이십을 지난 방년의 여성으로서 잘라 놓은 무 토막처럼 싹둑 단발을 해 버리는 요즈음의 '오가빠^{おかっぱ}〔물속에 산다는 어린애 모양을 한 상상의 동물 '가빠'에 존칭을 붙여 귀여운 소녀들의 머리 모양을 나타낸 일본어〕'들이나 또는 간지럽게 작은 머리 쪽을 멋을 부린다고 뒤통수에 딱 붙여 버린 최신형 히사시 가미도 보기에 괴로운 바 있지만 어느 때는 머리를 한없이 크게만 얹은 것으로써 호사를 삼고 말미암아

경산을 하고 폐륜에 이르고 심지어는 생명을 잃어버리는 일까지 있은 것은, 시대가 격하고 사상이 다른 일면은 있다 치더라도 그때와 지금의 사치만을 좋아하는 여성 심리의 너무나 현격한 거리에 놀라지 않을 수 없다.

《근원수필》, 을유문화사, 1947년

육체

정지용

'몽키'라면 아시겠습니까. 몽키, 이름조차 멋대가리 없는 이 연장은 집터 다지는 데 쓰는 몇 천 근이나 될지 엄청나게 크고 무거운 저울추 모양으로 된 쇳덩어리를 몽키라고 이릅디다. 표준어에서 무엇이라고 제정했는지 마침 몰라도 일터에서 일꾼들이 몽키라고 하니까 그런 줄로 알밖에 없습니다.

'몽치'란 말이 잘못되어 몽키가 되었는지 혹은 원래 몽키가 옳은데 몽치로 그릇된 것인지 어원語源에 밝지 못한 소치로 재삼 그것을 가리려고 아니하나 쇠몽치 중에 하도 육중한 놈이 되어서 생김새 덩치를 보아 몽치보다는 몽키로 대접하는 것이 좋다고 나도 보았습니다.

크나큰 양옥을 세울 터전에 이 몽키를 쓰는데 굵고 크기가 전신주만큼이나 되는 장나무를 여러 개 훨씬 윗동을 실한 쇠줄로 묶고 아랫동은 벌려 세워 놓고 다시 가운데 철봉을 세워 그 철봉이 몽키를 꿰뚫게 되어 몽키가 그 철봉에 꽂힌 대로 오르고 내리게 되었으니 몽키가 내리질리는 밑바닥이 바로 굵은 나무 기둥의 대가리가 되어 있습니다.

이 나무 기둥이 바로 땅속으로 모조리 들어가게 된 것이니 기럭지가 보통 와가瓦家집 기둥만큼 되고 그 위로 몽키와 벽력같이 떨어질 거리가 다시 그 기둥 키만 한 사이가 되어 있으니, 결국 몽키는 땅바닥에서 이층집 꼭두만큼은 올라가야만 되는 것입니다.

그 거리를 몽키가 기어오르는 꼴이 볼 만하니 좌우로 한 편에 일곱 사람씩 늘어서고 보면 도합 열네 사람에 각기 잡아당길 굵은 참밧줄이 열네 가닥, 이 열네 가닥이 잡아당기는 힘으로 그 육중한 몽키가 기어 올라가게 되는 것입니다. 단번에 올라가는 수가 없어서 한 절반에서 삽시霎時 다른 장목으로 고였다가 일꾼 열네 사람들이 힘찬 호흡을 잠깐 돌렸다가 다시 와락 잡아당기면 꼭두 끝까지 기어 올라갔다가 내려질 때는 한숨에 내리박히게 되니 쿵웅 소리와 함께 기둥이 땅속으로 문쩍문쩍 들어가게 되어 근처 행길까지 들썩들썩 울리며 꺼져 드는 것 같습니다.

그러한 노릇을 기둥이 모두 땅속으로 들어가기까지 줄곧 해야만 하므로 장정 열네 사람이 힘이 여간 키이는 것이 아닙니다. 그리하여 한 사람은 초성 좋고 장구 잘 치고 신명과 넉살 좋은 사람으로 옆에서 지경[집을 지을 때 집터를 고르고 기둥 세울 자리와 땅을 단단히 다지는 작업] 닦는 소리를 메기게 됩니다. 하나가 메기면 열네 사람이 받고 하는 맛으로 일터가 흥성스러워지며 일이 수월하게 부쩍부쩍 늘어갑니다.

그렇기에 메기는 사람은 점점 흥이 나고 신이 솟아서 노랫사연이 별별 신기한 것이 연달아 나오게 됩니다. 애초에 누가 이런 민요를 지어 냈는지 구절이 용하기는 용하나 좀 듣기에 면구한 데가 있습니다. 대개 큰애기, 총각, 과부에 관계된 것 혹은 신작로, 하이칼라, 상투, 머리꼬리, 가락지 등에 관련된 것을 노래로 부르게 됩니다. 그리고 에헬렐레 상사도로 리프레인이 계속됩니다.

구경꾼도 여자는 잠깐이라도 머뭇거릴 수가 없게 되니 아무리 노동꾼이기로 또 노래를 불러야 일이 수월하고 불고하기로 듣기에 얼굴이 부끄러워 와락와락하도록 그런 소리를 할 것이야 무엇 있습니까. 그 소리로 무슨 그렇게 신이 나서 할 것이 있는지 야비한 얼굴짓에 허리 아랫동과 어깨를 으쓱으쓱해 가며, 하도 꼴이 그다지 애교로 사주기에는 너무도 나의 신경이 가늘고 약한가 봅니다. 그러나 육체노동자로서의 독특한 비판과 풍자가 있기는 하니 그것을 그대로 듣기에 좀 찔리기도 하고 무엇인지 생각하게도 합니다. 이것도 육체로 산다기보다 다분히 신경으로 사는 까닭인가 봅니다.

그런데 몽키가 이 자리에서 기둥을 다 박고 저 자리로 옮기려면 불가불 일꾼의 어깨를 빌리게 됩니다. 실한 장정들이 어깨에 목도로 옮기는데 사람의 쇄골이란 이렇게 빳잘긴〔국어사전에서는 찾을 수 없으나 빳빳하고 질기다는 의미를 지닌 형용사로 볼 수 있을 듯함〕 것입니까. 다리가 휘청거려 쓰러질까 싶게 간신간신히 옮기게 되는데 쇄골이 부러지지 않고 배기는 것이 희한한 일이 아닙니까.

이번에는 그런 입에 올리지 못할 소리는커녕 영치기, 영치기 소리가 지기영, 지기영, 지기지기영으로 변하고 불과 몇 걸음 못 옮겨서 흑흑하며 땀이 물 솟듯 합디다. 짓궂은 몽키는 그 꼴에 매달려 가는 맛이 호숩은지(재미있는지) 덩치가 그만해 가지고 어쩌면 하루 품팔이로 살아가는 삯꾼 어깨에 늘어져 근드렁근드렁거리는 것입니까. 숫제 침통한 웃음을 견딜 수 없었습니다.

그 사람네는 이마에 땀을 내어 밥을 먹는다기보다는 시뻘건 살덩이를 몇 점씩 뚝뚝 잡아떼어 내고 그리고 그 자리를 밥으로 때워야만 사는가 싶도록 격렬한 노동에 견디는 것이니, 설령 외설하고 음풍에 가까운 노래를 부를지라도 그것을 입술에 그치고 말 것이요 몸뚱어리까지에 옮겨 갈 여유도 없을까 합니다.

《백록담》, 문장사, 1941년

사망 통고서

박계주

"이봐, 박 군."

"뭘?"

"천하에 이런 해괴한 일도 있나?"

"뭔데?"

"옛네, 읽어 보게."

나는 K군이 주는 사륙배판형의 모조지에 인쇄된 글에 시선을 떨어뜨렸다. 그것은 새파랗게 살아 있는 사람이 스스로 자기가 죽었노라고 부고문을 인쇄해서 각지에 배포한 것인데, 그 전문을 여기에 옮겨 쓰면 이러하다.

사망 통고서

본인을 사망자로 간주하시고 우인友人 명부에서 삭제하여 주시기를 복망伏望하나이다. 가정에 대하여 방만자放漫者, 사회에 대하여 방일자放逸者, 사업에 대하여 방종자^{放縱者}, 국사^{國事}에 대하여 방기자^{放棄者}, 종교에 대하여 방랑자^{放浪者}, 소위 오방^{五放}을 제창하면서도 명실이 부합한 가면극이 왕왕 연출되어 양심상 사이비한 생활을 절실히 참회하고, 무익한 죄인이 세사^{世事}에 관여하는 것은 유익보다 폐해가 더할 것을 각오하므로 십자가상의 구주 예수만 신뢰하고 범사에 예수의 교훈으로 생활할 맹약을 세우고 생사 간에 예수 이외에 아무것도 없으므로 세사에 대하여 사망자가 되어 스스로 매장한 것이외다. 가족적 항렬에나 윤리적 예의에나 사회적 규범에나 제외자요 출척자^{黜陟者}요 폐기자라. 인간 사회에 무용의 일종 폐물이오니 지금 이후로는 사망자로 인증하시고 일체 관계와 통신을 단절하여 주심을 통고하나이다.

소화 십육년 일월

오방^{五放} 최흥종 근고^{謹告}

다 읽고 난 나는,

"그런데 이 사람이 뭘 하는 사람인가?"

하고 물었다.

"광주에 있는 목사라는데 괴짜야."

"괴짜는 분명히 괴짠데, 거 존경할 만한 훌륭한 괴짤세그려."

"훌륭? 그러나 난 그런 인간 사회의 이단자는 찬성 못하겠는걸."

"그야 물론 천하 사람이 다 이 사람처럼 염세적이 돼서는 야단이겠지만, 윤리적으로 타락의 극을 정^極하여 자기 파괴와 자기 상실을 허다히 발견케 되는 오늘임에, 만에 한 사람 아니 천에 한 사람쯤은 이런 유^類의 진실된 이단자가 출현해서 외쳐 주는 것도 인생에의 한 경종일지 몰라."

"물론 나도 처음 이 광고문을 읽고 나 자신을 도덕이라는 시험관 속에 넣어서 흔들어 보니 역시 나도 도덕적으로는 사망자의 한 사람이기에 얼굴이 붉어졌네만, 이 최 씨가 연전에 세브란스 병원에 앓지도 않으면서 입원해서 성욕을 금하기 위해 수술을 받고 고환을 빼 버렸다는 말을 듣고 인생의 낙제자라 인정했네."

"왜?"

"왜도 있나? 성욕을 발할 수 있는 것을 참아서 이기는 것이 승리요 금욕이지, 이건 근본적으로 성욕이 발하지 못하도록 고환을 빼 버려서 성욕을 발할 아무 기능도 없는 불구자로서 승리는 무슨 놈의 승리야."

"그 말엔 나도 찬의^{讚意}를 아끼지 않네만, 그리 해서까지라도 보다 더 맑게 깨끗하게 진실되게 거룩하게 살아 보겠다는 그의 내심의 도덕적 투쟁과 불구자가 되면서까지 지결 지순 지성의 인격 파지자^{把持者}가 되겠다는 그 동기, 그 노력, 그 용단만은 가히 살 만하잖나? 물론 죄악 밖에서 죄악을 이겼다는 것과 죄악 속에서 죄악을 이겼다는 것은 다를 것일세. 죄악을 행할 자극이 내 육체에 침범하는 속에서, 그리고 죄악에 침윤될 수밖에 없는 환경과 분위기 속에서 살면서 그것에 물들지 않고 빠지지 않도록 자기를 지켜서 상실하지 않는 것이, 그리고 그 죄악과 싸워서 이기는 것이 인생의 가장 아름다운 승리라고 보네만……."

　나는 이러한 말을 늘어놓으면서도 나 자신이 또한 한 사망자에 불과하다는 뚜렷한 사실 앞에서 수치감을 갖고 입 끝에서만 살아 움직이는 이론을 더 연장시킬 용기를 잃고 말았다.

《문장》, 1941년 4월

개가

계용묵

한 점의 혈육도 남기지 못한 어떤 젊은 과부가 남편의 삼년상도 치르기 전에 개가改嫁할 의향을 가지고 하루는 약간 소중한 물건만을 대강 추려서 한 보퉁이 싸 이고 집을 나섰다.

얼마쯤 걸어가다가 이 과부는 어떤 산 모통고지에 이르자 마주 바라보이는 건너 산 공동묘지로 저도 모르게 눈이 쏠렸다. 우뚝 걸음을 세우고 바라보았다. 거기엔 고인의 무덤이 있는 곳이었다. 올송졸송 공지空地가 없이 돌아 붙은 그 무덤들 가운데서 이 과부는 어느 것이 남편의 무덤일까를 일심一心으로 찾기에 바빴다.

아직 잔디 풀이 완전히 무덤을 덮지 못한 하나의 새 무덤, 분명히 그것이 남편의 무덤인 것을 알게 되자 이 과부는 소스라쳐 놀랐다. 그 무덤 옆에는 틀림없는 자기의 남편이 이전

생시 모양으로 새까만 주의周衣 [두루마기]를 입고 서서 손을 헤기는 [오라고 손짓하는 모양] 것이었다.

그게 이 과부에게는 내 혼魂이 이렇게 버젓이 살아 있는데 나를 버리고 시집을 가다니! 어서 발길을 돌려 자기 있는 곳으로 오라고만 손을 헤기는 것 같아서 자기의 지금 집을 떠난 행동을 하느님이 내려다보고 금시 벌을 줄 것 같게 마음이 두려웠다.

이미 작고한 남편은 잊어버리자 일단 마음을 정하고 떠난 길이면서도 자책에 뉘우쳐지는 마음을 이겨 낼 길이 없었다. 너무도 무서움에 그는 눈을 감았다. 그러나 감은 눈앞에도 그 산 그 무덤은 보이고 그 무덤가에선 여전히 남편이 손을 헤기고 있다.

퍽, 하고 머리 위에 이었던 보자기가 땅에 떨어졌다. 손 맥脈이 뽑힌 것이다. 뒤이어 곧 과부도 모로 쓰러졌다. 몸을 받쳐 줄 다리 힘도 없어졌던 것이다.

이것은 그 여인의 뒤에서 짐을 싣고 오다가 목도했다는 우차부牛車夫의 이야기와 병원으로 실려가 응급 수당手當을 받고 나서 의사의 물음에 직접 그 여인의 입으로 나온 말이라고, 전하는 사람은 말한다.

물론 그 무덤가에서 손을 헤겼다는 남편은 그것이 사람일 수는 없고, 그 부인이 개가를 하게 되므로 작고한 남편에게 절개를 못 지키는 미안한 마음에서 그렇게 보인 환상임에 틀리지 않을 것이다.

그러나 그 부인이 어떻게도 남편을 생각하고 있었더라는 것과 또 개가라는 것이 어떻게도 그 부인으로 하여금 마음에 걸리게 했더라는 것을 일반一般은 여기서 알 수가 있게 됨에 죽도록 수절을 못하고 개가에 마음을 먹었다가 이렇게 혼이 났으니 이젠 개가에의 마음은 그 부인으로 일절 두지 않으리라 하는 것이 누구나의 추측으로, 자못 흥미롭게 그 동리에선 그 부인의 그 후의 행동을 주시했다는 것이다.

그러나 그 부인은 일반의 추측을 완전히 무시하고 바로 며칠이 지나지 못해서 가다가 기절을 했던 그 길을 다시 걸어가고야 말았다고 한다. 그래서 다들 놀랐다는 것이다.

나도 놀랐다. 나는 그 대담한 생활 태도에 놀랐다. 작고한 남편을 그렇게 못 잊어 하면서도 수절을 무시하는 대담성. 무엇이 그 부인을 이 길로만 그렇게 이끌어 냈을까?

"얼마나 재미가 나는지 시집을 간 날 저녁부터 가마니를 부부끼리서 치는데 밤에도 자지 않고 하루 열 폭씩을 쳐낸대나."

하는 마지막 마디를 들었을 때 나는 그 부인이 아직 이루지 못한 청춘을 불타는 생활에의 의욕을 생각해 보지 않을 수 없었다.

넘쳐흐르는 왕성한 생활력을 수절의 가슴속에 얌전하게 묻어 썩히는 것과, 이미 작고한 사람이니 영원히 잊어버림으로 천부天賦의 생활력을 마음껏 발휘해 보는 것과, 그 부인도 얼마나 생각해 보다가 필야必也엔 이 길을 걷기로 했을까 하고.

《조광》, 1942년 4월

오천 원의 꿈

노자영

작년 사월이다. ××지를 경영하다가 파산을 당하고 집을 잡혀 먹고 물에 빠진 생쥐처럼 기운 없이 지내던 때다. 어느 날 저녁 곤세비로[감색 세비로 양복. '세비로'는 영국풍 신사복을 가리키는 일본식 조어. civil clothes에서 civil만을 음역한 말임] 양복을 입은 스마트한 청년이 문간에 와서 호기 있게 내 이름을 불렀다.

"누구세요?"

"네……."

그는 한 장 명함을 내 손에 쥐어 주었다. 얼른 받아 보니 '○○일보 양주지국 김 모'라고 써 있다. 나는 그를 내 방으로 안내했다. 이 말 저 말 몇 마디 이야기를 교환하는 동안에 이 친구야말로 수작이 청산유수였다. 문학을 좋아하고, 저널리스트로 한번 쓰시기를 원하고, 또는 자기 집이 유여有餘하고, 어머니 허락만 계시면 돈을 맘대로 쓸 수 있고, 또는 어머니는 자기의 말이면 아니 듣는 말이 별로 없다고, 참말 칠팔월에 아이스크림을 먹는 것보다도 더 시원한 말을 늘어놓았다. 그리고 그의 말이 ××지를 자기에게 내어 맡기면 일금 오천 원 하나만은 불일내로 출자할 수 있으니 같이 일해 봄이 어떠냐고 물었다. 이 말이야말로 배고픈 사람에게 밥을 먹겠느냐고 묻는 말과 한가지다. 내게 있어서는 가뭄에 단비 같은 전래의 복음이었다.

'불감청不敢請이언정 고소원固所願'이라고 나는 당장에 오케이를 놓았다. 능청맞은 이 친구는 내 손을 잡으며,

"그러면 우리 한번 크게 활약해 봅시다. 원래 사귄 친구 있겠소. 나를 동생으로만 알고 잘 지도해 주구려."

하고 간곡한 인사를 했다.

그리하여 그는 당장에 오천 원을 낸다는 서약을 하고 내일 자기 집 구경도 할 겸 양주로 가자는 것이었다. 그래서 명일 오전 아홉 시에 종로 삼정목 △△자동차 회사에서 서로 만나 함께 그의 집을 가기로 약속을 철석같이 했다.

이렇게 되고 보니 오랫동안 쪼그리고 울던 농중籠中의 새가 첨농을 깨치고 창공으로 날아가듯이 어깨가 으쓱했다. 그래서 이런 말 저런 말 앞날의 빛나는 플랜을 이야기하는 동안에 그 청년은 잠깐 여비가 떨어졌으나 돈 육 원만 꿔 주면 내일 자기 집에서 의심 없이 주겠다는 것이다. 마음이 언제나 색시 같고 누구를 속여 본 일이 없는 나는 내 마음을 믿어서 그를 믿고 일금 육 원을 내주었다.

그 후 그 청년은 명일 오전 아홉 시에 어기지 말고 종로서 만나

자고 재삼 다졌다. 나는 걱정 말라고 대답하고 그를 보내 주었다.

그날 밤에 나는 오천 원의 꿈을 단단히 꾸고 다음 날 아침에 면도를 하고 양복을 갈아입고 희색이 만면하여 종로 삼정목 △△자동차 회사로 갔다. 먼저 구내를 살펴보니 그 청년은 오지 않았다. 시계를 보니 아직도 여덟 시 오십 분이었다.

나는 빛나는 아침 해를 등에 지고 왔다 갔다 거닐며 큰 행복을 기다리는 사자같이 호기 있게 기침을 했다. 이제 오려니 불원 오려니 하고 오는 사람 가는 사람을 눈이 똥그랗게 살펴보았다. 그러나 그 청년은 그림자도 볼 수 없었다. 아홉 시, 열 시, 열한 시, 이렇게 지나간 후에야 나는 쌀을 사야 할 돈 육 원으로 오천 원의 꿈을 하룻밤 샀던 것을 잘 알았다. 실로 어리석은 꿈이었다. 사월의 한 편 비가悲歌였다.

〈조선일보〉, 1937년 4월 1일

땅

김
사
량

이번 겨울 평양에 다니러 왔다가 느낀 것은 부민府民이 모두 땅 장수로 돌아선 사실이다. 과장이 아니라 평양 부민의 절반은 땅 장수가 되고 말았다. 인플레에 돈은 풍성풍성한데 사면 살수록 남는 것이 땅이다. 종로 거리의 신상紳商 위측 골목의 대금업자, 의사 계급, 그 외에도 부리府吏, 세무원, 회사 서기, 은행원, 심지어 정원政員까지 땅 장수다.

전차가 말할 수 없이 만원인 것도 땅 장수와 거간들이 부 내외를 번개처럼 싸다니는 탓이다. 웬만한 사람네 사랑방에는 거간들이 들끓는 현상이다. 어떤 의사님은 폐업을 하고 지면도地面圖를 옆채기에 한 움큼 끼고서 거간과 같이 밀어 당긴다. 그것도 그럴 것이 다만 천 평짜리 땅을 샀다 판대도 몇 천 원씩은 대번에 떨어지기 때문이

212

다.

그러기에 전차에서나 길거리, 사랑방, 하다못해 냉면집에서까지 사면에서 들리는 소리는 거간들의 허풍선과 배상賠償이 넘어오느니 자배상自賠償을 치느니 하는 소리뿐이다.

냉면 말이 났으니 이제는 그 유명하던 평양냉면도 이십 전 거리가 한 젓가락이면 다 올라오는데, 가령 이 한 젓가락의 냉면을 먹는 동안에 귓결에 들리는 말을 기록한다면,

"쌍, 그놈에 것 일 원씩만 더 달세게나."

"그럼 평당 칠십오 원, 좀 센데요, 세."

"그러지 말구 내 말만 들어 두라고. 아, 빨리 가져와요. 무슨 놈의 냉면이……."

이것은 오른편에서 풍안경風眼鏡[바람과 티끌을 막으려고 쓰는 안경]을 쓴 영감과 양복쟁이가 주고 건네는 수작이다. 그러면 왼쪽에 앉은 자갈선을 친[검누른 바탕에 조금 붉은빛을 띤 빛깔로 선을 댄, 자줏빛을 띤 갈색 선을 댄] 갓저고리를 입은 중년 부인은 거간 비슷한 중늙은이와 마주앉아 한 쟁반에 입을 맞대고 훌훌 국물을 들이켜면서,

"그럴 줄 알았댔스믄 좀 약조를 걸어 둘 걸 그랬다니깐."

"원 아주머니도. 거야 그러키나요. 그런 법은 없는데도 그럽네다그래."

"글쎄, 이번은 선교리 거를 해볼지, 거 어떻캇소?"

이 모양으로 남녀노소 없이 죄다 땅 장수로 떨어났다. 부인들의 활약은 더욱 가관으로, 오마니 아주마니 색씨 형님 동서 오리미[‘올케’의 평안도 사투리] 시누이 할 것 없이 모두 떨어나 오리 떼처럼 밀

려다닌다. 퇴기, 첩감은 둘째 치고라도 현역 기생과 여직원들까지 동원되었다.

그래 그런지 평양 성내에는 돈이 자갈산[원본에는 '자개산'으로 표기되어 있음. '자개'는 '자갈'의 평안도 사투리] 끌듯 한다. 땅 하나를 가지고 넘겼다 샀다 팔았다 배상을 친다 하며 홀기고[매력으로 남을 유혹하여 정신을 흐리게 하는 '흐리다'의 이북 사투] 당기면서 엄청난 중간 이윤을 보는 것이다.

이러다가 평양 촌민은 한 사람도 빼놓지 않고 모두 땅 장수가 될 지경이다. 옛날 이 지방의 유머리스트 봉이 김 별장別將[봉이 김 선달]은 어떤 남도 부자에게 대동강을 팔아먹었더라 하지만 평양 사람은 도시 김 별장의 후예들인지 사고팔기 놀음이 어지간히 위에 들어맞는 모양이다.

자고로 평양은 지형의 생김생김이 행주行舟 격이라 하여 칠성문 밖 지금의 인흥리에 커다란 높은 돌을 두 개 세워 평양이 떠나가지를 못하도록 닻줄을 매었다. 혹은 그 때문에 계해년 창수漲水에도 평양을 잃지 않았는지도 모른다.

평양을 붙들고 매고 있는 이 돌이 우리 집 바로 뒤쪽에 서 있는데 나는 이 앞을 지날 때마다 평양이 땅 금새[물건의 값. 또는 물건 값의 비싸고 싼 정도]에 비상천飛上天할까 두려워한다. 이렇게 땅 장수가 서둘러 땅 금새를 올리니, 계해년 창수에도 떠나가지 않는 평양이로되 이번만은 꼭 어디로 팔려 사라지고 말 것만 같다. 살기 좋은 평양, 고즈넉하고 아담한 누구나의 평양이던 평양이 뭇 땅 장수에게 애끼워['빼앗기다'의 함경도 사투리] 차츰 자취를 감추려니 끝없는 애석을 느끼는 것이다.

근년에는 그 흔하던 창수도 적어졌다. 이제는 이 높은 돌이 기구를 달아매는 대柱가 있듯이 평양이 날아가지 않도록 해야 할까 보다. 아니나 다를까, 부에서는 뛰는 땅을 억제한다는 빙자로 동부 평양과 서부 평양 일대를 강제수용하기 시작했다는 말이 들린다. 이 통에 부 내의 몇몇 큰 땅 장수의 귀가 늘어졌다. 그러나 십여 원에 매매되던 땅을 일 원 미만의 헐값으로 모두 걷어들여 도시 계획을 세우고 후일에 다시 부민에 방매放賣하려고 하니 이것도 일종의 땅장사가 아닐까.

하기는 수용령收用令에 걸리지 않는 땅은 지금도 천장을 모르게 그냥 올라만 간다. 삼 전, 사 전 하던 산밭이 십 원대를 훨씬 넘은 것까지 있다. 큰 땅 장수들은 땅은 나가서 실지實地로 보지도 않고 지도만 짚으며 샀음네 팔았음네 하며 땅값을 올린다.

그러니 김립金笠이 아니로되 하늘 아래 몸 둘 땅 한 조각도 얻지 못할 사람이 더욱 많아졌다. 땅값이 오르니 집값도 오르고 집값이 오르니 셋방살이도 더 힘들 것이다. 웬 영문인지를 모르고 앉아서 부자가 되는 사람이 있는 대신 왜 이렇게 살기가 어려워지는지 모르는 사람이 또 늘어간다.

내가 현재 있는 곳인즉 연전年前에 부에서 도시 계획을 세우고 입찰 분양한 인흥리 땅이다. 칠성문 밖이며 속칭 모래터 쪽보다는 더 조용할까 하여 벌가에 들어앉았더니, 불과 반년에 이곳에도 어지간히 집이 많이 서게 되었다. 그만큼 평양은 고도의 발전을 한다.

웬 돈으로 누구들이 매매하는지, 부근 땅을 샀소 팔았소 하는
소리가 귀가 아프게 들린다. 가령 한 발자국만 대문 밖에 나선다
면 공지^{空地} 밭고랑에 거간과 땅 장수가 몇 표 거리씩 떼를 지어 다
니며 단장을 들어 저것은 누구네 터 암만암만 평, 저것이 얼마얼
마면 떼어 낸다는 둥 지껄이는 것을 본다.

한번은 이 거간들 축에 나는 내 보통학교 적 선생님을 보았고,
또 한번은 중학의 동창을 만났다. 이 동무는 중학 때에 바로 내
앞에 앉아서 나더러 당^唐 타령을 배워 준다고 폼메폼메하다가 둘
이서 겹쳐 경을 치른 친구다.

워낙 목소리가 굵고 꿋꿋거린다 하여 돼지, 돼지, 이렇게 별호
로 불렀는데 어디 도청 서기인가 한다더니 요즘은 평양에 나타나
길을 걸어도 전찻길 한가운데로 너풀너풀거리며 오백 원 칠백 원
천 원 하면서 정신병자처럼 떠벌린다. 그 동무를 대문 밖에서 만
난 것이다. 그는 나를 얼싸안을 듯이 붙들더니,

"아, 이기 자네네 집이댔나? 팔게 팔자구, 팔어 또 사세나, 또
사지 또 사."

하며 주위섬긴다[원본에는 '쥐여리다'로 되어 있으나 문맥의 흐름상 말을 '주위
섬기다'의 의미로 파악하여 수정 표기함].

나는 그만 기가 질리다시피 되어,

"글쎄 팔지 팔아."

한 것이 천하의 화근덩이로, 그 동무는 나를 만나기만 하면 길
거리건 남의 집이건 동행이 있건 없건 간에,

"집을 안 팔 테면 땅을 사게나 땅을 사라고."

하며 막 개차랍[끈적한 선모가 있어 옷에 잘 달라붙는 진득찰 풀의 이북 사투리]
이다.

하기야 나도 동경에서만 살 수 없으며 언제든 조선에 나져[잃었던
것이나 보이지 않던 것이 나타난다는 뜻] 살자면 역시 평양이라, 이렇게 생각
하고 있다. 평양에서 나서 대동강 물을 먹으며 평양에 내리는 눈
을 빚어 날파람을 하면서 지금에 이른 내로다. 나의 마음속엔 평
양이 가장 훌륭한 것, 용장한 것, 겸허하고도 고담한 것이다. 그러
나 평양도 나날이 달라져 간다.

차츰은 평양서 한 이삼십 리 떨어져서 대동강이나 내려다보이
는 산언덕에서 살아 볼까 하여 이번 나온 길에 대동강 하류를 다
녀 보기로 하였다. 두어 번 바람도 따습고 천기도 맑은 날 산을 타
기도 하고 얼음판을 건너기도 하며 굽이굽이 강줄기를 따라 내려
갔다.

당초에 땅 뇌리 깊은 사람에 물었더니 어디어디를 가보되 결코
두리번거려서는 땅값이 오르니 조심하라 한다. 해괴한 세상이 되
고 말았다. 발걸음에 돈의 그림자가 따르게 되었으니 나는 산마루
턱을 걸으면서도 몇 번인가 제 행색이 젊은 양복쟁이 땅 장수로
보이지나 않는가 하고 멋쩍었다.

대동강은 양각도, 평천리, 쑥섬, 어성 나루, 이렇게 굽이져 내
려가면 건너 섬 두로도, 별장섬, 베기섬, 민바리섬, 장광도, 추자
도, 이런 것들이 한틀여 놓여 있는 다도하^{多島河}로 아주 꿈과 태양과
물의 나라다. 아직 강은 얼음에 차 있으나 어찌도 이 조망이 웅대
하고 무슨 섬이 이리도 많은가. 얼음이 꺼진 여울에는 수백 마리

의 물오리가 판에 그득한 바둑 알맹이처럼 몽켜 들고 있다.

나는 가만히 멧등에 앉아 이 훌륭한 경치에 감탄하고 있는데 두 번째 되는 날에는 그만 어떤 사람이 의아스러운 눈치로 다가왔다.

"평양서 나오셨습니까? 제 이름은 아랫동리 사는 박 아무개외다."

이렇게 나온다. 그래 몇 마디 주고받는 새에 내 눈치는 완전히 간파당했다. 나는 이 언덕에 집이나 하나 짓고 조그만치 농원이나 만들고 살아 볼 생각에 그득 차 있는 것이다.

"통통배가 하루 두 번씩 내왕해서 아주 편리하지요."

알고 보니 이렇게 추근추근이 구는 사내도 땅 거간으로 이곳에서 망을 보고 있던 터다. 어제도 누가 이 멧재를 보러 나왔다느니 열두 냥씩 보는 것을 팔지 않았다느니 임도林稻 밭 삼 원은 주어야 한다느니 아주 수작이 어수선하다. 땅은 이렇게 팔기 위해서만 존재하는 것일까.

그 뒤에 사람을 내세워 보니 웬 양복쟁이가 몇 번씩 돌아보고 갔다는 내 소문이 나서 엄청난 값만 올린다. 전이면 기껏 삼사십 전일 터인데 이 원 값을 부르는 것이다. 이렇고 보니 내가 이곳 땅값을 뛰게 한 모양이다. 그러다가는 평안도는 그냥 통째로 금덩어리가 되는지도 모르겠다.

그래 이제는 살 생각은 안 하고 만나는 동무마다 붙들고 그곳의 절경만 자랑키로 한다. 그러면 동무들은 벌써부터 알고 있는 모양으로 모두 동의를 표하며, 그래도 그곳 땅을 사서야 장사가 되겠

느냐고 한다. 예의 우리 동창을 전차 거기에서 만났더니 그는 질겁을 하여 달려들며,

"자네 어디 땅을 산다고? 그런 걸 사선 못 쓰네 못 써."

하며 꾸짖는다.

"부내^{府內}치('물건'의 뜻을 더하는 접미사)를 사게. 부내치를 사라고."

나도 어느새 땅 장수가 되고 마는가 보다.

〈조선일보〉, 1940년 2월 29일~3월 2일

이동 음식점

김용준

서울은 재미난 도시다. 골동품 같은 집이 있다.

남의 원장(垣墻)에 기댔을망정 쓰레기통 옆에 놓였을망정 아담한 차림새로 구중궁궐 부럽잖게 꾸밀 대로 꾸미기도 했다. 추녀 끝에는 방울 같은 새를 앉히고 납작한 완자창도 달았다. 쌍희자(雙喜字)를 아로새긴 세렴도 늘였다.

이 집에는 떡국도 팔고 진짜 냉면도 있다. 맛 좋은 개장국도 한다. 노동자 빈민은 물론 한다 하는 신사도 출입을 한다. 이 집에는 계급의 구별도 없다. 땅바닥에는 검둥이란 놈이 행여 동족의 뼈다귀나 한 개 던져 줄까 하고 침을 꿀꺽꿀꺽 삼키며 기다리고 있다.

이래 뵈도 하루의 수입이 물경 만 원을 넘기는 것은 누워 떡 먹기다. 더구나 이 집의 재미난 것은 주추[기둥 밑에 괴는 돌 따위의 물건) 대신에 **도롱태**〔사람이 밀거나 끌게 된 간단한 나무 수레 또는 그 바퀴〕를 네 귀에 단 것이다.

아무 때나 이동할 수 있다. 순경 나으리가 야단을 치는 날이면 지금 당장에라도 훨훨 몰아갈 수 있다.

주인 부처夫妻는 진종일 영감 그린 종이〔지폐〕를 모으기에 눈코 뜰 새 없다가 도시의 소음이 황혼과 함께 스러진 뒤 참새 보금자리 같은 이 집 속에서 신화 같은 이야기를 도란거리다가 고요히 꿈나라로 들어가고 만다.

재민災民들은 이렇게 가지각색으로 살고 있다.

세상을 살아가는 법이란 별의별 재주가 다 있어…….

《근원수필》, 을유문화사, 1947년

고전

이태준

백수사白水社〔일제강점기 문예, 철학
서적을 중심으로 출간했던 일본의 출판사〕
의 신新 번역물을 읽는 맛도 좋
지만 때로는 신문관新文館〔구한말
에서 일제강점기에 이르기까지 최남선, 이
광수를 비롯한 지식인들의 작품과 전통적
인 문예물을 적극적으로 간행했던 조선의
출판사〕이나 한남서원韓南書院〔구한
말의 출판사로 방각본 소설 등을 대중화하
여 펴낸 조선의 출판사〕의 곰팡내 나
는 책장을 뒤지는 맛도 좋아라.
고전 고전 하는 바람에 서양 것
만 읽던 분들이 돌아와 조선 것
을 하룻밤에 읽고 하룻밤으로
낙망落望한다는 말을 가끔 듣는
바, 모르거니와 그런 민활한 수
완만으로는 서양 것인들 고전
의 고전다운 맛을 십분 음미했
으리라 믿기 어렵다.

　고려청자의 푸른빛과 이조백
자의 흰빛이 지금 도공들로는
내지 못하는 빛이라고만 해서
귀한 것은 아니니 고려청자의

푸름과 이조백자의 흼을 애완^{愛玩}함에 공예가 아닌 사람들이 차라리 더 극진함을 고전은 제작 이상의 해석, 제작 이상의 감각면을 따로 가짐이리라.

"달아 높이곰 돋아사 멀리곰 비추이시라."

이 노래를 듣고 무릎을 치는 이더러,

"거 어디가 좋으시뇨?"

묻는다더라도,

"거 좀 좋으냐."

반문 이상에 별로 신통할 대답이 없을 것이리라.

"달아 어서 높이높이 올라 떠서 어떤 깊은 골짜기든 환하게 비추어라. 우리 낭군 돌아오시는 밤길이 어둡지 않아 발도 상하심이 없이 한시라도 빨리 오시게……."

이렇듯 해설을 시험하고,

"좀 용한 소리냐."

감탄까지 한다면, 이는 자칫하면 고인들을 업신여기는 현대인의 오만을 범하게 될지도 모르는 바다.

"달아 높이곰 돋아사 멀리곰 비추이시라."

물론 묘구^{妙句}로다. 그러나 현대 시인에게 이만 득의의 구^句가 없는 바도 아니요 또 고인들이라 해서 이만 구를 얻음이 끔찍하다 얕잡을 것은 무엇이뇨.

고전 정신의 대도^{大道}는 영원히 온고지신에 있겠으나 고전의 육체미는 반드시 지식욕^{知識慾}으로만 감촉될 성질의 것은 아니라, 그러므로 모든 고전의 고전미는 고완^{古玩}의 일면을 지님에 엄연하도

다. 고려청자나 〈정읍사〉에서 그들의 고령미^{高齢美}를 떼버린다면 뭐 그다지도 아름다울 것인가.

"달아 멀리곰 돋아사……."

한마디에 백제가 풍기고, 여러 세세대대 정한인^{情恨人}들의 심경이 전해 오고, 아득한 태고가 깃듦에서 우리의 입술은 이 노래를 불러 향기로울 수 있도다.

고령자의 앞에 겸손은 예의라, 자기^{瓷器} 하나에도 가요 하나에도 옛것일진대 우리는 먼 앞에서부터 옷깃을 여며야 하리로다. 자동차를 몰아 호텔로 가듯 그것이 아니라, 죽장망혜로 산사^{山寺}를 찾아가는 심경이 아니고는 고전은 언제든지 서늘한 형해^{形骸}일 뿐 그의 따스한 심장이 뛰어 주지 않는 것이다.

완전히 느끼기 전에 해석부터 가지려 함은 고전에의 틈입자임을 면치 못하리니, 고전의 고전다운 맛은 알 바 아니요 오직 느낄 바로라 생각한다.

《무서록》, 박문서관, 1941년

동양화

이태준

나는 동양에서 사람들이 동양화보다 서양화에 더 쏠리는 데 다소 불평을 가진다. 우선 내가 내 생활하는 처소에 한 폭의 그림을 걸고 싶더라도 서양화보다는 동양화가 먼저 요구된다.

동양화가 구할 수 없도록 드문 것은 아니다. 요즘 우리의 동양화가들 그림은 너무나 예술에서 멀고 '환'에 가깝다. 좀 미술을 알고 예술에 자존심이 있고 자기의 표현을 생각하는 분으로는 대개가 서양화가들인 것이다. 나는 이런 창조력을 가진 화가들에게 어서 동양화에의 관심을 바란다. 좀 간명하게 의견 표시를 해 본다면,

미술이 무용이나 음악과 함께 국경이 없다 하지만 결국은 다 있는 것이다. 더구나 양(洋)의 동서를 볼 때 뚜렷한 경계가 있

는 것 같다. 최승희의 춤에 조선 춤이 가장 무리가 적어 보일 뿐 아니라 샬리아핀[Chaliapin, Feodor Lvanovitch, 당시의 유명한 러시아 오페라 가수]이 아무리 연습을 하더라도 육자배기에서는 이동백[당시 조선 제일가는 판소리의 명창]을 따르지 못할 것이다.

미술도 정도 문제일 뿐, 다 국경의 계선界線이 없지 않으리라 믿는다. 조선 사람으로 단원檀園이나 오원吾園이 되기 쉽지 세잔이나 마티스는 되기 어려울 것은 생각해 볼 필요도 없겠다.

되기 쉬운 것을 버리고 되기 어려운 것을 노력하는 데는 무슨 변명할 이유가 있어야겠는데 내가 단순해 그런지는 모르나 그런 특별한 이유도 얼른 생각나지 않는다.

"나는 대가도 싫다. 나는 서양화가 좋으니까 그린다."

하면 그건 개인 문제라 제삼자의 용훼容喙할 바 아니겠으나 그러나 그것도 나는 무례할지 모르나 이렇게 독단한다. 서양화보다는 동양화를 더 즐길 줄 아는 이가 문화가 좀 더 높은 사람이라고. 이것은 사람보다 사실은 동양화를 위해서 하는 말이지만, 물론 엄청난 독단이다. 그러나 서양화에선 무슨 나체를 잘 그린다고 해서가 아니라 색채 본위인 만치 피는 느껴져도 동양인의 최고 교양의 표정인 선線은 좀처럼 느낄 수 없는 것을 어찌하는가!

동양인이 서양화를 그리는 것은 환경에 불리할 줄 안다. 경제적으로도 그렇겠지만 먼저 상대부터가 그렇지 않을까? 자연을 보더라도 서양화에 불리할 것이다. 서양의 명화들은, 사진으로 더러 보면 풀밭에나 산기슭에 나체를 척척 앉히고 했는데, 만일 조선 자연을 그렇게 해보라. 가시에 찔려 어떻게 하나 걱정부터 날 것이다.

인물도 그러리라 한다. 조선 여자의 근육은 서양 여자들의 그것에 비해 얼마나 비입체적인가? 그리고 그 비입체적인 것이 도리어 얼마나 동양 여자의 미점美點인가? 서양은 인체부터가 서양화에 맞게 된 것처럼 자연도 서양 것은 서양화에 맞는 무슨 성질이 있을 듯 상상되는 것이다.

자기모순을 고민해야 할 줄 안다. 생활과 작품은 한 덩어리라야 서로 좋을 것이다. 서양화를 그리는 이로 서양화가 나올 생활을 가진 이를 나는 조선에서는 잘 보지 못한다. 작품 속에 살지 못하고 작품을 제작함은 꿈이 아니면 노동이 아닐까? 이런 우울한 생각이 나는 것이다.

단원이나 오원의 의발衣鉢을 받아 나아갈 사람은 동양인이요 동양에서도 조선 사람이라야 좋을 것이다. 그것은 사리에 순할 뿐 아니라 우리의 공통되는 욕망이 또한 그렇다. 서양인이 멀리 있어 단원의 후예가 되려 하지 않을 것이요 또 되기 어려울 것은 조선 화가가 제이第二의 세잔이 되기 어려운 것과 똑같은 것이다. 그리고 조선 미술이란 조선 문학에 대어 얼마나 풍부한 유산을 가졌는가? 그런 유산을 썩혀 두고 멀리 천애의 에펠 탑만 바라볼 필요야 굳이 어디 있겠는가?

그러니까 나는 서양화에서 동양화에로 전필轉筆로부터 조선화의 부흥을 위하는 맹렬한 운동이 일어나기를 어리석도록 바라는 자다.

　그리고 이미 동양화를 그리는 분들에게도 한 말씀 드리고 싶다. 몇 해 전이다. 어느 화백이 화회畵會를 한다기에 구경을 갔다. 석상에는 어울리지 않는 앨범이 한 책 놓였는데 열어 보니 자기 그림을 선전해 준 문구만을 오려 붙인 것이다. 나는 적이 불쾌했다. 미염米鹽은 사지 못하면서도 매화 한 그루는 이백 냥씩 주고 사던 단원이나, 궁정에서 불려가도 저 싫으면 도망을 가서 국왕으로도 병풍 열두 폭을 여덟 폭밖에 못 받았다는 오원의 일화도 못 들었는가? 동양화의 높은 점은 수공手工이 아니라 기백에서 되는 점일 것이다.

《무서록》, 박문서관, 1941년

글루미
이맨시페이션

채
만
식

한 시대 돌이켜 〈글루미 선데이〉라는 노래가 있었다. 레코드를 걸어 놓고 듣노라면 가사는 무슨 소리인지 모르겠으되 그 녹슨 청하며 미상불 마음이 저절로 침울해지는 곡조였다. 뭔 말인지 모르나 제일차 세계 대전 후 헝가리에서는 그 〈글루미 선데이〉로 인하여 소시민층에 자살하는 사람이 열여덟 명이나 있었더란다. 전쟁에는 져, 전후의 생활은 괴로워, 명일은 암담해, 이런 절망에다 〈글루미 선데이〉 같은 노래를 듣는다면 아닌 게 아니라 자살도 함 직했을 것이다.

일정日政을 괴로워 아니하는 조선 사람이 드물었고 해방을 원치 아니한 사람이 드물었으나 조선이 일본의 식민지로부터 그렇듯 수월히 해방되리라고는 자못 생각 밖이었다. 폴란드가 싸운 역사를 생각할 때에, 아일랜드가 싸우는 역사를 생각할 때에, 또 인도가 오늘날까지 그만큼이나 싸우고도 겨우 얻은 것이 대영제국의 일 연방에 아직 그치고 만 것을 생각할 때에, 조선의 해방은 아무래도 행운이요 감이 저절로 입에 떨어진 격이었다.

강한 양반들은 일본의 섭攝 속에다 영영 처박아 두기 위해 다리 뼈다귀를 분질러 앉힐 필요 있었다. 그 예술의 결과 중 하나가 조선의 해방이었다. 이 해방과 일반으로 자주독립도 저절로 우리의 벌린 입에 물론 감이 뚝 떨어질는지도 모른다. 강한 양반들이 혹시 필요를 발견한다면 십상 자주독립도 운라(UNRRA. 연합국구제부흥기관) 구제품의 한 품목 중에 넣어 보낼 것이다.

그렇지만 다 익은 감을, 그렇고 해방처럼 벌린 입으로 저절로 떨어지려니 하고서 손가락 하나 까닥 아니하고 오도카니 쳐다만 보고만 앉아 있는 분네들은 참말 부러운 팔자로, 늙지 않을 낙천樂天의 철인들이리라. 그러나 그 감이 떨어지지 않고 나무에서 그대로 곯아 버린다면? 시방의 조선이 〈글루미 선데이〉를 들으면서 소시민들이 자살을 했다는 제일차 세계 대전 후의 헝가리와 같은 것이 없지가 않다면 다행할 노릇이다. 시인들은 예민하여 벌써 '글루미 이맨시페이션gloomy emancipation (우울한 해방)'을 읊은 이가 있다. 누구 그를 작곡하여 나에게만 조용히 들려줄 독지가는 없는지.

《예술통신》, 1946년 11월 /
《채만식 전집》(창작과비평사, 1989)에서 재수록

삼단논법

오 장 환

온종일 샀방아를 찧어 죽 한 그릇을 들고 부지런히 어린 자식들에게로 돌아가던 한 여인이 고개 밑에서 범을 만났다. 그리하여 이 여인은 애중히 여기는 죽을 빼앗기고 왼쪽 팔에서 바른쪽 팔로 왼쪽 다리에서 바른쪽 다리로 다만 살고 싶은 마음에 이처럼 그 범에게 주어 오다가 야금야금 베어 먹던 범에게 마지막에는 자기의 생명까지도 빼앗기고 마는 고담^{古談}이 있다.

이것을 다만 고담으로 돌리면 그만이다. 그러나 나는 이 이야기 속에서 약한 자의 어찌할 수 없는 사정과 체념에 가까운 운명관을 느낀다.

그리해서, '그리해서 그다음은 어찌 됐어요'가 아니다. 소위 소화 십일 년, 이해는 천구백삼십육 년이었지만 나는 동경에 있을 때 고향에서 오는 신문에서 이런 소식을 들었다. 서울 어의동 공립보통학교 일인日人 교사가 이제부터는 조선어 교과서의 교수를 할 필요가 없다고, 곧 이것을 실천에 옮긴 것이다.

그러나 이때에 이 일인의 의견에 대해서 누구 하나 공공연히 반대를 표시한 사람은 없었다. 나 같은 자는 객지에서 공연히 화만 내며 이 일에 대해 불쾌함을 참지 못했다.

테러라는 것을 생각해 본 것도 그때였다. 아직 사건이 좀 더 크게 벌어지기 전에 그 교사 놈의 대가리를 커다란 돌멩이로 아싹 때려 부쉈으면…… 하고. 그러나 이러한 생각을 한 것은 비단 나뿐이 아니었을 것이다. 모두 다 생각만은 했을 것이다. 그렇지만 그 후에도 아무 일 없이 지난 것은 내 앞에 섰는 범에게 우선 죽한 그릇을 주기 시작했기 때문일 게다.

삯방아질을 하는 여인네의 신세는 그 전前만이 아니다. 이것은 약소민족의 영원한 표증이다. 지금의 우리는 날마다 생겨나는 일에서 어떠한 것을 목격하고 있는가.

뭐라고 말을 하랴. 자칫 잘못하면……이 아니라 우리의 앞에는 밑이 없는 배때기를 가진 범이 우리를 감시하고 있다. 여기서 나는 내게 이익 되도록 삼단논법을 제기한다.

품 파는 아낙네와 소화 십일 년도의 조그만 사건과 또 이마적[지금으로부터 지나간 얼마 동안의 가까운 때]에 하루도 쉴 새 없이 꼬드겨 나오는 어슷비슷한 일들을…….

《신문학》, 1946년 11월

소나무 송(頌)

김기림

남들이 모두 살진 활엽(闊葉)을 자랑할 때에 아무리 여윈 강산에서 자랐기로니 그다지야 뾰족할 게 무에냐? 앙상하게 가시 돋친 모양이 그저 산골 서당 훈장님과 꼭 같다. 밤은 그래도 가시 속에 향긋한 열매라도 감추었는데 솔잎이야 말라 떨어지면 기껏 해서 움집 아궁이나 데울까?

그러나 구시월 달 횡한 날씨에 뭇 산천초목에서 푸른빛이란 빛은 모조리 빼앗아 버리는 그 서릿바람도 솔 잎새 가시만은 조심조심 피해서 달아난다 한다.

그러기에 하얀 눈은 일부러 푸른 솔가지를 가려서 앉으러 온다. 봉황이가 운다면 아마도 저런 가지에 와 울겠지. 솔 잎새 가시가 살가워 나는 손등을 찔려 본다.

_《여성》, 1940년 1월

원고 첫 낭독

강경애

나는 언제나 글을 쓰게 되면 맨 먼저 남편에게 보입니다. 그는 한참이나 말없이 묵묵히 읽어 본 후에 나에게로 돌리며 다시 한 번 크게 읽어 보기를 청합니다.

나는 웬일인지 그 순간만은 가슴이 떨떨해지며 남편이 몹시도 어려워집니다. 그래서 울울한 가슴으로 읽어 내려가다가는 남편이 어느 구(句)에 불만을 품게 되었는지를 곧 발견하고 즉석에서 다시 펜을 잡아 고치는 것입니다.

다 고친 후에 나는 크게 읽으면서 그의 눈치를 살피면 그는 만족한 웃음을 입가에 띠며,

"이번에는 좀 나아진 듯하오!"

이 말을 듣는 나는 어찌나 기쁜지 그만 가슴이 뛰어 어쩔 줄을 모르는 것이 거의 늘 당하는 일입니다.

그러나 남편이 없어 혼자 쓰게 될 때에는 이 위에 더 갑갑하고 안타까운 때는 없습니다. 그래서 두세 번 읽어 보거나 그렇지 않으면 쓴 채로 내버려두거나 하게 됩니다.

_ 《신가정》, 1933년 6월

제 4 부

겨울이 오면
봄은 머지않았어라

문필과 책

나도향

글이라고 쓰기를 시작하기는 이럭저럭 한 육칠 년이 되었으나 글다운 글을 써 본 일이 한 번도 없고 남 앞에 그 글을 내놓을 때마다 양심 부끄러움을 느끼지 않은 적은 한 번도 없다. 첫째 마음에 느끼는 바나 충동을 받은 바를 그릴 때마다 써 본 일이 없고 다만 남의 청에 못 이겨 책임을 면하기 위해 쓴 일이 많으니 글로서 글을 썼다고 할 수는 없을 것이다.

더구나 작년 일 년 동안에는 몸이 매인 데가 있어서 그 일을 하느라고 글 쓸 여가는 물론이요 어떤 때는 밥 먹을 틈이 없는 일까지 있은 적이 있었다.

그런데 그 잡지나 어느 신문에서는 가끔가끔 "소설을 써 주오" "무슨 감상을 써 주오" 하고 청구를 하면 한두 번은 거절을 해 보기까지 하나 그래도 셋째 번에는 마음이 약한 탓인지 차마 거절은 하지 못하고 대답을 해 놓기는 놓으나 사실 하루 일을 하고 또 친구들과 어울리면 늦도록 돌아다니다가 밤중에야 집에 들어가니 몸이 피곤하여 붓을 잡으려 하나 붓 잡을 힘이 없어 그대로 자리에 누운 채 잠이 들어 버린다. 참으로 우리의 생활을 아는 이들은 어느 점까지 동정할 것이다.

원고 수집 기한은 닥쳐온다. 사실 몇 사람 안 되는 글 쓰는 이 가운데서 나 한 사람의 창작이면 창작 감상문이면 감상문을 바라고 믿는 잡지는 경영자들의 초급한 생각을 모르면 모르거니와 알고 나서는 그대로 있지 못할 일이라, 하는 수 없이 아침에 눈을 뜨면서 붓을 잡는다.

나는 이것을 일종의 모험이라고 부르고 싶다. 약간의 힌트를 얻어 두었던 것으로 덮어놓고 붓을 잡으니 마치 지리학자나 탐험가들이 약간의 추상을 가지고 길을 떠나는 것 같다. 자기가 지금 시작한 첫 구절 그 뒤에는 어떠한 글이 계속될는지 써 보지 않고는 알지 못하니 거기에 얼마나 불충실함과 무성의함과 철저하지 못함이 있는지 알 수가 없다.

급기야 써서 그것을 잡지사나 신문사에 보내면 그것을 활자로 박아 내놓는다. 그 내놓은 것을 다시 읽을 때에 부끄러움이란 다시 말할 여지없다. 그래서 그것을 한번 내놓고는 다시 읽어 보는 때가 극히 적다. 이와 같이 나의 창작 생활이 계속된다 하면 나는 그 창작이라는 것을 내버려서라도 양심의 부끄러움이 없게 하고 싶다.

더구나 안으로 가정, 밖으로는 사회로, 그리 맘대로 되는 운명에 나지 못하고 정신상으로나 육체적으로 그리 튼튼하고 풍부한 천성을 타지 못한 나로서 무엇을 깨닫고 느끼고 사색하는 것이 아직 부족한 때 붓을 잡는다는 것이 잘못이라고까지 생각을 한다.

더구나 아직 수양 시대에 있어야 할 나에게 무슨 요구를 하는 이가 있다 하면 그런 무리가 없을 것이요, 또는 나 자신이 창작가나 또는 문인으로 자처를 한다 하면 그런 건방진 소리가 없을 것이다. 어떻든 무엇을 쓴다는 것이 죄악 같을 뿐이다.

《현대조선문학전집》, 조광사, 1938년

지충 紙虫

채만식

문필이 생업이고 보니 종이를 먹어 없애는 것이 일이기야 하지만 나 같은 사람은 원고용지 하나만 하더라도 손복損福을 할 만치 낭비가 많다.

얼마 전 안서岸曙를 만나 차를 마시면서 들은 이야긴데…….

동인東仁은 집필을 하려면 오십 매면 오십 매, 백 매면 백 매, 예정한 분량만치 원고용지에다가 미리 넘버를 매겨 놓고서 쓰기 시작한다고 한다. 그만큼 그는 단 한 장도 슬럼프를 내지 않는다는 것이다.

이, 단 한 장도 슬럼프를 내지 않는, 그래서 자신만만하게 미리부터 원고용지에다가 넘버를 매겨 놓고는 새끼줄이나 뽑아내듯 술술 써 내려가고 앉았을 동인의 집필 광경이 그만 밉강스러울 만치 마음에 부러움을 어찌하지 못했다.

혹시 동인 같은 예야 차라리

241

특이한 예외의 재주라고 치더라도 춘원春園은 처음 이삼 매가량은 슬럼프를 내곤 하지만 그 고패만 넘어서면 이내 끝까지 거침새 없이 붓이 미끄러져 내려간다고 하고, 또 나의 동배同輩들도 더러 물어보면 첫머리 시작이 몇 장쯤 그러하고 중간에서도 오다가다 슬럼프가 나지 않는 것은 아니나 별반 대단치는 않다고 하니 그런 이야기를 들으면서 일변 나를 생각하면 때로는 한숨이 나오기도 한다.

단편 하나의 첫 장에(초고 것은 말고라도) 항용 이삼십 매쯤 버리기는 예사요, 최근에는 일백삼십 매짜리 〈패배자의 무덤〉에서 삼백이십 매의 슬럼프를 내 본 기록을 가졌다. 단 단면單面 일백삼십 매짜린데 양면 삼백이십 매의 원고용지니 육백사십 매인 푼수다.

좀 거짓말을 보태면 원고료가 원고용지값보다 적어서 밑지는 장사를 하는 적도 있을 지경이요, 사실 그 정갈한 원고용지가 보기에 부끄러울 때도 있다.

아마 '소설 쓰는' 공부도 공부하려니와 아직은 '원고 쓰는' 공부도 나 같은 사람에게는 긴한 게 아닌가 싶다. 계제에 누구 슬럼프 많이 내지 않고 원고 잘 쓰는 비결이 있거든 제발 공개해 주면 솜버선이라도 한 켤레 선사하지.

《박문》, 1938년 8월

탈모주의자

엄흥섭

나는 요즘 지기知己들로부터 '탈모주의자脫帽主義者'란 별명을 가끔 들은 일이 있다. 겨울 모자를 벗은 뒤로 아직 여름 모자를 쓰지 않았기 때문에 그런 휘명諱名〔마음에 들지 않는 별명〕을 듣는 것도 과히 억울한 것은 없다.

그러나 그렇다고 그것이 그다지 명예로울 것까지는 못 된다. 첫째 삼십이 넘은 내가 탈모를 한다는 것부터 우습다. 머리 빛이 썩 새까맣다거나 광택이 난다거나 머리털이 부드럽다거나 곱슬곱슬하다거나 그렇지 않으면 뒤꼭지가 길쭉하고 두골이 보기 좋거나 한 사람이면 혹 자랑 삼아 탈모할는지도 모른다.

그러나 나는 그런 이유는 한 가지도 없다. 실로 내가 탈모하지 않을 수 없는 이유는 남에게 공개할 수 없는, 알고 보면 우스운 사실이다. 이야기는 작년 여름으로 올라간다.

그 지리지리하던 장마가 그치고 난 며칠 뒤 명랑한 달빛이 내려
비치는 초저녁이었다.

창의문彰義門 고개를 넘어서까지는 설마 하고 다소 불안을 느끼
기는 했지만 장마 뒤끝이라 어느 정도까지 짐작한 일이 있거니와
민촌民村〔소설가 이기영〕과 송영宋影, 윤기정尹基鼎 삼 인이 일거 대습격을
나왔다.

"아, 이렇게 먼 데서 살아?"

"아, 밤에는 어떻게 다녀?"

"공기는 좋은데……."

"좋다, 달빛 어린 북악산!"

일행은 오기가 바쁘게 웃양복을 벗어부친다.

나는 이때 향파向破〔소설가이자 아동문학가인 이주홍〕군과 함께 설치한
지 불과 오륙 일밖에 안 되는 라디오를 조절하고 있을 때다.

"대체 아닌 밤중에 웬일들이유?"

"웬일은 뭣이 웬일이야, 어서 맥주 사 와."

송의 나팔 소리 뚜따뚜따 식의 그 유명한 단설적短舌的인 발음의
뒤를 이어,

"형! 오자마자 착취어."

하고 노호老豪 민촌이 구성진 맞장구를 울리니까 윤은 새로 사
쓰고 온 듯한 맥고모자를 부채질을 하면서,

"맥주고 뭐고! 냉수부터 한 그릇 시식해 보세. 자네 집 우물이
좋다니."

하고 넥타이를 끌러 놓는다.

나는 불의의 습격으로 맥주 다스나 손해날 것을 각오하고 있었던 터라 일변 안색에 화기를 띠고,

"몇 병이나 할까? 반 타打만 하지!"

하고 먼저 흘긴 것이 송의 표정이었다. 송은 못마땅한 듯이,

"왜 소주 두 병만 하면 모두 곯아 쓰러질 걸 여섯 병씩이나 사."

하고 빈정댄다. 단골 상점이 개천 건너에 가깝게 있는 것과 사람 내왕이 비교적 적은 밤이기 때문에 나는 동저고리 바람에 고무신짝을 끌고 통장通帳〔물건을 주고받을 때 금액과 날짜 따위를 기록하는 장부〕든 팔뚝을 흔들면서 윤 군과 둘이서 나왔다.

퍽 무감각하고 대범한 듯하면서도 실상은 세밀한 대로 세밀한 송이라 어느 틈에 우리 뒤에 따라 나왔다. 물론 그가 따라 나온 것은 내가 하는 흥정을 제 비위에 맞게 하렴인 줄을 모를 리 없다.

"우선 맥주 일 타하고 안줏거리 뭐 적당한 걸요……."

어느 틈에 윤은 쓰루메するめ〔마른 오징어〕를 대여섯 마리나 골라 내다 놓고 송은 간즈메かんづめ〔통조림〕를 일거 네 개나 내려놓았다. 전방 젊은 주인은 싱글벙글 웃으면서 심부름하는 아이 불러 그것들을 짊어지워 준다.

막 짐 뒤를 따라가려니까 어슬렁대고 나온 것이 민촌이었다. 민촌은,

"웬걸 이렇게 많이 샀어……."

하고 흘끔 집을 들여다보고는 담배 진열창을 열고 해태를 끄집어낸다.

"아, 민촌. 왜 이래요? 점점 모던 오야지['오야지(おやじ)'는 중년 남성을 이르는 일본어. '모던 오야지'는 풍자적인 뜻으로 최신 유행을 좇는 신식 남성을 의미]가 되어 가시니……."

"흥! 기왕 착취하러 온 이상 철두철미하게 해야지!"

하고 민촌은 윤의 말에 대답하고는 송과 내게는 한 개도 권하지 않고 그대로 바지 아랫주머니에 집어넣는다.

"자넨 왜 아무것도 안 집나! 하다못해 캐러멜이라도 두어 갑 집게나!"

민촌과 송에 대한 분풀이를 슬며시 윤에게 해 붙인 나는 사실 윤보다도 먼저 이름 좋은 '인삼 캐러멜'을 두어 갑 집었다.

마루 위에 맥주병을 죽 내려놓았다.

"얘, 또 가서 일 타만 더 가져와!"

정녕 송의 음성이다.

"아, 그만둬. 열두 병이나 있는데 이걸 누가 다 먹을라고 그래!"

민촌이 받는다. 그러나 그게 참으로 사양할 리 없다고 느꼈던지 윤이 벌컥 끓으며,

"한 타는 내가 먹을 테야."

하고 기세를 뽐내는 송의 얼굴을 옴탕눈을 찍 흘겨 대면서,

"아니, 그래 엄하고 나하고는 불주당不酒黨이라고 빼돌리긴가?"

하고 톡 쏘곤 심부름 온 아이에게,

"얘, 가서 맥주 있는 대로 다 들여온."

하고 호기를 편다.

갑자기 금[물건값]든 술상이라곤 간즈메 몇 통 딴 것과 쓰루메 찢

어 놓은 것밖에 없다. 주당에게는 안주가 필요치 않았던지 민촌, 송, 향파는 죽죽 연달아 들이켤 뿐 윤과 나는 한 잔에 새빨갛게 올라온 얼굴을 서로 쳐다보면서 안주 쟁탈전을 시작했다. 맥주 일타가 불티같이 날자 송은 마루 끝으로 나서서 가게 주인을 고성으로 불러 젖히더니,

"왜 부를까 생각해 봅쇼!"

하고 암시만 던졌는데도 불구하고 얼마 안 되어 맥주 일 타가 배달되었다.

음력으로 정녕 십육, 칠 일 밤이었으므로 달은 몹시 둥글다. 장마가 그친 뒤의 달이라 가을 달처럼 한껏 맑다. 푸른 달빛은 마루 끝에 처마 그늘을 던졌다. 울타리 밑으로 흐르는 개울물 소리 이따금 어느 풀포기에선지 나뭇잎에선지 가을도 아니련만 벌레 우는 소리가 들린다. 실로 서울 시내 바닥에선 만금을 주고도 사지 못할 양미만괴凉味萬魁 [더할 나위 없이 시원하고 서늘하여 좋음]의 것이다.

맥주병은 점점 부상병이 되어 마룻바닥에 KO가 된다. 윤과 나는 물론 양이 적었지만 질에 있어서는 송, 민촌보다 문제없이 대취해 버렸다. 암만해도 맥주가 부족한 느낌이 없지 않다. 그러나 또 가게 사람을 심부름을 시키기는 싫다. 큰 이유는 자꾸 외상값이 늘어 가기 때문이다.

나는 선뜻 방주책防酒策을 생각했다.

"민촌, 육자배기나 한마디 합쇼."

그러나 민촌은 아직 노래가 나올 만큼은 술이 부족이라는 듯이 태도가 자못 완강하다. 나는 제이第二의 수단을 강구했다. 그 제이

의 수단 때문에 나는 지금 탈모로 다니게 되었는지 모른다.

그 제이의 수단이란 것은 다소 델리킷한 내용을 가진 것이다. 그때는 웬일인지 윤도 민촌도 깨끗한 새 맥고모자들을 사 쓰고 왔다. 송만은 내 이웃이니까 탈모였지만.

새로 산 지 불과 이삼 일밖에 안 되어 보이는 모자라 민촌과 윤은 맥주병과는 거리를 유달리도 멀찍이 해놓고 이따금 흘끔거리며 모자들을 감시를 하는 눈치다. 이것은 나의 주관적 관찰이었을는지 모르나 어쨌든 취중이었으나 또렷이 그것을 느꼈기 때문에,

"여보게, 송. 저 윤 맥고모자 구멍 뚫세."

하고 송의 귀에다 소곤거렸다.

가장 작은 소리인데도 불구하고 벌써 눈치 챈 것은 민촌이었다.

그러나 역시 시침 잘 떼는 송인지라 내 선동에 급작스럽게 서툴리 굴진 않았다.

송은 담배를 한 개 피워 물고 변소로 나가는 체 일어선다.

송이 변소에 간 뒤 민촌은 빙그레 웃으며 자기 모자를 웃양복 위로 덮어 치운다. 송은 한참 만에야 변소에 갔다 오다가 윤의 웃저고리 위에 있는 윤의 모자를 집어 들고 와 태연하게 주저앉으며 정신없이 쓰러진 윤의 머리맡에서 빈 맥주병을 높이 들어 통쾌하게 난타하자 펑, 하고 폭음을 울리며 비참한 최후를 고한다. 이 순간 대경질색하고 벌떡 일어선 것은 윤이다. 이 순간 누구보다도 폭소를 연출한 것은 피해를 벗어난 민촌이다.

그러나 사건은 실로 미묘하게도 횡액을 당한 불운의 맥고모자는 윤의 것이 아니라 민촌의 것이었다. 잠깐 윤의 양복 위에 잘못

숙소를 정했던 죄였다.

　사건은 비로소 지금부터가 본격적으로 흥미를 끌고 나간다.

　피해를 입지 않았다고 승리의 폭소를 연출하던 민촌이 윤의 태도가 돌변되며,

　"흥, 실상은 내 모자는?"

　하고 둘레둘레 사방을 훑다가 역시 눈치 빠른 버릇으로 민촌의 웃양복을 버쩍 들고선 맥고모자를 가지고 뛰어온 뒤로부턴 무언 실소의 표정이 되었다.

　송은 민촌에게 미안했던지 물끄러미 흘겨만 보며 싱긋이 웃을 뿐이다.

　민촌은 못마땅한 표정으로 두 눈을 지그시 감고 오므린 입술과 얼굴의 주름살에 약간의 고소苦笑를 띠었다.

　향파와 나는 이 연극의 관객이었으면서도 보조역으로 날뛰었다. 송에게 눈짓을 하고 윤의 모자를 마저 부서뜨리라고 선동한 것은 이번에는 향파가 먼저였다. 그러나 송은 향파의 선동이 없어도 넉넉히 이 자리의 흥취의 분위기를 얼마든지 연장해 나갈 인물이라 향파의 선동적 암시에 일종의 암소暗笑를 띠며 나머지 맥주잔을 들이켰다. 마치,

　'가만있게. 한잔 더 먹고 나서 연극을 계속할 테니!'

　라는 듯이.

　암만 해도 분위기의 위험을 느꼈던지 윤은 갑자기,

　"자, 민촌 봅쇼."

　하고 왼손으로 자기 맥고모자를 들고 오른손은 주먹을 쥐고 쥐

안에 홍소紅笑가 넘치는 어조로,

"자, 민촌! 내 맥고모자를 내가 집행합니다. 봅쇼, 이건 아무 때 깨져도 여기 앉은 패들에게 깨지고 말 테니까 이왕이면 기분 좋게 내가 부수는 겝니다."

선언이 떨어지자마자 맥고모자는 푹, 소리와 함께 어느 틈에 윤의 오른팔에 꿰어졌다.

사건은 여기서 일단락을 지은 듯하나 결코 그렇지는 않다.

"대체 모자 부수자는 음모는 누가 했어?"

하고 민촌은 뻔히 알면서도 문제를 확대시키고픈 모양이다.

윤은 갑자기 입술을 앙다물고 빈 맥주병을 들어 빙글거리는 송에게 일대 시위를 일으키며,

"자네, 이거 무슨 원수로 어제 산 맥고모자를 하나도 뭣할 텐데 두 개씩 부수는 겐가!"

하고 대들자,

"이거 왜 이래. 음모 본부가 어디인 줄 알고?"

하고 태연한 웃음을 띤다.

윤의 총부리는 나와 향파에게로 번개같이 전향轉向되자 나는 도적이 제 발 저린 격으로,

"왜? 설마 내가 그런 비신사적인 음모야 하겠나, 이 사람아! 하!"

하고 시침을 떼었으나 향파의 스파이 식 폭소 때문에 기어이 윤의 총부리는 여지없이 내게로 아주 옮아왔다.

나는 하마터면 윤의 탄환에 적중될 뻔했다. 다행히 탄환에 적

중되지 않은 행운이라고나 할까. 새 모자를 두 개나 부수게 만든 총음모의 죄와 벌이라고나 할까! 나는 현장에서 심판을 받았다.

그것은 향파가 바로 그날 《조광》에 만화를 팔아 가지고 나와 본정本町을 지나다가 어느 백화점에서 일금 사 원 팔십 전을 주고 사 온 두 개의 단장이 불운하게도 마루 끝 기둥에 걸렸다가 마침 구두를 신고 일어서는 윤과 민촌의 눈에 띄자 약속이나 한 듯이 한 개씩 집고 나서게 된 것이다.

"마침 잘됐군. 모자 안 쓰면 단장이나 짚어야지……."

하고 민촌과 윤은 태도들이 삼엄하다.

대세가 틀어진지라 향파는 가장 인심이나 쓰는 듯이,

"암, 가져가야지. 창의문 고개를 단장 없이는 못 넘어가누만!"

하고 껄껄 웃어 부친다.

"흥! 그러면 누가 내일 갖다 줄 줄 알고!"

윤의 날카로운 대답이었다. 그 뒤 어떤 기회에 두 개의 단장은 송의 손으로 마저 부러져 버리고 윤과 송은 몇 달을 내리 서로 눈치를 살피며 탈모로 지냈다.

누구든지 모자를 먼저 사 쓰면 서로 먼저 분풀이를 하려 함이었다.

그러다가 금년 들어 민촌과 송과 윤은 이번 여름에 모자 불침략 강화조약을 서로 맺고(그 조약 당시의 서기장 격은 물론 나였다) 일제하게 새 맥고모자들을 사 썼다. 그러나 나만은 탈모주의자란 별명을 듣는 이유가 어디 있느냐 하면 작년 여름의 피해를 대규모로 복수하기 위한 때문이다.

언제나 한번쯤은 민촌, 송, 윤과 동석을 할 때가 올 것이므로 그 때를 암암리에 기다릴 뿐이다.

〈조선일보〉, 1937년 7월 9~11일

손

**계
용
묵**

종이에 손을 베였다.

보던 책을 접어서 책꽂이 위에 던진다는 게 책꽂이 뒤로 넘어가는 것 같아, 넘어가기 전에 그것을 붙잡으려 저도 모르게 냅다 나가는 손이 그만 책꽂이 위에 널려져 있던 원고지 조각의 가장자리에 힘껏 부딪쳐 스쳤던 모양이다. 산듯하기에 보니 장손가락의 둘째 마디 위에 새빨간 피가 비죽이 스며 나온다. 알알하고 아프다. 마음과 같이 아프다.

차라리 칼에 베었던들, 그리고 상처가 좀 더 크게 났던들, 마음조차야 이렇게 피를 보는 듯이 아프지는 않을 것이다.

나는 칼 장난을 좋아해서 가끔 손을 벤다. 내가 살아오는 사십 년 가까운 동안 칼로 손을 베어 보기 무릇 기백 회는 넘었으리라 짐작된다. 그러나 그때그때마다 그 상처에의 아픔을 느꼈을 뿐 마음에 동요를 받아 본 적은 없다.

그렇던 것이 칼로도 아니고 종이에 손을 베인 이제, 그리고 그 상처가 겨우 피를 내어 모를 만치 그렇게 미미한 상처에 지나지 않는 것이언만 오히려 마음은 아프다. 종이에 손을 베이다니! 종이보다도 약한 손, 그 손이 내 손임을 깨달을 때 내 마음은 처량하게 슬펐던 것이다.

내 일찍이 내 손으로 밥을 먹어 보지 못했다. 선조가 물려준 논밭이 나를 키워 주기 때문에 내 손은 놀고 있어도 족했다. 다만 내 손이 필요했던 것은 펜을 잡기 위한 데 있었을 뿐이다.

실로 나는 이제껏 내 손이 펜을 잡을 줄 알아 내 마음의 사자使者가 되어 주는 데만 감사를 드리고 있었다. 그리고 그 펜이 바른손의 장손가락 끝마디의 왼모〔왼쪽 귀퉁이〕에 작은 팥알만 한 멍울을 만들어 놓은 것을 자랑으로 알고 있었다. 글 같은 글 한 줄 이미 써 놓은 것은 없어도 쓰기 위한 것이 만들어 준 멍울이라서 그 멍울을 나는 내 생명이 담긴 재산같이 귀하게 여겼다. 그리고 그것은 온갖 불안과 우울까지도 잊게 하는 내 마음의 위안이기도 했다.

그러나 그 멍울 한 점만을 가질 수 있는 그 손은 이제 확실히 불안과 우울을 가져다준다. 내 손으로 정복해야 할 그 원고지에 도리어 상처를 입었다는 것은 '네가 그 멍울의 자랑만으로 능히 살아갈 수가 있느냐' 하는 그 무슨 힘찬 훈계도 같았던 것이다.

아닌 게 아니라 내 손은 불쏘시개의 장작 한 개비도 못 팬다. 서울로 이주를 온 다음부터는 불쏘시개의 장작 같은 것은 내 손으로 패어져야 할 사세褫勢인데 한번 그것을 시험하다 도낏자루에 손이 부풀어 본 후부터는 영 마음이 없다. 그것이 부풀어서 터지고 또 터지고 그렇게 자꾸 단련이 되어서 펜의 단련에 멍울이 장손가락에 들듯, 손 전체에 굳은살이 쫙 퍼질 때에야 위안이던 불안은 다시 마음의 위안이 될 수 있을 것이련만 그 장손가락의 멍울을 기르는 동안에 그러할 능력을 이미 빼앗겼으니 전체의 멍울을 길러 보긴 이젠 장히 힘든 일일 것 같다.

그러나 역시 그 손가락의 멍울에 불안은 있을지언정 그것이 내 생명이기는 하다. 그것에 애착을 느끼지 못하게 되는 때 나라는 존재의 생명은 없다. 나는 그것을 스스로 자처하고도 싶다.

하지만 원고지를 정복할 만한 그러한 손을 못 가지고 그 원고지 위에다 생명을 수놓아 보겠다는 데는 원고지가 웃을 노릇 같아 손을 베인 후부터는 그게 잊히지 아니하고 원고지를 대하기에 두려워진다. 손이 부푼 후부터는 도낏자루를 잡기가 두려워지듯이…….

《조선문단》, 1940년 10월

길

김유정

며칠 전 거리에서 우연히 한 청년을 만났다. 그는 나를 반겨 다방으로 끌어다 놓고 이 이야기 저 이야기 하던 끝에 돌연히 충고하여 가로되,

"병환이 그러시니만치 돌아가시기 전에 얼른 걸작을 쓰셔야지요?"

하고 껄껄 웃는 것이다.

진정에서 우러나온 충고가 아니면 모욕을 느끼는 게 나의 버릇이었다.

나는 못 들은 척하고 옆에 놓인 얼음냉수를 쭉 마셨다. 왜냐하면 그는 귀여운 정도를 넘을 만치 그렇게 자만스러운 인물이다. 남을 충고함으로써 뒤로 자기 자신을 높이고, 그리고 거기에서 어떤 만족을 느끼는 그런 종류의 청춘이었던 까닭이다.

얼마 지난 뒤에야 나는 입을 열어 물론 나의 병이 졸연^{猝然}히 나을 것은 아니나 그러나 어쩌면 성한 그대보다 좀 더 오래 살는지 모른다. 그리고 성한 그대보다 좀 더 오래 살 수 있는 이것이 결국 나의 병일는지 모른다, 하고 그러니 그대도,

"아예 부주의 마시고 성실히 사시기 바랍니다."

했다. 그러고 보니 유정이! 너도 어지간히 사람은 버렸구나, 이렇게 기운 없이 고개를 숙였을 때 무거운 고독과 아울러 슬픔이 등 위로 내려침을 알았다. 그러나 나는 아직 버리지 않았다.

작년 봄 내가 한 달포를 두고 몹시 앓았을 때 의사를 찾아가니 그 말이 돌아오는 가을을 넘기기가 어렵다 했다. 말하자면 요양을 잘한대도 위험하다는 눈치였다. 그러나 나는 술을 맘껏 먹었다. 연일 철야로 원고와 다투었다. 이러고도 그 가을을 무사히 넘기고 그다음 가을, 즉 올가을을 앞에 두고 이렇게 기다리고 있는 것이다. 과학도 얼마만치 농담임을 알았다.

가만히 생각하면 나의 몸을 좌우할 수 있는 것은 다만 그 '길'이다. 그리고 그 '길'이라야 다만 나는 온순히 그 앞에 머리를 숙일 것이다.

요즘에 나는 헤매던 그 길을 바로 들었다. 다시 말하면 전일前日 잃은 줄로 알고 헤매고 있던 나는 요즘에 이르러서야 비로소 나를 위해 따로 한 길이 옆에 놓여 있음을 알았다. 그 길이 얼마나 멀지 나는 그걸 모른다. 다만 한 가지 내가 그 길을 완전히 걷고 날 그날까지는 나의 몸과 생명이 결코 꺾임이 없을 걸 굳게 굳게 믿는 바이다.

―――――――

《여성》, 1936년 8월

이역의 달밤

강경애

1933년도 저물었다.

이 밤의 교교한 월색은 여전히 나의 적은 몸덩어리를 눈 우에 뚜렷이 던져 준다. 두 달 전에 저 달은 내 고향서 보았건만……?

이곳은 북국. 북국의 밤은 매우 차다. 저 달빛은 나의 뺨을 후려치는 듯 차다. 그러고 사나운 바람은 몰려오다가 전선과 나뭇가지에 걸려 획획 소리쳐 운다. 그 소리는 나의 가슴을 몹시도 흔들어 준다. 때마침 어데서 들려오는 어린애 우름소리…… 나는 문득 이런 노래가 생각난다.

이밤에
어린애 우네
밤새끌 우네
아마 뉘집 애기
빈젖을 빠나부이
밤새워 빠나부이

못 입고 못 먹는 이 땅의 빈농들에게야 저 바람같이 무서운 것이 또 어데 있으랴! 사의 마신이 손을 버리고 덤벼드는 듯한 저 바람! 굶주린 저들은 오직 공포에 떨 뿐이다.

이곳은 간도다. 서북으로는 '시베리아' 동남으로는 조선에 접하여 있는 땅이다. 치울 때는 영하 사십 도를 중간에 두고 오르고 내리는 이 땅이다.

그나마 애써 농사를 지어 놓고도 또다시 기한에 울고 있지 않는가! 백미 일두一斗에 칠십오 전, 식염 일두에 이 원 이십 전. 물경 백미값의 삼 배! 이 일단을 보아도 철두철미한 통제(원문에 'XX'로 표기되어 있으나, 이를 '통제'로 옮겼다) 수단의 전폭을 엿보기에 어렵지 않다. '가정苛政이 공어맹호야恐於猛虎也'라든가? 이 말은 일직이 들어왔다.

황폐하여 가는 광야에는 군경을 실은 트럭이 종횡으로 질주하고 상공에는 단엽식單葉式 비행기만 대선회를 한다.

대삼림으로 쫓기는 그들! 이 땅을 싸고도는 환경은 매우 복잡다단하다. 그저 극단과 극단으로 중간성을 잃어버린 이 땅이다.

인간은 1937년을 목표로 일대살육과 파괴를 하려고 준비를 한다고 한다. 타협, 평화, 자유, 인도 등의 고개는 벌써 옛날에 넘어버리고 지금은 제각기 갈 길을 밟지 않을 수가 없게 되었다.

군축은 군확으로, 국제협조는 국제알력으로, 데모크라씨는 파쇼로, 평화는 전쟁으로…… 인간은 정반합의 변증법적 케도를 여실히 밟고 있다.

이 거리는 고요하다. 이따금 보이느니 개털모에 총을 메고 우두커니 섰는 만주국 순경뿐이다. 그리고 멀리 사라지는 마차의 지르 릉 울리는 종소리……. 찬 달은 흰 구름 속으로 슬슬 달음질치고 있다. 저 달을 보는 사람은 많으련마는 역시 환경과 입장에 따라 느끼는 바 감회도 다를 것이다.

붓을 들고 쓰지 못하는 이 가슴! 입이 있고도 말 못하는 이 마 음! 저 달 보고나 호소해 볼까. 그러나 차디찬 저 달은 이 인간사 회의 애닲은 이 정황에 구애되지 않고 구름 속으로 또 구름 속으 로 흘러간다.

대자연은 크게 움직이고 있다.

(1933년 11월, 용정촌에서)

《신동아》, 1933년 12월

나의 무궁화 반도

노자영

옛날 조선의 국화는 무궁화다. 그리고 조선을 그의 날개 밑에 품고 있는 백두산에는 무궁화가 많이 핀다.

무궁화 그 이름조차 아름다운 이 꽃은 조선 사람의 마음을 상징하는 명화라고 한다. 이 꽃은 반드시 백두산에만 피는 것이 아니오 조선 각지 어느 구석에든지 반드시 피는 것이다. 이 무궁화, 그는 조선 사람의 마음을 대표하는 이만치 결코 화려한 꽃은 아니다. 청초한 맛은 있으나 진하고 그리고 가련한 꽃이다.

이 꽃에 둘러 있는 반도는 그 꽃의 상징과 같이 반드시 화려한 역사는 가지지 못하였다. 조선의 역사가 말하는 것과 같이 항상 분란과 전란이 있었고 따라서 외적의 침범도 많이 받았다. 무궁화 반도는 그 꽃과 같이 항상 슬픔과 고민을 가지고 있었고 따라서 가련한 역사의 줄기를 갖고 있었다.

나의 무궁화 반도, 봄마다 피는 무궁화가 활개를 뻗치고 요염한 웃음을 웃지 못함과 같이 이 반도도 줄 위에 앉은 새같이 항상 몸을 쫑그리고 있었다고 말하고 싶다. 더욱이 금년과 같이 수재까지 혹심한 해이랴.

그러나 나는 이 반도의 한 사람이오 또는 그 무궁화를 좋아하는 사람 중에 하나다. 이 땅이 기름지고, 화평하고, 풍년 들고, 화려하고, 즐겁기를 바라고 기도하는 사람 중에 하나다. 어떤 때에는 내가 조선 사람으로 태어난 것을 슬퍼하였고 또는 이 땅에 생겨난 것을 후회까지 하여 보았으나 지금은 도리어 이 땅에 생겨나고 이곳의 사람이 된 것을 기뻐한다. 생각하면 우리 반도같이 아름다운 곳이 어디 있으며 조선 사람같이 순량한 사람이 어데 있는가?

> 동해바다 해를 안고 백두산 빛이거니
> 무궁화 그 해 빛에 붉게 타 아니 피리
> 아마도 이 강산은 그 해같이 맑아라!

동해에 불긋 솟아오르는 아침 날은 그 찬연한 무한의 광망을 가지고 희망의 아침을 맞이하는 조선 사람들에게 날마다 그 빛을 던져 주지 않는가? 그리고 동해의 맑은 물결은 그 고원高遠한 그림자를 이 땅 위에 물들이지 않는가?

조선 사람의 심경은 언제든지 조일朝日같이 명랑하고 조선朝鮮하다. 그리고 몇 억만 년을 두고 아침 해에 덮여 있는 이 강산은 그 해와 같이 맑고 찬연한 것이 아닌가?

천공의 별과 구름덩이를 홀로 가슴에 비치고 몇 천만 년 신비 속에 숨어 있는 백두산 천지도 좋거니와 백두산의 백설 꽃포기를 봄이면 은옥을 띄우듯이 황해로 운반하는 압록의 물도 좋다.

금강산 일만이천 봉 그 자금색 산봉우리는 태양에 빛나고 그 곡선으로 얽혀 있는 골짜기마다는 청계가 있어서 은류을 청공 밑에 그리지 않는가? 만리 장풍과 천리 벽파가 감돌아드는 곳에 발을 잠기우고 운연 속에 깊은 명상을 하고 있는 한라산도 더욱 아름답다. 장강이 있고 대하가 있고, 녹색의 야원이 있고 기름진 전야가 있어서 천연의 약토藥土를 이루고 있지 않은가?

나는 이 반도 산하에 대하여 무한한 애착을 느끼고 있다. 서서인들이 알프스 산을 자랑하고 이태리인들이 베니스를 사랑하며 러시아인들이 볼가강을 자랑하지마는 우리의 백두산, 금강산은 그네들의 자랑보다 몇 배 앞서며 우리의 압록강과 한강은 그네들의 보배보다도 더 아름답지 않은가? "나는 조선 사람이다." 나는 여기서 우리의 자랑을 느끼고 싶다

　　　백두산 흘러 내려 삼천리 넓어지고
　　　장강이 굽어 흘러 달과 별이 잠겼는데
　　　곳곳마다 붉은 꽃은 무궁화 송일레라

　　　백곡百穀이 무르익어 뜰마다 금빛이라

꽃 피고 새가 울어 이 강산 빛나거니
백두산 넘는 해도 줄기마다 광명일레.

이 반도야말로 비단 쪽을 늘인 듯 아름답지 않은가? 지구를 모다 밟고 세계의 산하를 모다 뒤져도 이 무궁화 반도같이 아름다운 곳은 다시없을 것이다.

나는 모든 불평이 있고 또는 괴로움이 있다 할지라도 이런 아름다운 강산에 사는 것을 기쁨과 자랑으로 생각한다. 또는 어디를 가든지 이 땅보다 더 좋고 더 기쁜 곳이 어디 있는가?

러시아 북부에 사는 사람들은 항상 백설과 얼음과 폭풍에 시달리어 그들의 소원이 꽃피고 따뜻한 남러시아 지방으로 가서 살기가 원이라고 하며, 극북과 극남에 사는 사람들은 항상 햇빛 빛나는 온대에 가서 살기가 소원이라고 하며, 캐나다와 시베리아에서 사는 사람들도 그들의 유일한 소원 녹음이 있고 꽃이 피는 온대지방이라고 한다.

우리 반도는 온대 중에도 가장 아름다운 곳이오. 따라서 녹색의 그림을 품고 있는 오아시스다. 누가 이 무궁화 반도에 대하야 열모와 애착을 가지지 않을 것이냐?

좋아도 내 땅 싫어도 내 고토거든
하물며 아름다운 이 산하이랴!
천만 년 해가 떠서 꽃이 피소서

우리 피, 우리 뼈를 이 산하에 묻고서

빛나는 저 별 밑에 길이길이 잠들려니

무궁화 붉은 꽃은 곳곳마다 피어라

《신인문학》, 1934년 10월

최서해와 나

이광수

벌써 십칠팔 년 전인가, 내가 동경에 있을 때에 최학송이라고 서명한 편지를 받았다. 그는 그때 성진 어느 보통학교를 졸업했노라고 자기를 내게 소개했다. 내 글을 읽은 관계로 내게 편지할 뜻이 생겼노라고 했다. 퍽 여러 장 서신 왕복이 있었다. 이이가 최서해다.

천구백이십삼 년경일까, 그는 내게 편지를 하고 나를 믿고 상경하노라고 했다. 나는 상경한댔자 할 일이 없으니 아직 시기를 기다리라고 권했건마는 어떤 날, 겨울 어떤 날 그는 야주개(서울 당주동에 있던 고개 이름) 내 집을 찾아왔다.

"최학송이올시다."

할 때에 퍽이나 반가웠다.

그때에 그는 둔종臀腫이 나서 다리를 절고 허리를 펴지 못했다. 그는 자기의 방랑 생활의 대강을 내게 말했다. 나는 할

266

수 없이 그를 양주 봉선사 어떤 불당佛堂에게 소개하여 의식衣食을 들게 하고 거기서 중노릇하며 독서와 사색을 하기를 권했다. 그는 허허 웃고 그리 하마 하고 소개장과 노비路費를 가지고 봉선사로 갔다. 나는 내 솜옷 한 벌을 싸서 전별餞別을 삼았다.

두어 달이나 되었을까. 어느 눈 많이 온 날 아침에 그는 표연히 내 집에 나타났다.

"그 아니꼬운 중놈하고 싸우고 나왔습니다. 그놈이 아니꼽게 굴기에 눈 속에 거꾸로 박아 놓고 뛰어나왔습니다."

했다. 우리 두 사람은 실컷 웃었다.

그해에 방춘해[소설가 방인] 군과 함께 《조선문단》을 하게 되어 서해는 그 일을 보며 춘해의 집에 있었다. 〈탈출기〉를 쓴 것도 이때다.

그해 여름에 나는 신병으로 누워 있을 때에 서해가 찾아와서 동아일보와 조선일보 문제로 내 아내와 논쟁하고 난 뒤에는 서해는 한 번도 내 집을 찾은 일이 없었다.

그 후 서해가 혼인할 때에(그때 나는 병와 중이므로 참석지 못했다) 내가 삼 원을 부조했다가 퇴함을 받았다. 나는 그 퇴한 이유를 그 후에도 물어본 일 없었다.

서해와 나의 최후의 관계는 삼천리사 문사文士 회의석에서 서해가 내 소설 《흙》을 평한 것이겠다.

하루는 서해의 처남 되는 조운[시조시인 조운] 군이 나를 찾아 서해가 병석으로 나를 보기를 원한다는 뜻을 전했다. 나는 사무가 끝난 뒤에 서해의 병실을 찾았다. 서해는 내 손을 잡고 울었다. 나도 비감했다. 나는 서해를 위로하고 수술의 무섭지 아니한 것을 말했다.

내가 서해를 믿고 아끼는 맘은 십팔 년 전이나 십 년 전이나 다름이 없는 줄 믿는다. 다 무슨 인연의 후박厚薄이다. 나는 서해의 임종 전에 한 번 더 못 말한 것이 유감된다. 주치의의 면회 않는 것이 좋다는 말을 존중함이었다.

한 가지 더 말할 것은 서해 부인에 관한 것이다. 나는 서해 부인을 그의 최후의 병석에서 처음 뵈었다. 그러나 부인의 형 되는 조운 군은 십 년래 나의 심우心友다. 조운 군과 서해와의 교류에도 내가 인연의 실마리가 되었다고 생각한다. 나는 이상한 인연으로 사귄 이 두 친구 서해와 조운, 소설가와 시인에 대하여 면면綿綿한 말을 다 할 수 없는 생각을 가진다. 그것을 나는 불교식으로 인연이라고 부른다.

《삼천리》, 1932년 8월

유정의
면모 편편

이석훈

　유정이 죽은 지도 어언 삼 년이 된다. 삼 년이나 되건만 죽어 가는 유정을 한 번도 들여다보지 못한 나의 태타^{怠惰}〔몹시 게으름〕에 대한 참회가 그를 생각할 적마다 마음 아프게 한다. 유정이 병상에서 괴로운 마지막 숨을 거두며 얼마나 나를 원망했으랴? 그러나 그는 나에게 편지할 적마다 병이 위중하다든가 죽게 됐다든가 하는 말은 한마디도 하지 않았다. 내게 그런 하소를 했자 소용이 없다 했음인지? 혹은 죽음을 각오하고 이미 죽는 이상에는 태연히 죽으리라 동무에게 폐 끼치지 않고 깨끗이 죽으리라 했는지도 알 수 없다. 고결하고 순진하고 겸허한 인간 유정이었으므로 아마 그랬으리라는 것은 상상하기 어렵지 않다.

　그것이 유정의 생각이었다 하더라도 나는 나로서 우정을

269

기울었어야 하겠거늘 그가 병상에서 기동을 못하게 된 뒤로 나는 한 번도 그의 병상을 찾지 못했다. 그때 바로 어떤 사건으로 나 자신 위기에 직면해 있어서 나 이외의 것을 생각할 여유가 없었다고 유정의 영전에 변명한대도 내 한은 씻어질 것 같지 않다.

유정이 살았을 때 일을 이것저것 회상해 본다.

그때 나와 유정은 사직동 한구석에서 앞뒷집에 살고 있었다. 유정의 누님이 바로 내가 살고 있는 집 뒤에 조그만 기와집 한 채를 사고 있었는데 그 집에 유정은 기유寄寓하고 있었다. 매부 되는 이는 충청도 땅에 금광을 하러 가고 없고 그의 누님 혼자만 살고 있었다. 내가 보기에 생활이 그리 유족裕足치 못한 것 같았다. 혹은 그의 매부 되는 이가 작은집이라도 하고 있어서 큰댁은 살뜰하게 돌보지 않았는지도 모른다.

나는 그 매부란 이를 본 적이 없다. 유정은 본디 입이 무거운 사람이므로 이러한 내정까지는 토파吐破〔마음에 품고 있던 사실을 다 털어놓음〕하지 않았지만 내게는 그렇게밖에 생각되지 않는다. 유정도 한때는 매부의 광산에 금 잡으러 가 있었다.

나는 저녁을 먹은 뒤 개천 골목을 지나 그의 집을 찾는 것이 예例가 되어 있었다. 그도 가끔 우리 집에 왔다. 유정이 있는 방은 키낮은 대문 옆 마루 건넌방인데 서편으로 개폐할 수 없는 작은 영창이 있었고 두꺼운 조선종이로 봉해 두었다. 나는 '씨' 자를 붙여.

"유정 씨!"

하고 찾을라치면,

"네, 어서 오십쇼."

하는 유정의 침중한 목소리가 창고 안에서 들려오듯이 그 조선 종이의 작은 영창을 통해 온다.

또 어떤 때 유정이 없을 때는 유정의 우울을 띤 커다란 눈과 꼭 같은 눈을 가진 그의 누님이 웃음은 벌써 잊었다는 듯한 핏기 없이 창백하고 싸늘한 얼굴을 대문 틈으로 엿보이며,

"밖에 나갔습니다."

하고 말 적게 대답한다. 흰 편이 많으면서도 소 눈처럼 검은 인상을 주는 커다란 눈으로 나를 힐끗 쳐다보고 무표정하다. 나는 더 말해 볼 용기를 잃고 말없이 돌아서 온다. 결코 불친절하거나 귀찮게 여기는 빛은 없었으나 어딘지 쓸쓸한 인생의 중하重荷에 이지러져서 모든 기쁨을 잃은 듯한 하염없는 표정을 나는 지금껏 잊을 수 없다.

유정이 지내기가 어려워함을 보다 못하여 나는 하루는 그에게 용채〔'용돈'의 다른 말〕 벌이로 우선 하모니카 방송을 권했다. 그때 나는 방송국에 있으면서 연예의 일부와 어린이 시간을 맡아 보고 있었으므로 그렇게 권한 것이다. 유정이 하모니카의 명수였던 것은 세상에 별로 알려지지 않았으나 그는 중학교 시대에 수년간이나 하모니카 '공부'에 힘써 남의 지도도 받고 레코드로도 열심히 배웠다는 것이다. 그래서 상당히 본격적으로 웬만한 곡은 단번에 불어치웠다.

나의 권유에 대하여 유정은 숨이 차서(그때 이미 폐환이 시작된 것이다) 독주는 못하겠으니 나와 둘이서 이중주를 하자는 것이었다. 그래 어디 그럼 연습해 보자 하고 내가 베이스를 불기로 하여 하모니카를 산다(그에게는 낡은 것이 있었다), 악보를 구해 온다 야단이었다.

어떤 날 저녁 그 조그만 영창이 서쪽으로 향한 어둠침침한 방에서 이중주 연습을 시작했다. 〈키스멧〉이니 〈오리엔탈 댄스〉니 〈아를르의 여자〉니 헨델의 〈라르고〉니 하여튼 꽤 어려운 곡들을 골라서 이것저것 불어 본다. 그러나 나는 중학 시대에 조금 불다 놓은 지 오래여서 단 두 절을 정확하게 따라갈 수 없고 유정은 숨이 차서 쩔쩔맨다.

이래서 하모니카 이중주는 방송에까지 이르지 못하고 팽개쳐 버리고 말았다. 하모니카 명수 유정의 이름도 결국 세상에 드러나지 못하고 만 셈이다.

이번엔 방향을 돌려 역시 용채 벌이나 될까 해서 어린이 시간에 이야기 방송을 시켰다. 이야기 방송만은 선선히 응낙했다. 입이 무겁고 말더듬이인 유정이 마이크 앞에 앉더니 아주 능청스럽게 잘한다. 야담이나 고담 식이어서 방송실을 벌겋게 상기되어 나오는 그를 보고,

"이번엔 야담을 청해야겠어."

하고 둘이 껄껄 웃었다. 이야기 방송도 가명으로 했기 때문에 유정의 화술이 얼마나 능하다는 것도 드러나지 않고 말았다.

그는 위에서도 말했거니와 여느 때는 대단히 입이 무겁고 말더
듬이지만 방송을 할 때와 술 먹은 뒤, 술좌석에선 아주 능변이요
달변이었다. 시골 오입쟁이(술 먹으면 시골 오입쟁이 적 풍모로
변한다) 적 어투로 가끔 내지어^{內地語}를 섞어 가며 좌석을 버쩍 들
었다 놓는다. 단, 누가 대꾸를 해 줘야 말이지 나처럼 술 먹을 줄
모르는 사람과 단둘이서는 역시 말이 없다.

유정을 떠들게 하는 좋은 상대자는 회남이요 지금 미국 유학
중인 상엽이다. 상엽은 주사가 있어서 유정과 처음 인사한 그 자
리에서 이놈 저놈 하고 떠들다가 나중에는,

"너 같은 놈과는 절교다."

하는 바람에 유정이 잠시 어리둥절했다가,

"임마(유정은 술 먹으면 이렇게 발음한다), 어째서 절교냐?"

하고 대든다. 그러나 뻐륵뻐륵 웃는 얼굴이다. 우뚝하고 크게
잘생긴 코끝을 버륵버륵 움직인다. 당나귀를 연상케 한다. 우리
성미 같으면 농^弄의 말이라도,

"절교하겠으면 하라마, 새끼!"

이러고 말 텐데 유정은 끝까지 겸허한 호인이었다.

한번은 유정, 회남, 상엽 그리고 나 넷이서 화신 뒤 선술집에
가서 잔뜩들 취해 가지고 나올 때 딴 손님의 우산을 들고 나왔다.
술 먹으면 망나니가 되는 상엽이(제 것인 줄 잘못 알았는지 장난
으로 그랬는지 모르나) 들고 나온 것이었다. 화신 골목까지 이르
렀을 때 젊은이 오륙 명이 와르르 따라 나오며 그걸 구실로 싸움
을 건다. 나는 워낙 사교성이 없는 성격이라 이거 또 미식축구 시

합을 아닌 밤중에 하게 되는가 보다 하고 뒤에서 구두끈을 얼른 단단히 매고 형세를 보고 섰노라니까 시골 오입쟁이 유정이 쓱 나서며,

"노형들!"

어쩌고저쩌고 그럴듯한 수작으로 우산을 돌려주고 험악한 판국을 어울려서 무사하게 했다. 술 먹으면 능변이 되는 유정의 덕택으로 창피를 면한 것이었다.

벚꽃이 폈다 질 무렵인데 유정은 낡은 검정 솜 주의周衣를 입고 낡아 빠진 소프트(부드러운 펠트제 중절모자)를 뒤꼭대기에 붙이고 방송국으로 찾아왔다. 며칠째 두고 만나면 걱정으로 이야기하는 그의 취업 토론이 또 벌어졌다. 내가 이번엔 모처에 말해 보자 하니까 그는 뻐륵뻐륵 웃으면서,

"자, 그럼 내 운수점이나 한번 쳐 봅시다."

그러더니 십 전 백동화 한 푼을 꺼냈다. 던져서 '십 전'이라 쓴 쪽이 나타나면 되고, 그 반면 즉 '대일본'이라 쓴 쪽이 위면 안 되는 것으로 작정하고 유정은 그 십 전짜리를 방 안 높이 던졌다. 돈은 뱅글뱅글 공중에서 돌면서 올라 솟았다가 바닥에 땅랑 떨어져 한구석으로 굴러가 머물렀다. 얼른 주워 보니 '십 전' 쪽이 위였다.

"됐다!"

유정도,

"어, 취직이 되는가 보다."

그러면서 우리 둘은 한참 동안 껄껄 웃었다.

그러나 이 돈점도 맞지 않았다. 유정은 원고 벌이에 나머지 정력마저 소모해 버리고 그해 겨울 드디어 죽음의 길을 재촉하고 있었던 것이다.

이런 일 저런 일이 어제처럼 생각되나 유정은 이미 간 지 삼 년이나 되고 나는 부질없는 추억의 글을 여기 되풀이하고 있다. 유정의 죽은 영혼이나마 위로할 수 있을는지?

《조광》, 1939년 12월

꿈

정인택

길 가는 사람마다 모두 한 번씩은 발을 멈추고 희한하다는 듯이 고개를 기울이며 나를 바라본 후 혹은 웃고 혹은 멸시하고, (그러나 나는 그런 것에는 조금도 개심치 않고 태연하게 한없이 쌀 구루마 뒤를 따라가며 한 알씩 두 알씩 쌀섬에서 흐르는 쌀알을 주워 주머니에 넣고 넣고) 밤새도록 그런 꿈만 꾸다가 새벽녘에 잠을 깨니 머리가 띵하고 죽은 이상이 몹시 그립다.

도동渡東〔바다 건너 일본으로 가는 것〕을 앞두고 하룻날 밤 이상이는 배갈에 취해,

"자네는 분糞일세."

했다. 생활이고 예술이고 간에 내가 한 개의 전기轉機에 부닥칠 때마다 이상이는 아무 소리 없이 이렇게 나를 매도할 뿐이었다. 그러면 그것이 나에게는 준엄한 꾸지람같이도 들리

고 격려같이도 들려 허둥지둥 그 여윈 털보의 얼굴을 야소^{耶蘇}〔외래어인 '예수(Jesus)'를 한자로 표기한 것〕 얼굴과 흡사하다고 생각하고 마는 것이다.

흐트러진 머리와 찢어진 셔츠와 코르덴 양복이 눈앞에 선하다. 좀먹어 가는 몸으로 미친개같이 거리를 쏘다니며 술 마시고 떠들고 격려하고, 경성의 미관을 위하여 우중충하고 우울하기 짝이 없는 존재였으나,

"나 내일 동경 가네."

할 적엔 내 주위에서 이상이를 아주 잃는 듯해 무척이나 서운했다.

그것이 바로 재작년 가을, 그리고 정말 경성을 떠난 날이 시월 십칠일이다.

경성을 떠날 적엔 그래도 그 꼴에 새 옷 입고 머리 깎고 구두까지 닦아 신었다. 그러나 그것은 이상이답지 않았다. 이상이 머리는 길어야 하고 이상이 수염은 자라야 하고 이상이 옷은 남루해야 한다. 얼굴은 여위어야 쓰고 정신 상태는 애브노멀^{abnormal}해야 쓰고 주위에선 불행이 뭉게뭉게 피어올라야만 쓴다. 또 지금 나는 그러한 이상이 말고 다른 이상이를 생각할 수는 없다.

"궁상스럽고 빌어먹을 꿈."

문득 그렇게 중얼거리고 옳지, 이것은 이상이가 꾸기에 가장 적당한 꿈이로구나 깨달았다. 어쩌면 이상이도 이런 꿈을 꾸었을지도 모른다.

하루 온종일 낮잠으로 소일하던 이상이라 꿈이 무척 많았다. 그

여러 가지 꿈속에 이와 똑같은 꿈이 없을 리는 절대로 없다. 필경 이 꿈은 이상이가 그중 자주 보던 꿈 중의 하나일 것이다.

그렇게 결론짓고 나니 그것이 무슨 우연인 것 같지도 않다. 이상이는 그 꿈을 자주 꾸고, 생활에 염증이 나서 전기를 구하려고 동경으로 유랑했고, 나도 또한 이때까지의 타기惰氣 [게으른 마음이나 기분]를 깨뜨려 부수려고 방향을 전환하자 이 꿈을 꾸었다.

때도 또한 가을, 불 안 땐 방이 돌장보다 차나 나는 일어날 생각도 없이 다시 이불을 뒤집어쓰고 이상이가 죽었다는 통지 받은 날,

"이상이가 하다 남긴 일, 제가 기어코 이루겠습니다."

라고 편지 쓴 것을 생각하고, 그 꿈이나 또 한 번 꾸고 이상이가 하다 남긴 일이 무엇인지를 곰곰 생각했다.

그러나 결코 이상이같이 자주 꾸고 싶은 꿈은 아니다.

《박문》, 1938년 10월

고 이상의 추억

김기림

상霜은 필시 죽음에게 진 것은 아니리라. 상은 제 육체의 마지막 조각까지라도 손수 길러서 없애고 사라진 것이리라. 상은 오늘의 환경과 종족과 무지 속에 두기에는 너무나 아까운 천재였다.

상은 한 번도 잉크로 시를 쓴 일은 없다. 상의 시에는 언제든지 상의 피가 임리淋漓〔땀이나 물이 흘러 흥건한 모양〕하다. 그는 스스로 제 혈관을 짜서 시대의 혈서를 쓴 것이다. 그는 현대라는 커다란 파선破船에서 떨어져 표랑하던, 너무나 처참한 선체 조각이었다.

다방 N 등의자에 기대 앉아 흐릿한 담배 연기 저편에 반나마 취해서 몽롱한 상의 얼굴에서 나는 언제고 현대의 비극을 느끼고 소름쳤다. 약간의 해학과 야유와 독설이 섞여서 더듬더듬 떨어져 나오는 그의 잡담

속에는 오늘의 문명의 깨어진 메커니즘이 엉켜 있었다. 파리에서 문화 옹호를 위한 작가 대회가 있었을 때 내가 만난 작가나 시인 가운데서 가장 흥분한 것도 상이었다.

상이 우는 것을 나는 본 일이 없다. 그는 세속에 반항하는 한 '악惡'한 정령이었다. 악마더러 울 줄을 모른다고 해서 비웃지 마라. 그는 울다 웃다 못해서 이제는 누선淚腺이 말라 버려서 더 울지 못하는 것이다. 상이 소속한 이십 세기의 악마의 종족들은 그러므로 번영하는 위선의 문명을 향해서 메마른 찬웃음을 토할 뿐이다.

흐르고 어지럽고 게으른 시단의 낡은 풍류에 극도의 증오를 품고 파괴와 부정에서 시작한 그의 시는 드디어 시대의 깊은 상처에 부딪혀서 참담한 신음 소리를 토했다. 그도 또한 세기의 암야 속에서 불타다가 꺼지고 만 한 줄기 첨예한 양심이었다. 그는 그러한 불안, 동요 속에서 '동動하는 정신'을 재건하려고 해서 새 출발을 계획한 것이다. 이 방대한 설계의 어구於口에서 그는 그만 불행히 자빠졌다. 상의 죽음은 한 개인의 생리의 비극이 아니다. 축쇄된 한 시대의 비극이다.

시단과 또 내 우정의 열석列席 가운데 채워질 수 없는 영구한 공석을 하나 만들어 놓고 상은 사라졌다. 상을 잃고 나는 오늘 시단이 갑자기 반세기 뒤로 물러선 것을 느낀다. 내 공허를 표현하기에는 슬픔을 그린 자전字典 속의 모든 형용사가 모두 다 오히려 사치하다. '고故 이상.' 내 희망과 기대 위에 부정의 낙인을 사정없이 찍어 놓은, 세 억울한 상형문자야.

반년 만에 상을 만난 지난 삼월 스무날 밤 동경 거리는 봄비에 젖어 있었다. 그리로 왔다는 상의 편지를 받고 나는 지난겨울부터 몇 번인가 만나기로 기약했으나 종내 센다이仙臺를 떠나지 못하다가 이날에야 동경으로 왔던 것이다.

상의 숙소는 구단九段〔일본 도쿄의 간다(神田) 근처에 한 지명〕 아래 꼬부라진 뒷골목 이층 골방이었다. 이 '날개' 돋친 시인과 더불어 동경 거리를 산보하면 얼마나 유쾌하랴고 그리던 온갖 꿈과는 딴판으로 상은 '날개'가 아주 부러져서 기거起居도 바로 못하고 이불을 둘러쓰고 앉아 있었다. 전등불에 가로비친 그의 얼굴은 상아보다도 더 창백하고 검은 수염이 코밑과 턱에 참혹하게 무성하다. 그를 바라보는 내 얼굴의 어두운 표정이 가뜩이나 병들어 약해진 벗의 마음을 상하게 할까 보아서 나는 애써 명랑을 꾸미면서,

"여보, 당신 얼굴이 아주 피디아스의 제우스 신상 같구려."

하고 웃었더니 상도 예의 정열 빠진 웃음을 껄껄 웃었다. 사실은 나는 뒤비에의 〈골고다의 예수〉의 얼굴을 연상했던 것이다. 오늘 와서 생각하면 상은 실로 현대라는 커다란 모함에 빠져서 십자가를 걸머지고 간 골고다의 시인이었다.

암만 누우라고 해도 듣지 않고 상은 장장 두 시간이나 앉은 채 거의 혼자서 그동안 쌓인 이야기를 풀어놓는다. 엘만을 찬탄하고 정돈停頓〔침체하여 나아가지 못함〕에 빠진 몇몇 벗의 문운을 걱정하다가 말이 그의 작품에 대한 월평月評에 미치자 그는 몹시 흥분해서 속견을 꾸짖는다. 재서載瑞의 모더니티를 찬양하고 또 씨의 〈날개〉 평은 대체로 승인하나 작가로서 다소 이의가 있다고도 말했다.

나는 벗이 세평에 대해서 너무 신경과민한 것이 벗의 건강을 더욱 해칠까 보아서 시인이면서 왜 혼자 짓는 것을 그렇게 두려워하느냐, 세상이야 알아주든 말든 값있는 일만 정성껏 하다가 가면 그만이 아니냐, 하고 어색하게나마 위로해 보았다.

상의 말을 들으면, 공교롭게도 책상 위에 몇 권 이상스러운 책자가 있었고, 본명 김해경金海卿 외에 이상이라는 별난 이름이 있고, 그리고 일기 속에 몇 줄 온건하달 수 없는 글귀를 적었다는 일로 해서 그는 한 달 동안이나 ×××에 들어가 있다가 아주 건강을 상해 가지고 한 주일 전에야 겨우 자동차에 실려서 숙소로 돌아왔다는 것이다. 상은 그 안에서 다른 ××주의자들과 마찬가지로 수기手記를 썼는데 예의 명문에 계원係員도 찬탄하더라고 하면서 웃는다. 니시간다西神田 경찰서원 속에조차 애독자를 가졌다고 하는 것은 시인으로서 얼마나 통쾌한 일이냐고 나도 같이 웃었다.

음식은 그 부근에 계신 허남용 씨 내외가 죽을 쑤어다 준다고 하고 마침 소운巢雲이 동경에 와 있어서 날마다 찾아 주고 주영섭, 한천, 여러 친구가 가끔 들러 주어서 과히 적막하지는 않다고 한다.

이튿날 낮에 다시 찾아가서야 나는 그 방이 완전히 햇빛이 들지 않는 방인 것을 알았다. 지난해 칠월 그믐께다. 아침에 황금정黃金町 [일제강점기 서울 약수동 일대를 일본식으로 바꾼 지명] 뒷골목 상의 신혼 보금자리를 찾았을 때도 방은 역시 햇빛 한 줄기 들지 않는 캄캄한 방이었다. 그날 오후 조선일보사 삼층 빈방에서 벗이 애를 써 장정을 해 준 졸저 《기상도》의 발송을 마치고 둘이서 창에 기대서서 갑자기 거리에 몰려오는 소낙비를 바라보는데 창 선(線)에 뱉는 상의 침에 새빨간 피가 섞였었다.

평소부터도 상은 건강이라는 속된 관념은 완전히 초월한 듯이 보였다. 상의 앞에 설 적마다 나는 아침이면 정말[丁抹] 체조('정말(丁抹)'은 덴마크의 한자어이며, '정말 체조'는 덴마크에서 비롯된 학교 체조의 한 종)를 잊어버리지 못하는 나 자신이 늘 부끄러웠다. 무릇 현대적인 퇴폐에 대한 진실한 체험이 없는 나는 이 점에 대해서는 늘 상에게 경의를 표했다. 그러면서도 그를 아끼는 까닭에 건강이라는 것을 너무 천대하는 벗이 한없이 원망스러웠다.

상은 스스로 형용해서 천재일우의 기회라고 하면서 모처럼 동경서 만나 가지고도 병으로 해서 뜻대로 함께 놀러 다니지 못하는 것을 한탄한다. 미진한 계획은 사월 이십일께 동경서 다시 만나는 대로 미루고 그때까지는 꼭 맥주를 마실 정도로라도 건강을 회복하겠노라고, 그리고 햇빛이 드는 옆방으로 이사하겠노라고 하는 상의 뼈뿐인 손을 놓고 나는 동경을 떠나면서 말할 수 없이 마음이 캄캄했다.

상의 부탁을 부인께 아뢰려 했더니 내가 서울 오기 전날 밤에 벌써 부인께서 동경으로 떠나셨다는 말을 서울 온 이튿날 전차 안에서 조용만 씨를 만나서 들었다. 그래 일시 안심하고 집에 돌아와서 잡무에 분주하느라고 다시 벗의 병상을 보지도 못하는 사이에 원망스러운 비보가 달려들었다.

"그럼 다녀오오. 내, 죽지는 않소."

하고 상이 마지막 들려준 말이 기억 속에 너무나 선명하게 솟아

올라서 아프다.

이제 우리들 몇몇 남은 벗들이 상에게 바칠 의무는 상의 피 엉 킨 유고遺稿를 모아서 상이 그처럼 애를 써 친하려고 하던 새 시대 에 선물하는 일이다. 허무 속에서 감을 줄 모르고 뜨고 있을 두 안 공眼孔과 영구히 잠들지 못할 상의 괴로운 정신을 위해서 한 암담 하나마 그윽한 침실로서 그 유고집을 만들어 올리는 일이다.

나는 믿는다. 상은 갔지만 그가 남긴 예술은 오늘도 내일도 새 시대와 함께 동행하리라고.

《조광》, 1937년 6월

효석과 나

김 남 천

　소화 십육 년 정월에 나는 고향 가까운 어느 시골 온천에서 효석의 편지를 받았다. 몸이 불편해서 주을^{朱乙} 〔함경북도 경성군 남쪽에 있는 읍. 탄전, 방직 공장, 온천으로 유명한 고장〕서 정양을 하던 중 부인이 갑자기 편치 않다는 기별이 와서 시방 평양으로 돌아왔는데 병명이 복막염이어서 구하기 힘들 것 같다는 총망^{忽忙} 중에 쓴 편지였다.

　그 뒤 부인의 병을 간호하면서 쓴 간단한 엽서를 한 장 더 받고는 이내 부고^{訃告}였다. 그 엽서에는, 내가 부인의 병환도 병환이려니와 효석의 건강이 염려된다고 쓴 데 대하여, 부인의 병은 거의 절망 상태여서 이제 기적이나 나타나기를 기다린다는 것과 자기의 건강은 충분히 회복이 되었다는 것 등이 적혀 있었다.

　부고는 시골집에서 받아서

자동차 편으로 온천에 있는 나에게 회송이 된 것으로, 발인 날짜가 얼마간 지난 뒤였다. 몹시 추운 날이었던 것 같다. 부인은 수년 전에 잠깐 동안 한 번밖에 뵌 적이 없어서 뚜렷한 인상은 없고 그저 퍽 건강했던 것만 같이 생각되었다. 그런 관계로 부고를 받아 들고도 나는, 내가 아내를 잃은 것이 역시 평양이요 이렇게 추운 엄동이었던 것을 생각하며, 부인을 잃고 아이들을 지키고 앉았을 효석의 모양만을 자꾸 구슬프게 눈앞에 그렸다. 부고 뒤에 조위^{弔慰}에 대한 사의^{謝意}를 박은 인쇄물이 오고, 그것과 전후해서 그의 엽서를 역시 눈 속에 파묻힌 온천의 객사에서 받았다.

진척되지 않는 원고 뭉텅이를 안은 채 이월 한 달을 더 그곳에서 울울히 보내다가 나는 삼월 초에 고향을 떠나서 서울로 돌아오는 길에 평양에 들렀다. 삼월 초사흘(이날이 효석을 마지막으로 본 날이 되고 말았다), 마침 중학을 나오는 내 아우의 졸업식 날이어서 일찌감치 아침을 먹어치우고 나는 바람이 거세게 내려 부는 만수대로 효석의 집을 찾았다.

통행인도 드물고 언덕에 바람이 있어서 몹시 쓸쓸하게 느껴졌다. 쪽대문 밖에서 잠시 엉거주춤히 섰노라니 갑자기 대문이 열리고 배낭을 둘러 진 효석의 딸이(아마 부고에 적힌 장녀 나미가 이 나이가 아니었는지) 총총한 걸음으로 뛰어 나왔다. 학교에 가는 모양이었다. 나는 멈칫 물러서서, 아버지 일어나셨냐고 물으려다가 정작 아무 말도 건네지 못하고 그가 언덕 밑으로 사라지는 뒷모양을 물끄러미 바라다보았다. 아이들의 고독한 운명 같은 것을 잠시 생각했던 것 같다.

현관으로 나온 효석의 잠바 소매 끝으로 희게 내민 여위고 가느 다란 손목을 나는 아무 말도 않고 쥐었다. 그는 가냘프게 미소하 며 난로에 불을 피우지 않아서 냉랭한 서재로 나를 안내했다. 주 부主婦가 없어서 이렇게 차고 쓸쓸한 것만 같아서 나는 마음이 공 연히 아팠다.

탁자를 가운데로 마주 앉아서 덤덤했다가 아이들 이야기를 했 다. 그는 나의 경험 같은 것을 물었다. 그리고 현민玄民〔소설가 유진오〕 한테서도(효석은 현민을 그저 '유' 하고 부르기를 즐겼다) 아이들 을 위하여 쉬 결혼치 말라는 편지가 왔는데 자기도 역시 동감이라 는 뜻을 말했다. 나는 재혼을 않는 것도 아이를 위한 하나의 길일 지 모르나 아이들을 위하여 결혼하는 사람도 세상에는 많은 것을 이야기했다. 그러나 재혼에 대한 생각이 아내를 잃은 직후 얼마간 시일이 지난 뒤가 퍽 다르다는 것을 말하지 않았다. 속으로 가만 히 효석처럼 현란하고 색채 있는 미적 생활을 즐기는 분이 혼자서 윤택 없는 주부 없는 생활을 계속하려면 상당한 노력이 필요할 것 이라고, 막연히 그런 것을 생각했다.

효석의 건강을 물었더니, 일을 치르고 나서 긴장한 탓인지 되려 몸이 가벼워졌다고 미소했다. 장례 때에 평양 인사들의 따뜻한 후 의厚意를 사무치게 느꼈다는 것도 말했다. 끝의 아이는 그때 시골로 보냈다고 들은 법한데 혹은 내 기억의 잘못인지도 모르겠다. 두루 그런 것을 이야기하고 거의 낡은 질서가 무너져 버리려는 문단의 동정에 대해서 서로 얻어들은 소식을 나누고, 바른 문학의 융성에 힘쓰자고 손을 잡아 흔들고 나는 그의 집을 나왔다.

그 뒤 나는 사정으로 문단을 떠나서 효석과의 약속을 어기고 동시에 문통文通도 거의 끊어져 있었다. 효석이 가끔 쓰는 논문을 보면 그는 근래에 드물게 분투했던 것 같다. 또 수필이나 소설을 보면 그의 생활이 다시금 윤택을 가진 것 같은 인상을 받았는데, 전혀 뜻밖인 뇌막염으로 서른여섯의 청청한 목숨을 앗겼다는 것은 절통하기 비길 데 없는 소식이다.

거리에서 소식을 듣고 놀라 집으로 오니까 꺼먼 테두리의 부고가 와 있었다. 나는 그것을 들고 어머니를 잃고 또 일 년 만에 아버지를 잃은 세 아이를 오랫동안 생각했다. 효석의 명복을 빌고 아이들의 다행을 빌었다.

《춘추》, 1942년 6월

예술에 대한 소감

김용준

예술의 정의에 대하여 오랜 세월을 두고 수많은 예술가, 문학자, 철학자들이 그들의 이론을 전개해 왔다. 그들은 한결같이 예술의 진의를 천명함에는 먼저 미美의 내용을 구명함에 있다 하여 미란 무엇이냐 하는 논제로 방향을 돌리고 말았다. 여기에서 미학이 생기고 예술학이 대두하고 여러 사람의 예술론이 각기 색다른 기치를 걸고 넘나들었다. 이리하여 미의 문제는 점점 난해한 미궁으로 우리들을 끌어가고 있다.

그러나 모든 미에 관한 이론은 구경 두 놈이 서로 꼬리를 물고 한 개의 원을 한없이 돌아가는 데 지나지 못한다. 예술이란 알고 보면 아무것도 아니다. 배가 고프면 밥을 먹는 것과 같은 다반사에 불과하다. 식탁 앞에 앉은 사람이 어떠한 태도로 어떻게 밥술을 움직이느냐 하는 것이 곧 예술 창작의 이론과 실제다. 점잖게 먹느냐, 얄밉게 먹느냐, 조촐하게 먹느냐, 지저분하게 먹느냐 하는 것이 문제의 초점이다.

모든 위대한 예술은 결국 완성된 인격의 반영일 수밖에 없다. 인간이 되기 전에 예술이 나올 수는 없다.

미는 곧 선善이다. 미는 기술의 연마에서만 오는 것은 아니다. 인격의 행위화에서 완전한 미는 성립된다. 기술이 부육膚肉이라면 인격은 근골이다. 튼튼한 근골과 유연한 부육이 서로 합일될 때 비로소 미의 영혼은 서식할 수 있다.

《근원수필》, 을유문화사, 1947년

시의 위의

정지용

안으로 열熱하고 겉으로 서늘옵기란 일종의 생리를 압복壓伏시키는 노릇이기에 심히 어렵다. 그러나 시의 위의威儀는 겉으로 서늘옵기를 바라서 마지 않는다.

슬픔과 눈물을 그들의 심리학적인 화학적인 부면 이외의 전면적인 것을 마침내 시에서 수용하도록 차배差配〔각각 구별하여 다룸〕되었으므로 따라서 폐단도 많아 왔다. 시는 소설보다도 선읍벽善泣癖〔먼저 울어 버리는 습관〕이 있다. 시가 솔선하여 울어 버리면 독자는 서서히 눈물을 저작할 여유를 갖지 못할지니 남을 울려야 할 경우에 자기가 먼저 대곡大哭하여 실소失笑를 폭발시키는 것은 소인극素人劇〔전문적인 배우가 아닌 사람들이 하는 연극〕에서만 본 것이 아니다. 남을 슬프기 그지없는 정황으로 유도함에는 자기의 감격을 먼저 신중히 이

291

동시킬 것이다.

배우가 항시 무대와 객석의 제약에 세심하기 때문에 울음의 시간적 거리까지도 엄밀히 측정했던 것이요 눈물을 차라리 검약하는 것이 아닐까. 일사불란한 모든 조건 아래서 더욱이 정식으로 울어야 하자니까 배우 노릇이란 힘이 든다. 변화와 효과를 위해선 능히 교활하기까지도 사양하지 않는 명우名優를 따라 관중은 저절로 눈물이 방타滂沱하다.

시인은 배우보다 다르다. 그처럼 슬픔의 모방으로 종시終始할 수 있는 동작의 지사技師가 아닌 까닭이다. 시인은 배우보다는 근엄하다. 인생에 항시 정면하고 있으므로 괘사[번덕스럽게 익살을 부리며 엇가는 말이나 짓]를 떨어 인기를 좌우하려는 어느 겨를이 있으랴. 그러니까 울음을 배우보다 삼가야 한다.

감격벽이 시인의 미명美名이 아니고 말았다. 이 비정기적 육체적 지진 때문에 예지의 수원水源이 붕괴되는 수가 많았다.

정열이란 상양賞揚[칭찬하여 높임]하기보다도 어떻게 정리할 것인가. 관료가 지위에 자만하듯이 시인은 빈핍貧乏하니까 정열을 유일의 것으로 자랑하던 나머지에 택없이 침울하지 않으면 슬프고, 울지 않으면 히스테리컬하다.

하물며 열광적 변설조辯說調, 차라리 문자적 지상紙上 폭동에 이르러서는 배열과 수사가 심히 황당하여 가두 행진을 격려하기에도 채용할 수 없다.

정열, 감격, 비애. 그러한 것 우리의 너무도 내부적인 것이 그들 자체로서의 하등의 기구를 갖추지 못한 무형無形한 업화적業火的[불갈

이 일어나는 노여움과 같은] 괴체塊體일 것이다. 제어와 반성을 지나 표현과 제작에 이르러 비로소 조화와 질서를 얻을 뿐이겠으니 슬픈 어머니가 기쁜 아기를 탄생한다.

표현 구성 이후의 시는 벌써 정열도 비애도 아니고 말았다. 일개 작품이요 완성이요 예술일 뿐이다. 일찍이 정열과 비애가 시의 원형이 아니었던 것을. 다만 시의 일개 동인動因이었던 이유로서 추모를 강요하기에는 독자는 직접 작품에 저촉한다.

독자야말로 끝까지 쌀쌀한 대로 견디지 못한다. 작품이 다시 진폭과 파동을 가짐이다. 기쁨과 광명과 힘의 파장의 넓이 안에서 작품의 앉음 앉음새는 외연巍然히 서늘옵기에 독자는 절로 회득會得과 경의와 감격을 갖게 된다.

근대시가 안으로 열하고 겉으로 서늘옵기는 실상 위의威儀 문제에 그칠 뿐이 아니리라.

《문장》. 1939년 10월

동양의
미덕

김
기
림

흔히 문화의 발생을 위해서는 여유가 있어야 한다고 한다. 그래서 우리는 항용 시간과 물질의 여유가 없어서 아무 일도 아니 된다는 탄식을 우리의 주위에서 듣는다. 그러나 그 역은 반드시 진리가 아니다. 그 반증으로 나는 얼른 미국을 들 수가 있다. 물질과 시간이 함께 너무 많아서 걱정이면서도 나는 아직 〈페페 르 모코〉〔1937년 강도 상습범 페페의 비극적 사랑 이야기를 그린 프랑스 영화〕에 필적하는 한 편의 미국 영화를 본 일이 없다.

임화 씨가 어떤 사석에서 미국 사람이 애수哀愁를 알기 시작한 것은 미국에 문화가 생겨나는 증거라고 말하는 것을 들은 기억이 있다. 옳다. 연애나 골프나 드라이브나 외식에 행복스러운 동안 사람들은 문화에 대한 화제를 건드리려 하지 않는다.

'일하고 놀고 사랑하고 신앙하는 것'은 미국 사람들의 생활의 최고 이상이라고 한다. 한 주일 동안 출근한다. 주말에는 해변이나 유원지로 가는 차를 탄다. 테니스를 하고 카드를 치고 그리고 가족이나 애인을 적당히 사랑한다. 일요일에는 예배당으로 가서 목사님의 설교를 들어 흘려 버린다. 그래서 그들은 세계에서도 가장 행복스러운 국민이라고 자처한다. 그러나 그것으로 인생은 족할까? 가령 그러한 엘도라도나 천국에 초대된다고 하면 헉슬리 씨나 지드 씨의 위장이 이 자양이 많은 행복의 향연에 잘 견뎌 나갈까가 나는 의심이 난다.

행복이라는 것은 일종의 가사 상태라고 나는 생각한다. 아름다운 아내를 동반한다든지 귀여운 아기들을 안고 데리고 저녁 거리를 산보하면서 소크라테스의 머리에 위대한 사상이 움직였으리라고는 생각되지 않는다. 신혼여행 중에 발생했다는 철학을 나는 아직 구경한 일이 없다.

이러한 서양적 행복의 내용에 하나 더 동양적인 조건을 가할 때 나는 비로소 그 행복에 견딜 수 있으리라. 그것은 명상이다. 호화스러운 궁전이나 휘황한 야회夜會를 차라리 피해서 한 떨기 수선화를 가꾸거나 어린 사슴의 등을 어루만지는 시간에 오히려 더 행복을 느끼는 경우가 있다. 딴은 로젠베르크 씨도 명상을 북방적 게르만의 명예 있는 특성이라고 들지는 않았다. 그러면 역시 그것은 동양의 미덕의 하나인가 보다.

혹은 가족과 사무를 함께 버리고 혼자서 산이나 바다로 간다든지 그렇지 않으면 가족을 모두 시골이나 극장으로 보내 놓고 다만

혼자 자빠져서 달을 쳐다보는 괴벽의 효용을 가장 잘 아는 것은 역시 동양 사람일 성싶다.

위대한 시나 법칙이나 설계나 정책이 우연히 머리에 떠오르는 것은 사실은 전화 소리와 내객과 서류에 압도되는 시간이 아니고 이러한 게으른 시간이라고 하는 것은 주목할 일이다. 그러니까 내가 만약에 어느 회사의 중역이 된다면 나는 유능한 사원은 가끔 여비를 주어서 온천으로 보내겠다. 격무와 저녁밥과 잠자리와 아침밥과 격무 사이를 매일같이 왕래하는 것만이 일생이라면 역사가는 아무런 새로운 돌발 사건도 이 세상에서 기대할 수 없을 것이다. 미국식 비즈니스 시스템은 말하자면 사상의 침입을 교묘하게 제외해 버린 당선 스케줄이다. 포드 씨가 무서워하는 것도 사실 사상의 탄생이었다.

나는 물론 "노승老僧이 망세월忘歲月하고 석상石上에 간강운看江雲"하는 그러한 허무에의 도망을 권하는 것은 아니다. 동양에는 확실히 그러한 유의 명상이 횡행했다. 굴욕과 무위에 찬 낡은 동양의 풍속이다. 젊은 동양이 가지고 싶어 하는 것은 그러한 미풍은 아니다. 흘러가는 구름 위에도 오히려 역사의 물굽이를 그려 보고 바람 소리 속에서도 세기의 잡답雜踏 〔사람들이 많이 몰려 북적북적하고 복잡함〕 밑에서 굼틀거리는 새로운 동력을 만져 보는 일이다. 고독과 정일靜溢 〔원본에는 '정익(靜謐)'으로 표기되어 '고요한 웃음'이라는 의미겠으나 여기서는 '정일(精溢)'의 오기로 보아 매우 조용하다는 뜻으로 이해할 수 있음〕 속에 있는 때 비로소 우리는 일상적인 잡념을 거두어 버리고 본질적인 것과 가장 잘 마주 설 수 있는 때문이다.

《조선문단》, 1939년 9월

민족과 언어

김
기
림

얼마 전부터 내 가슴에 걸려서 아직까지도 잘 내려가지 않는 것은 민족과 언어의 문제다.

또 여러 제국의 그 식민지에 대한 언어 정책이 각각 어떻게 다르고 같은가 한 점도 알고 싶다.

오토 바우어[민족주의에 경도되었던 오스트리아 사회민주당의 마르크시즘 이론가]인가, 민족을 가리켜 언어 공동체라고 했다. 민족의 본질을 밝히는 데 정치적 경제적 요점을 쑥 빼놓은 것은 매우 관념적이나 여하간에 민족과 그 언어는 실로 긴밀 이상의 관계가 있는 것 같다. 그것은 지금 형편으로는 거의 존멸存滅을 함께할 것 같다.

이 점에서 늘 문제는 혼란을 일으키기 쉽다. 즉 원리와 정책(이상과 현실)의 혼동이 그것이다. 나는 역사의 마지막 날까지도 어느 민족이 그 언어를 끝고 가야만 된다고까지는 말하지 않는다. 그런 고집固執하고 어리석은 생각이 어디 있을라고.

다만 현실의 문제로서는 일의 성질이 매우 다르다. 즉 현단계에서는 한 민족이 그 민족의 말을 내던지는 것은 역사의 진전에 대한 봉사가 아니고 도리어 그 배반이라는 것을 깨닫는 것은 실로 중요한 일이다.

민족어의 소멸, 민족 문화의 소멸, 그래서 단일 문화의 실현은 역시 민족들 사이의 물적 경계가 없어지고 훨씬 뒤에 올 일이 아닐까. 암만 해도 그게 옳은 생각이다.

〈조선일보〉, 1936년 8월 28일

춘래불사춘

임화

서리 맞아 죽은 무덤
비가 온들 개식하리
님 그리워 죽은 무덤
님이 온들 개식하랴

간 이를 생각하여 읊어진 간곡한 노래다. 언제부터 이런 노래가 조선 사람의 마음을 읊어 왔는지는 모르되 오래 조선민요의 한 성격이 되어 왔음은 감출 수 없으리라.

그 속엔 확실히 간 이에 대한 사모의 정과 아울러 살림의 비애가 보다 숙명처럼 아로새겨 있다.

고요한 '돈' 강물은 코사크의 눈물로 흐른다는 옛날 슬라브 사람에 못지않은 큰 비애다.

가지 깐 참새 새끼가 재재재 걱거려도 처마 자락에 눈물은 닦던 그들이다.

세상에 가난처럼 큰 원수가 있는가……

조반을 먹고 나자 O에게서 편지가 왔다. 얼마 전 북만으로 간 다정한 친구다.

오래 옥살이를 하다 동경을 건너가 지난 가을에 몰려나다시피 와 가지고, 할 수 없이 몸조리 겸 부모인 데를 찾아갔다. 목단강이란 사변 뒤 새로 생긴 도시인데 조선 동포가 한 오만가량 있다 한다.

대부분 새로 뽑혀 간 이민들인데 그곳에서 이런 노래가 유행한다 한다.

철모르고 심력한 어린이 몸은
신세도 가련하다 이 내 운명은
설한풍 찬바람에 홑옷을 입고
배고픈 고생도 많이 받았소
이럭저럭 나이는 열한 살 적에
나의 부모 오라버니 나의 어린 것
처음으로 새 옷 한 번 지여 입히고
낯모르는 집으로 데리고 간다
이상하다 손님이 가득히 모여
내 앞으로 달려오는 어떤 사람이
날 보고 하는 말이 새각시란다
낯모르는 남자 앞에 나를 앉히고
가진 음식 찬란하게 갖다 놓으니
고운 신부 내 자부야 많이 먹어라

이 노래가 이른 봄밤 눈보라 속에 들려오면, 도저히 잠을 이룰 수 없다 한다.

그들은 낮도 안 씻고 자고 일어나면 흙 파고 밤이면 술 먹고 노름하고 딸 시집보내 빚 갚고 또 빚지고…….

조선에 개나리가 피고, 벚꽃이 피고 한창 봄이 짙어갈 때쯤, 그곳엔 겨우 얼음이 녹기 시작한다 한다.

그래 이곳에 여름철이 들어야 겨우 봄인 듯싶다 하며 산이나 언덕이 없는 초원지대에 들꽃이 한층 가련타 한다.

옛날 왕소군이 '호지무화초^{胡地無花草} 춘래불사춘^{春來不似春}'이라 하였다지만, 새 옷 입고 꽃피고 강물이 맑아야, 열한두 살 먹은 새색시에 봄이야 물어서 무엇하리.

> 우리 형제 죽거들랑
>
> 앞밭에도 묻지 말고
>
> 뒷밭에도 묻지 말아
>
> 꽃밭에다 묻었다가
>
> 우리우리 메꽃 피어
>
> 나무 함쌍 나거들랑
>
> 나 벗인가 알아주오
>
> _제주 민요의 일절

거친 만주벌에 인제 피는 봄꽃들은 이런 꽃이 피리라.

암만 해도 무겁고 찌뿌둥한 머리를 처리할 길이 없다.

간밤부터 시름없이 내리던 비가 소리쳐 내린다.

이 비에 피리나무가 물이 오르고 보리 싹이 피어오를 게다 생각하면 불현듯 들로 나가고 싶다.

작년 가을부터 이불속에 눌러붙어 아직 산, 바다, 들, 하늘 다 본 지가 아득하다.

그러나 이맘때면 살림 떠업고 북만으로 가는 이민 떼를 싫도록 본 나다. 보따리 위에 바가지를 들고 업혀 가는 어린아이들의 얼굴을 또 볼 터인가?

차라리 나는 이불 속에 누었는 게다, 참말 어쩔 수 없는 마음이다.

겨울이 오면 봄은 머지않았어라?

《조광》, 1937년 4월

소인국

김억

중국 고서에 소인국이 있어 보통 사람에 비하여 어린애처럼 키가 작아 수리와 큰 새한테 잡혀가지 않도록 서로 손을 붙잡고야 외출한다는 말도 있고 서양 서적에는 소인국이 있기로 둘째는 수장국手長國이니 족장국足長國이니 상면국常眠國이니 하는 것이 있다 하였으나 학자들은 다 같이 거짓말이라고 믿지 않는다마는 근래 지리 탐험이 나아감에 따라 거짓이라던 소인국이 실제 발견되었으니 "금인불여고인지今人不如古人智"란 감도 있다. 현하 소인국이 있는 곳으로는 내부 인도, 벵갈만, 안다만 군도, 세일도島, 필리핀 군도, 화란령 신기니아도島 등이다.

소인국 사람이 문명국에 구경감으로 행차를 한 것은 전후前後에 두 번으로 지금부터 사십여 년 전 이태리 탐험가 미니아가 아프리카 내부에서 소인 두 사람을 유럽으로 모셔온 것이 첫 시험이다. 미니아가 아프리카 토인에게 개 한 마리와 소양小羊 한 마리를 주고 소인을 사왔을 때의 소인의 신장은 사 척밖에 아니 되던 것이 맛난 음식을 먹이니까 육 촌이 더 자라서 사 척 육 촌이 되었다 한다. 그 다음에는 해리슨이란 영인英人이 남자 사 인, 여자 이 명의 소인을 아프리카에서 영경英京 런던으로 데려왔는데 이 소인들은 신장이 사 척과 사 척 이 촌 간이었다 한다.

요 소인들은 아프리카 내부에서 밤이니 낮이니 할 것 없이 숲 안에 소사小舍를 짓고 사는데 높이는 사 척밖에 안 된다니 출입문이 얼마나 클 것도 짐작하겠고 집에는 재산이며 귀중품이라 할 만한 것은 보이지 아니하나 무엇보다 눈에 띄는 것은 창으로, 소인들은 창을 가지고 코끼리며 짐승을 잡는다니 그 창이 대단히 날카로운 모양이다. 그리고 결혼할 때에 사위 되는 사람이 아내의 아버지에게 창을 보낸다니 이것은 문명국에는 없는 일로 패물 대용이나 힘을 보이는지도 모르겠다.

소인들에게는 의복 같은 것이 없다마는 부끄러움은 아는 모양인지 벌거숭이 몸에도 치골만은 가린다니 소인의 조선祖先도 대인의 조선들과 같이 에덴의 금제 과실을 먹은 듯싶다. 몸이 날래서 넝쿨 얽힌 풀밭 사이로 기묘히 통행하며 모든 기구는 전부 석제로 철제보다 못하지 않다니 공업도 어지간히 발달된 모양이다. 식물食物은 수육獸肉, 목실초근木實草根이요, 경작을 하지 않는다. 태고 천황씨 시대 그대로 보인다. 그들은 타인종과는 교통하지 아니하는 대신에 가족끼리는 의좋게 지내며 남녀의 분별 같은 것은 대단히 엄중하다 한다.

　이것도 소인국 이야기로 최근 발견된 신기니아 소인들은 경작하여 잠자니 담배니 타他식물을 심는다는데 이것을 탐험한 영인 롤링의 말을 들으면 자기가 맨 처음에 그곳에 간즉 꿈에도 보지 못하던 '큰 사람'이 이상한 것을 입고 쓰고 한 것을 보고는 불이야 물이야 하며 도망하고 한 사람도 보이지 않았다 한다. 암만 기다려도 돌아오지 아니하고 어떤 것들은 식물이 없어서 굶어죽기도 하다가 그중에도 용감한 것들은 살려달라는 태도로 돌아왔다고 한다. 남은 사생死生에 관한 일이나 어쨌든 흥미 있는 이야기다. 그들의 사는 곳은 땅이 척박하여 식물조차 변변히 추수되지 아니하나 경작에서 얻은 물物 이외에는 식물食物이란 없다 한다. 새빨간 세상 같아도 찾아보면 모를 물건이 많으니 언제든지 수수께끼 감은 넉넉할 것이다.

《학원》, 1919년 10월

바다

길진섭

바다를 그리워하는데 항상 마음에 분명한 해결을 갖지 못한다.

찢어지고 갈래갈래 흩어지는 물이 파랗고 검고 한 수색水色으로 뭉
치어질 때 몰리는 송사리 떼의 초조한 동작같이 내 마음이 뿌연 바다
위의 하늘을 두르고 방황하기도 하는 마음이다.

수심의 비밀이 조개껍질 속으로 속으로 파고들던 먼 산 옛 이야기같
이 여름의 바다는 나의 기억을 뒤집어엎고 그 자리의 다른 여인의 발과
손이 오목오목 파묻히는 보드라운 감촉의 유혹이 오수와 같이 내 마
음에 파고들기도 한다.

오래전 낭만파의 한 서면＃䑏이 가진 인어의 회롱을 헤아리지 못하여
오늘도 하늘과 바다와 모래와 여인을 그려 놓고 한 번 또 한 번 협필給筆
을 깨물어 본다.

_《조광》, 1940년 8월·

수록 작가 약력

강경애(1907~1943) 소설가

황해도 송화 출생으로 장연에서 성장했다. 평양 숭의여학교와 서울 동덕여학교에서 수학했다. 고난의 삶을 딛고 여성 운동과 소설 창작에 진력하다 37세의 나이로 세상을 떴다. 사회의식이 강렬하면서도 여성의 섬세한 감각이 돋보이는 작품을 발표했다. 주요 작품으로는 〈원고료 이백 원〉〈산남〉〈소금〉 등의 단편소설과 장편소설로 《어머니와 딸》《인간문제》등이 있다.

계용묵(1904~1961) 소설가

본명은 하태용. 평안북도 선천 출생으로 1928년 일본 도요대학 동양학과에서 수학했다. 단편소설 〈백치아다다〉가 널리 알려져 있으며 해방 후 정비석과 함께 잡지 《대조》를 창간했다. 대표적인 단편소설은 〈백치 아다다〉외에 〈별을 헨다〉〈청춘도〉등이 있고 수필집으로 《상아탑》등이 있다.

길진섭(1907~1975) 서양화가

　평양에서 출생했다. 1932년 일본 도쿄미술학교를 졸업한 뒤 서울에 정착하였고, 이종우, 장발, 구본웅, 김용준 등과 1930년대 미술운동을 주도했다. 1946년 서울대학교가 문을 열자 미술학부 교수로 취임했으며, 미술 창작 활동과 문필 활동을 병행하는 한편 미술계의 좌파를 이끌었다.

김기림(1908~?) 시인, 문학평론가

　본명은 김인손(金仁孫)이고 필명은 편석촌(片石村). 함경북도 학성군 학중 출생으로 서울 보성고등보통학교를 거쳐 일본 니혼대학 및 이후 도호쿠제국대학에서 영문학을 전공했다. 구인회(九人會)의 구성원으로 1930년대 초·중반 조선의 모더니즘 시운동을 주도하였으며 이후〈모더니즘의 역사적 위치〉〈동양에 관한 단장〉 등의 평론을 통해 문명사적인 시각에서 조선 사회와 그 문학 문제의 요점을 갈파하는 식견을 보여주었다. 시집으로《기상도》《태양의 풍속》《바다와 나비》, 수필집으로《바다와 육체》등을 포함한 다수의 저서를 남겼다.

김남천(1911~1953) 소설가, 문학평론가

　본명은 김효식(金孝植). 평안남도 성천 출생으로 평양고등보통학교를 거쳐 도쿄 호세이대학에서 수학했다. 유학 중에 조선프롤레타리아예술가동맹(KAPF) 도쿄 지부에서 이북만, 임화 등과 함께《무산자》를 중심으로 활동했으며 귀국 후 KAPF 검거 사건과 관련하여 옥고를 치른 바 있다. 일제 시대 내내 소설과 비평을 긴장감 있게 추구한 문학인으로 해방 후 월북하여 남로당 계열로 몰려 숙청되고 말았다. 단편소설로〈남매〉〈소년행〉〈처를 때리고〉〈춤추는 남편〉〈경영〉〈등불〉 등이 있고, 장편소설로《대하》《사랑의 수족관》등 여러 작품을 남겼다.

김동석(1913~?) 문학평론가

경기도 인천 출생으로 중앙고등보통학교 졸업 후 경성제국대학 법문학부 영문학과에서 수학했다. 해방 후 좌익 계열의 소장 평론가로 활약하다 월북했다. 평론집으로 《예술과 생활》 《부르주아의 인간상》 등이 있고, 수필집으로 《해변의 시》 등을 남겼다.

김동인(1900~1951) 소설가

호는 금동(琴童), 금동인(琴童人), 춘사(春士). 평안남도 평양 출생으로 일본 도쿄의 메이지학원 중학부를 졸업하고 가와바타미술학교를 중퇴했다. 1919년 조선 최초의 순문학 동인지 《창조》를 발간하며 작품 활동을 한 이래 이광수와 함께 조선 근대문학 형성에 중요한 역할 담당했다. 해방 후 가산을 탕진한 후 극심한 생활고와 약물 중독에 시달리다가 한국전쟁 중에 서울에서 명면했다. 〈배따라기〉 〈감자〉 〈광염소나타〉 등의 단편소설로 널리 알려져 있고, 역사장편소설로 《운현궁의 봄》 등이 있다. 이광수론으로 쓴 《춘원 연구》는 중요한 문학 연구 자료다.

김사량(1914~1950) 소설가

본명은 김시창(時昌), 필명은 구민(具珉). 평양 출생으로 평양고등보통학교 재학 중 동맹 휴교 사건으로 퇴학당하고 일본으로 건너가 사가고등학교를 거쳐 도쿄제국대학 독문학과를 졸업했다. 일본어로 쓴 단편소설 〈빛 속으로〉가 아쿠타가와 상 후보작으로 선정되면서 일본 문단에 알려졌다. 일제 말기에 연

안으로 탈출하여 중국 팔로군의 조선의용군 종군기자로 참여하기도 한 문제적인 작가다. 많은 일본어 소설을 발표했고 한국어로 쓴 단편소설로는 〈지기미〉〈유치장에서 만난 사나이〉 등이 있다.

김석송(1901~?) 시인

본명은 김형원. 충청남도 강경 출생으로 보성고등보통학교에서 수학했다. 무정부주의 계열과 마르크시즘 계열이 혼거하던 신경향파 및 KAPF 초창기에 시인으로 활동했다.

김억(1896~?) 시인

평안북도 정주에서 태어나 오산학교와 게이오의숙 문과 등에서 수학했다. 1914년 《학지광》 제3호에 시 〈이별〉을 발표했다. 1918년 《태서문예신보》에 프랑스 시를 번역하여 소개하고 〈봄〉〈봄은 간다〉 등을 발표하면서 본격적인 활동을 시작했다. 《폐허》의 동인으로 활동했으며, 1921년 한국 최초의 현대 번역 시집인 《오뇌의 무도》를 간행했다. 시인 김소월의 스승으로 알려져 있다. 1950년 한국전쟁 당시 피난하지 못하고 서울에 남아 있다가 납북되었다.

김용준(1904~1967) 화가, 미술평론가, 수필가

호는 근원(近園), 선부(善夫), 검려(黔驢), 우산(牛山), 노시산방주인(老柿山房主人) 등. 경상북도 선산 출생으로 경성중앙고등보통학교를 거쳐 도쿄미술학교 서양화과를 졸업했다. 해방 후 1950년에 월북하여 평양미술대학교 교수 및 조선미술가동맹 조선과 분과위원장, 과학원 고고학연구소 연구원 등으로 활동했다. 수필집 《근원수필》이 세간에 널리 알려져 있다.

김유정(1908~1937) 소설가

강원도 춘성 출생으로 휘문고등보통학교를 거쳐 연희전문학교에서 수학했다. 가난과 폐결핵과 치질에 시달리며 29세의 나이로 요절하기까지 풍자와 해학이 생동하는 주옥같은 단편소설을 남겼다. 명창 박녹주를 사랑한 일화가 전해져 내려온다. 〈소낙비〉〈금 따는 콩밭〉〈봄봄〉〈동백꽃〉〈따라지〉 등 농촌을 소재로 삼은 단편소설과 〈형〉 등의 자전적 소설이 있다.

김일엽(1896~1971) 소설가, 시인, 승려

본명은 김원주(金元周). 평안남도 용강 출생으로 진남포의 삼승여학교와 이화학당에서 수학하고 일본에 유학했다. 근대문학 초창기의 여성 문학인으로 여성 해방과 자유 연애를 주장하였으나 이후 불교에 귀의하여 수덕사 견성암에서 수도했다. 단편소설로 〈단장〉〈애욕을 피하여〉 등이 있으며, 수필집《청춘을 불사르고》가 널리 알려졌다.

김진섭(1903~1950) 수필가

호는 청천(聽川). 전라남도 목포 출생으로 양정고등보통학교를 거쳐 일본 호세이대학 독문학과를 졸업했다. 외국 문학자들의 문학동인지《해외문학》에 참여했으며 이후 극예술연구회에서 활동했다. 오랫동안 도서관원으로 일했으며 한국전쟁 중에 납북되었다. 수필집으로《인생예찬》《생활인의 철학》 등이 있다.

나도향(1902~1927) 소설가

본명은 나경손(羅慶孫), 호는 도향(稻香), 필명은 빈(彬). 서울 출생으로 배재고등보통학교를 거쳐 경성의학전문학교에서 수학했다. 1921년《백조》동인으로 활동하면서 소설을 쓰기 시작하여 짧은 시간에《청춘》《어머니》《환희》등의 장편소설과 중·단편소설〈물레방아〉〈뽕〉〈벙어리 삼룡이〉등의 명편을 남겼다. 폐결핵으로 요절했다.

나혜석(1896~1948) 소설가, 서양화가

호는 정월(晶月). 경기도 수원 출생으로 일본 도쿄여자미술학교 유화과를 졸업했다. 한국 최초로 개인전을 연 여성 화가이며 1926년부터 3년간 남편과 함께 세계를 일주했다.〈경희〉〈정순〉등의 단편소설을 발표하며 소설가로 활약했고, 이혼 후 충남 공주의 마곡사에 들어가 수도했다.

노자영(1898~1940) 시인

호는 춘성(春城). 황해도 장연 출생으로 니혼대학 문과에서 수학했다.《백조》동인으로 활동했고 문예지《신인문학》을 창간했으며《인생 안내》등 여러 권의 수필집을 남겼다.

노천명(1912~1957) 시인

황해도 장연 출생으로 진명학교를 거쳐 이화여자전문학교 영문학과를 졸업했다. 조선중앙일보사, 조선일보사, 매일신보사 등에서 기자로 일했으며 친일 행적의 논란이 있다. 시집으로《산호림》《창변》《별을 쳐다보며》등이 있고, 수필집으로《산딸기》등이 있다.

박계주(1913~1966) 소설가

호는 서운(曙雲). 만주 간도 출생으로 용정중학교 시절부터 시와 소설을 쓰기 시작했으며 남녀의 지순한 사랑을 그린 장편소설《순애보》가 유명하다.

박영희(1901~?) 시인, 평론가

호는 회월(懷月), 송은(松隱). 서울 출생으로 배재고등보통학교를 거쳐 도쿄 세이소쿠영어학교에서 수학했다. 황석우와 함께 시 동인지《장미촌》을 발간하고《백조》동인으로 활동하다가 신경향파로 선회, 김기진과 함께 KAPF의 주요 구성원으로 활동했다. 김기진과 내용·형식 논쟁을 벌이며 KAPF의 방향전환론에 관여했으나 이후 "얻은 것은 이데올로기요 잃은 것은 예술"이라는 말을 남기며 KAPF를 탈퇴한 후 친일 행적을 남겼다. 시집으로《회월시초》가 있고, 평론집으로《문학의 이론과 실제》가 있다.

박태원(1909~?) 소설가

호는 몽보(夢甫), 구보(丘甫/仇甫/九甫), 박태원(泊太苑). 서울 출생으로 경성제일고등보통학교를 거쳐 도쿄 호세이대학에서 수학했으며 이태준, 이상 등과 함께 구인회의 모더니즘 작가로 활약했다. 한국전쟁 중 월북하여 북한에서 소설 창작을 계속했다. 일상설을 소설에 끌어들인〈소설가 구보 씨의 일일〉, 세태소설로 널리 알려진《천변풍경》등의 장편소설이 있다.

박팔양(1905~?) 시인

필명은 금여수(金麗水), 여수(麗水). 경기도 수원 출생으로 배재고등보통학교를 거쳐 경성법학전문학교에서 수학했다. KAPF에 참여했고 이후 구인회의 구성원으로 활동하기도 했다. 계급과 인간, 인간과 자연을 통합하는 문학적 경향에 관심을 표명했다. 해방 후 월북했다. 시집으로 《여수시초》《박팔양 시집》 등이 있고, 소설에도 흔적을 남겼다.

백신애(1908~1939) 소설가

필명은 박계화(朴啓華), 백무잠(白武岑). 경상북도 영천 출생으로 대구사범학교 강습과를 졸업했다. 여성동우회, 여자청년동맹 등에 참여했고 조선일보사 신춘문예의 제1회 당선자다. 32세의 나이에 위장병으로 요절했다. 주요 작품으로 〈나의 어머니〉〈꺼래이〉〈낙오〉 등이 있다.

안석영(1901~1950) 삽화가

본명은 안석주(安碩柱). 서울 출생으로 휘문고등보통학교를 거쳐 일본 도쿄에 유학, 혼고 양화연구소에서 수학했다. 〈동아일보〉의 나도향 연재소설 《환희》의 삽화를 그리면서 한국 삽화의 선구자가 되었고 토월회 신극운동에 참여한 바 있으며 영화에도 관여했으나 친일 행적이 있다. 다채로웠던 그의 활동이 최근 학계에서 재조명되고 있다.

안회남(1910~?) 소설가

본명 안필승(安必承). 서울 출생으로 《금수회의록》의 작가 안국선의 아들로 휘문고등보통학교에서 수학했다. 김유정과 각별한 사이였으며 신변소설에 주력했고 일제 말기에는 일본 탄광에 징용되었다. 해방 후 조선문학가동맹에 가담, 월북했으며 소설집으로 《안회남 단편집》 등이 있다.

엄흥섭(1906~?) 소설가

충청남도 논산 출생으로 경상남도 도립사범학교를 졸업하고 진주에서 보통학교 교원으로 지내다가 KAPF 맹원으로 활동하면서 소설을 발표했다. 해방 후 조선문학가동맹의 소설부 위원장으로 활동했으며 1951년경 월북했다. 소설집으로《길》등이 있다.

오장환(1918~?) 시인

충청북도 보은 출생으로 휘문고등보통학교에서 수학했다.《낭만》《시인부락》《자오선》등의 동인으로 활약했고, 해방 후 1946년경 월북했다. 1990년대 해금 분위기 속에서 이용악, 백석 등과 함께 관심의 대상으로 떠오른 바 있다. 시집으로《성벽》《헌사》《병든 서울》《나 사는 곳》등이 있다.

이광수(1892~1950) 소설가

호는 춘원. 평안북도 정주 출생으로 일찍이 14세의 나이로 일본의 메이지중학에 유학했고 오산학교에 교편을 잡은 후 재차 도일하여 와세다대학 철학과를 졸업했다.《무정》발표, 2·8 독립 선언서 기초, 독립신문사 사장,《조선문단》주재, 동아일보사 편집국장, 조선일보사 부사장, 조선문인협회 회장 등 다채롭고 화려한 이력이 보여 주듯 한 시대를 풍미한 문학인이자 사상가다. 조선 근대문학의 개척자로서, 민족주의 문학 진영의 대변자로서 그 족적을 빼놓을 수 없으나 일제 말기의 적극적인 친일 행적이 큰 흠이다.《무정》《유정》《사랑》《재생》《흙》외에 수많은 소설 작품을 남겼고 그 밖에도 여러 차원에 걸쳐 방대한 문필 활동을 펼쳤다.

이상(1910~1937) 시인, 소설가

본명은 김해경(金海卿). 서울 출생으로 보성고등보통학교를 거쳐 경성고등
공업학교 건축과를 졸업했다. 구인회 회원으로 시와 소설을 거쳐 1930년대
모더니즘 문학 운동의 핵심적인 구성원이었다. 기생 금홍과의 일화는 널리 알
려져 있으며 폐결핵에 시달리다 일본 도쿄에서 28세의 나이로 요절했다. 연작
시 〈오감도〉 외에 소설 작품으로 〈날개〉〈종생기〉〈실화〉〈봉별기〉 등이 있다.

이석훈(1908~?) 소설가

호는 금남(琴南). 평안북도 정주 출생으로 와세다고등학원 문과를 졸업했
다. 극예술연구회에 참여했으며 친일 행적이 있다. 한국전쟁 당시 납북되었다.

이선희(1911~?) 소설가

함경남도 함흥 출생으로 원산 루씨여자고등보통학교를 거쳐 이화여자전문
학교 문과를 졸업했다.《개벽》지의 기자로 근무한 바 있고 백신애, 강경애 등
과 함께 2세대 여성 작가 가운데 한 사람이다.

이원조(1909~1953) 문학평론가

호는 여천(黎川), 필명은 백목아(栢木兒). 경상북도 안동 출생으로 이육사
의 동생이다. 일본 니혼대학 전문부를 졸업한 후 호세이대학에서 불문학을 전
공했다. 저널리스트로 비평에 관여했으며 해방 후 조선공산당에 입당, 월북하
였으나 남로당 숙청 과정에서 함께 희생되었다.

이육사(1904~1944) 시인, 독립운동가

본명은 원록(源祿) 또는 원삼(源三)이다. 경상북도 안동에서 출생했다. 1926년 베이징 사관학교에 입학하여 1927년에 귀국한 뒤 조선은행 대구지점 폭파사건에 연루되어 대구형무소에서 3년간 옥고를 치렀다. 당시 수인번호인 '264'를 따서 호를 '육사'라 지었다. 출옥 후 중국으로 건너가 루쉰 등과 사귀며 독립운동을 계속했다. 1937년, 윤곤강, 김광균 등과 동인지《자오선》을 발간했고,〈청포도〉〈절정〉〈광야〉등을 발표했다. 1943년 귀국했다가 6월에 체포되어 베이징으로 압송된 뒤 1944년에 옥사했다.

이태준(1904~?) 소설가

호는 상허(尙虛), 상허당주인(尙虛堂主人). 강원도 철원 출생으로 휘문고등보통학교를 거쳐 일본 조치대학에서 수학했다. 이상, 정지용 등과 함께 구인회의 실질적 대변자였고 한국 단편소설의 완성자로 알려져 있다. 1930년대 고전론, 전통론을 형성한 중요한 문학인 가운데 한 사람으로 정지용, 이병기 등과 함께 1930년대 말에 창간된 순문예지《문장》을 주재했으며 해방 후 조선문학가동맹에 참여했고 이후 월북했다.〈달밤〉〈까마귀〉〈복덕방〉〈패강냉〉〈해방 전후〉등 많은 중단편소설과 장편소설을 남겼고, 이 외에도 수필집《무서록》, 문장론을 정리한《문장강화》등의 역저가 있다.

이효석(1907~1942) 소설가

호는 가산(可山). 강원도 평창 출생. 경성고등보통학교를 거쳐 경성제대 법문학부 영문과를 졸업했다. 동반자 작가로 활동하다 구인회에 참여했으며 평양 거주 중에 뇌막염으로 요절했다. 이태준과 더불어 대표적인 단편작가 가운데 한 사람으로 평가된다. 〈메밀꽃 필 무렵〉 외에 다수의 서정적인 단편소설을 남겼다.

임화(1908~1953) 시인, 문학평론가

본명은 임인식(林仁植), 필명은 청로(青爐), 김철우(金鐵友), 쌍수대인(雙樹臺人), 성아(星兒), 임화(林華). 서울 출생으로 보성중학교를 중퇴했다. 영화 〈유랑〉과 〈혼가〉의 주연 배우, KAPF의 중요한 비평이론가 및 서기장, 시집 《현해탄》의 시인, 출판사 '학예사' 경영, 소설가 지하련과의 사랑, 조선 근대 문학사 연구의 길을 연 문학사가, 해방 후 조선문학가동맹의 중요 이론가, 월북 후 남로당 계열로 숙청 등 다채로운 이력이 보여주듯 비평과 시 창작에서 빼놓을 수 없는 궤적을 남긴 중요한 문학인이다. KAPF 도쿄 지부의 무산자 파의 중요 구성원으로서 KAPF 서기장이 되었고 일제의 탄압에 따라 해산계를 제출해야 하는 고통을 겪으면서도 리얼리즘 비평, 1930년대 소설사의 해명, 조선 근대문학사의 특질 탐구 등 업적을 남겼다. 〈우리 오빠와 화로〉〈우산 받은 요코하마의 부두〉〈네거리의 순이〉 등의 문제작을 남겼으며, 시집으로 《현해탄》《찬가》《회상시집》, 평론집으로 《문학의 논리》 등이 있다.

정인택(1909~?) 소설가

서울 출생으로 매일신보와 《문장》의 기자로 활동하며 소설을 발표했다. 이상과 교유가 깊었다. 친일 행적이 있고 한국전쟁 중 월북한 것으로 알려졌다.

정지용(1903~?) 시인

충청북도 옥천 출생으로 서울 휘문고등보통학교를 거쳐 일본 교토의 도시

샤대학 영문과를 졸업했다. 한국 현대시의 실질적인 완성자로서 모던하면서도 서정적인 여러 훌륭한 시편들을 남겼다. 시문학 동인, 구인회 참여, 《문장》주재 등을 통해서 볼 수 있듯이 문학의 언어적 가치와 전통 및 고전의 가치를 깊이 인식하고 있었으며 청록파 시인들을 문단에 소개하기도 했다. 해방 후 좌익 문학 단체에 관계하다가 전향, 보도연맹에 가입했으나 한국전쟁 중 납북되었다. 시집으로 《정지용 시집》《백록담》《지용 시선》 등이 있고, 수필집으로 《산문》 등을 남겼다.

지하련(?~?) 소설가

본명은 이현욱(李現郁). 경상남도 거창 출생으로 임화의 두 번째 부인이다. 백철의 소개로 《문장》지에 소설을 발표하면서 문단의 비상한 주목을 받았다. 해방 후 남편 임화와 함께 조선문학가동맹에 참여했다. 〈체향초〉〈가을〉〈산길〉〈도정〉 등 여성의 심리를 섬세하게 포착하면서도 격조가 높은 단편소설을 남겼다.

채만식(1902~1950) 소설가

호는 백릉(白菱). 전라북도 임피 출생으로 중앙고등보통학교를 거쳐 일본 와세다대학 제일고등학원에서 수학했다. 이광수의 추천을 받아 문단에 나온 이래 오랫동안 문학적 수련기를 거쳤으며 1934년 이래 전업 작가로 활동하면서 〈레디메이드 인생〉〈치숙〉〈냉동어〉〈근일〉〈민족의 죄인〉 등의 단편소설과 장편소설 《탁류》《태평천하》 등 많은 문제작을 남겼다. 친일 전력이 있으나 해방 후 이를 깊이 있게 반성하고 새로운 문학을 시도한 작가로, 이태준과 함께 한국 단편소설의 실질적인 완성자다. 해방 후 가난과 폐결핵에 시달리다

1950년 한국전쟁 발발 2주 전에 세상을 떴다.

최독견(1901~1970) 소설가

본명은 최상덕(崔象德). 황해도 신천 출생으로 중국 상하이의 혜령전문학원 중문학과를 졸업했다. 이광수, 방인근 등과 함께 초창기 근대문학의 형성 과정에 기여했다. 대표적인 작품으로《승방비곡》등이 있다.

최서해(1901~1933) 소설가

본명은 최학송(崔鶴松). 함경북도 성진 출생. 선진보통학교를 5학년 중퇴한 후 간도 등지를 전전하며 품팔이, 나무장수, 두부장수 등 최하층 생활을 했으며 이를 문학적 토대로 하여 신경향파 문학의 주류를 형성했다. 이광수의 추천을 받아 문단에 나왔으나 KAPF 일원으로 활동하는 등 곡절이 있었으며 위장병으로 요절했다. 주요 작품으로 〈탈출기〉〈홍염〉 등 신경향파를 대변하는 단편소설과 함께 장편소설《호외 시대》를 남겼다.

한용운(1879~1944) 시인, 승려

호는 만해(萬海/卍海), 속명은 한유천(韓裕天), 자는 정옥(貞玉), 계명은 봉완(奉玩). 충청남도 홍성 출생으로 동학농민운동에 가담하여 실패 후 승려가 되었다. 일본, 중국, 만주, 시베리아 등을 돌아보면서 획득한 세계사적 시야를 바탕으로 조선 불교의 개혁과 자유시 형성 과정에 크게 기여했다. 불교잡지《유심》을 발간했으며 3·1운동 민족 대표 33인 한 사람으로서 독립선언서를 낭독했다. 시집《님의 침묵》은 한국 자유시 형성 과정에서 빼놓을 수 없는 중요한 작품으로 지속적인 논의의 대상이다.

현덕(1912~1945) 소설가

본명은 현경윤(玄敬允). 서울 출생으로 인천 대부공립보통학교를 중퇴하고
중동학교 속성과를 마쳤다. 단편 〈남생이〉로 1930년대 중후반 문단의 새로운
가능성을 보여주는 작가로 주목을 받았다. 아동문학에도 족적을 남겼다.

현진건(1900~1943) 소설가

호는 빙허(憑虛). 대구 출생으로 도쿄독일어학교를 졸업하고 중국 상하이
외국어학교에서 수학했다. 《백조》동인으로 활동하면서 소설을 발표했으며 동
아일보사 사회부장으로 근무하면서 일장기 말살사건으로 1년간 복역했다.
〈빈처〉〈운수 좋은 날〉〈타락자〉〈술 권하는 사회〉〈할머니의 죽음〉등 당대 사
회를 비판적으로 조명한 여러 문제작을 남겼으며, 이외에 《무영탑》《흑치상지》
등의 장편소설이 있다.

모단 에쎄이

초판 1쇄 발행 2016년 6월 10일
초판 2쇄 발행 2021년 8월 30일

지은이 이상·현진건 외 43명
엮은이 방민호

발행인 정중모   출판등록 1980년 5월 19일 제406-2000-000204호
발행처 도서출판 열림원   주소 경기도 파주시 회동길 152
임프린트 책읽는섬   전화 031-955-0700   팩스 031-955-0661
                            홈페이지 www.yolimwon.com
                            전자우편 editor@yolimwon.com
                            인스타그램 @yolimwon

ISBN 978-89-7063-990-1 03810

만든 이들 _ 편집 이양훈 심소영   디자인 홍상만